ALBERTO VÁZQUEZ-FIGUEROA

Piratin der Freiheit

Buch

Port-Royal, Jamaika, am 7. Juni 1692: Ein verheerendes Erdbeben hat die Stadt dem Erdboden gleichgemacht. Auch Sebastián, Kapitän des Piratenschiffes Jacaré und leidenschaftlicher Kämpfer gegen den Sklavenhandel, fällt der Katastrophe zum Opfer. Doch seine unerschrockene, schöne Schwester Celeste schwört, die Mission ihres toten Bruders fortzuführen und den skrupellosen Machenschaften der Sklavenhändler ein Ende zu bereiten. Mit einem perfekt ausgestatteten Schiff und einer schlagkräftigen Besatzung sticht die verwegene junge Frau in See, und tatsächlich gelingt es ihr, ihren verhaßten Widersachern übel mitzuspielen. In einer spektakulären Serie von Attacken versenkt sie mit ihrer Besatzung, die sie mit eiserner Hand führt, vor der Küste Afrikas eine ganze Armada von Sklavenschiffen. Doch die entscheidende Schlacht steht ihr noch bevor: Wird es ihr gelingen, unterstützt von einer Legion rachedurstiger einheimischer Frauen, über den gefürchteten »König des Niger« und mächtigen Drahtzieher des Sklavenhandels zu triumphieren?

Autor

Alberto Vázquez-Figueroa, 1936 in Santa Cruz de Tenerife geboren, verbrachte einen großen Teil seiner Kinder- und Jugendjahre in Marokko. Nach seinem Studium in Madrid arbeitete er als Auslandskorrespondent in Afrika und Südamerika. Vázquez-Figueroa, der neben seinen journalistischen Arbeiten zahlreiche Romane und Sachbücher veröffentlicht hat, lebt heute in Spanien.

Bereits bei Goldmann erschienen:

Bora Bora. Roman (43357) · Santa Maria. Roman (42193) · Die Gärten der Königin. Roman (41564) · Die Kinder von Bogotá. Roman (42807) · Ébano. Roman (9181) · Tuareg. Roman (9141) · Insel der Freibeuter. Roman (43736) · Océano/Yaiza/Maradentro (11992)

ALBERTO
VÁZQUEZ-
FIGUEROA

Piratin der Freiheit

Roman

Deutsch von Wolfgang Rössig

GOLDMANN

Die spanische Originalausgabe erschien 1996 unter dem Titel
»Negreros« bei Plaza & Janés Editores, Barcelona

Umwelthinweis:
Alle bedruckten Materialien dieses Taschenbuches
sind chlorfrei und umweltschonend.
Das Papier enthält Recycling-Anteile.

Der Goldmann Verlag
ist ein Unternehmen der Verlagsgruppe Bertelsmann

Deutsche Erstveröffentlichung 8/98

Umschlaggestaltung: Design Team München
Umschlagmotiv: Samuel Scott
Satz: IBV Satz- und Datentechnik GmbH, Berlin
Druck: Elsnerdruck, Berlin
Verlagsnummer: 44042
Redaktion: Astrid Roth
CN · Herstellung: Heidrun Nawrot
Made in Germany
ISBN 3-442-44042-4

3 5 7 9 10 8 6 4 2

Als sich Celeste Heredia Matamoros der bitteren Erkenntnis nicht mehr verschließen konnte, daß ihr Bruder Sebastián während des schrecklichen Erdbebens gestorben war, das am 7. Juni 1692 die schöne Stadt Port-Royal vollständig zerstört hatte, verfluchte sie ihr ungerechtes Schicksal. Fast 15 Jahre hatte sie fern von dem Menschen verbringen müssen, den sie am meisten geliebt hatte, und dann hatte ihr das Schicksal diesen Menschen nur zurückgegeben, um ihn ihr erneut grausam zu entreißen, und diesmal für immer.

Sie beschloß jedoch, ihre Tränen zu unterdrücken.

Nicht minder litt Celestes Vater, der einfach nicht begreifen konnte, daß ihn das Leben offenbar ohne sichtlichen Grund quälte. Da war er kaum dem Abgrund des Wahnsinns entronnen, und schon hing er wieder darüber wie eine Marionette.

Er setzte sich neben seine Tochter und schaute auf die Bucht hinaus, die inzwischen wie eine Kloake roch. Darin schwammen die Reste der vom Erdbeben zertrümmerten Schiffe, und der Wind trieb Leichenteile an die Strände, die selbst die Haie verschmäht hatten. Er fragte sich, ob vielleicht auch der Leichnam seines Sohnes den Bestien als Fraß gedient hatte oder ob er vielleicht im Inneren seines Schiffs gefangen war. Von der ehedem so stolzen *Jacaré* ragte nur noch der zersplitterte Bug über die ölige Wasseroberfläche.

»Nicht einmal ein Grab!« jammerte er vor sich hin. »Weder eine letzte Ruhestätte noch ein Grabstein wird an sein Leben erinnern.«

Seine Tochter tätschelte ihm zärtlich die zittrige Hand. »In den Gräbern ruhen nur Leichname, Vater, nur sterbliche Überreste.« Celeste wies auf die endlose blaue, klare Wasseroberfläche jenseits der Landzunge hinaus, auf der sich noch vor wenigen Tagen Port-Royal erhoben hatte: »Bestimmt ruht Sebastián im unendlichen Meer, das er so geliebt hat, und das eine schwöre ich dir: Ich werde dafür sorgen, daß man sich noch viele Jahre an sein Lebenswerk erinnern wird.«

»Wie willst du das denn anstellen?«

»Indem ich ein Schiff ausrüste, das in seinem Namen gegen die Sklaventransporte kämpft ...«, erwiderte das Mädchen mit der ihr eigenen Entschlossenheit, die keinen Zweifel duldete. »Und ich werde nicht aufhören, bis Tausende unglücklicher Menschen Sebastiáns Namen preisen und zahlreiche Kanaillen ihn verfluchen.«

»Hast du diese absurde Idee noch immer nicht aufgegeben?«

»Von wegen aufgeben«, tönte es gelassen zurück. »Jetzt fange ich erst richtig an!«

Celeste hielt Wort. Schon am nächsten Morgen machte sie dem bedrückten Oberst James Buchanan ihre Aufwartung. Der hatte mit ansehen müssen, wie in drei schrecklichen Minuten eine offenbar wahnsinnig gewordene Erde fast all seine höheren Offiziere verschlungen hatte. In seinen Händen lag jetzt die Verantwortung, ein wenig Ordnung in das Chaos einer angesichts der unermeßlichen Tragödie noch betäubten Insel zu bringen.

»Wir möchten von Euch die Erlaubnis einholen, die Schätze meines Bruders, Kapitän Sebastián Heredia Matamoros, zu bergen. Sie ruhen in den Laderäumen seines Schiffs, der *Jacaré,* die während des Erdbebens vom 7. Juni in der Bucht gesunken ist.«

Der gute Mann war noch nicht einmal dazu gekommen, ein Schiff nach London zu schicken, das die Katastrophe melden und Instruktionen einholen sollte. Ungläubig blickte er das attraktive, entschlossene Mädchen und den zutiefst niedergeschlagen wirkenden Alten an ihrer Seite an. Nach einigem Zögern wollte er wissen:

»Habt Ihr irgendein Dokument, das Eure Verwandtschaft oder Eure Besitzrechte an dem Schiff beweist?«

»Alles liegt auf dem Grund des Meeres.«

»Das war ja anzunehmen!« räumte der konsternierte Offizier ein, der sehr wohl wußte, wie überfordert er mit dem riesigen Berg an Problemen war, der auf seinen Schultern lastete. »Wir werden so vorgehen: Ich mache Euren Anspruch öffentlich bekannt, und wenn bis zum vierten Tag niemand Einspruch erhebt, bekommt Ihr diese Genehmigung. Aber ein Drittel von dem, was Ihr bergen könnt, fließt in einen Hilfsfond für die Opfer.«

»Ein Fünftel.«

»Ich sagte ein Drittel.«

»Und ich ein Fünftel«, beharrte Celeste. »Ihr wißt sehr gut, daß die meisten dieser Opfer tot sind und wohl keiner auf die absurde Idee kommen wird, an der gleichen Stelle eine neue Stadt zu errichten.«

Ihr Gegenüber musterte sie und raufte sich den ergrauten Spitzbart, aus dem er des öfteren Haare zupfte.

»Was für ein törichtes Mädchen ...!« murmelte er. »Ein Viertel, und ich bin einverstanden.«

»In Ordnung, wenn Eure Soldaten die Bewachung übernehmen.«

»Gut.«

»Das möchte ich schriftlich haben.«

»Von mir aus. Noch etwas?«

»Das war's. Einen schönen Tag noch.«

»Von wegen schöner Tag«, tönte es mißmutig zurück. »Die meisten meiner Kameraden sind tot, und die Stadt, die ich mit aufgebaut habe, gibt es nicht mehr.« Er blickte Celeste in die Augen. »Glaubt auch Ihr, wie die meisten hier, daß der Herr Port-Royal zerstört hat, weil es die ›Stadt der Sünde‹ geworden ist?«

Celeste Heredia war schon an der Tür. Entschieden schüttelte sie den Kopf.

»Die Sünde wohnt nicht in den Städten, sondern in den Herzen der Menschen, und wenn das so wäre, wie Ihr sagt, dann müßte der Herr über die Hälfte der Menschheit auslöschen. Guten Tag!«

»Guten Tag!«

Auf der Straße spannte das Mädchen gewissenhaft den riesigen Schirm auf, der sie vor der brennenden Tropensonne schützte. Ohne ihren Vater anzusehen, machte sie eine ausholende Geste:

»Das Erdbeben hat viele Seeleute um ihr Schiff und viele Arbeiter um Lohn und Brot gebracht. Wenn wir großzügig sind, dürften wir keine Probleme haben, Hilfskräfte zu finden. Und Geld haben wir nun wirklich reichlich.«

Eine Dublone pro Tag und einen Anteil an den geborgenen Schätzen: Dieser Lohn war für viele Unglücksraben, die das Erdbeben in tiefstes Elend gestürzt hatte, mehr als attraktiv. So konnten Celeste Heredia und ihr Vater drei Tage später auf über fünfzig Arbeitswillige zählen, die ungeduldig darauf warteten, daß der betrübte Oberst Buchanan seine endgültige Erlaubnis gab und man endlich die in der *Jacaré* vermuteten Schätze bergen konnte.

Erwartungsgemäß tauchte niemand auf, der unter den vielen halbversunkenen Schiffen in der weiten Bucht den einst so gefürchteten Küstensegler des berühmten Kapitäns Jacaré Jack hätte identifizieren können. So unterzeichnete der gewissenhafte Buchanan schließlich das Dokument, das drei Viertel der Schätze, die man in den Laderäumen finden würde, Celeste zusprach. Kaum zwei Stunden später begannen die Bergungsarbeiten.

Dicke Taue spannten sich vom Festland zu dem – für Vater und Tochter – unverwechselbaren Bug des geliebten Schiffs hinüber. Die meisten Pferde, Maultiere und Ochsen, die noch am Leben waren und deren Besitzern man horrende Mieten zahlte, zogen das halbzerstörte Schiff von den Landzungen aus in eine seichte Bucht.

Mit dieser Plackerei ging es nur sehr schleppend voran, denn der übel zugerichtete, jetzt unter Wasser liegende alte Holzrumpf hätte jeden Augenblick auseinanderbrechen können. Dann wäre die wertvolle Ladung im schlammigen Grund der Bucht versunken. Der einzige Zimmermann der Küste, der überlebt hatte, untersuchte daher unablässig mit großer Sorgfalt das Schiff, stabilisierte es an der einen oder anderen Stelle mit Tauen und schlug sogar dicke Verstärkungsplanken ein. Zeit hatte man schließlich genug, Vertrauen in die zerbrochenen Spanten des betagten Küstenseglers dagegen wenig.

Celeste Heredia Matamoros hatte unter einem schattigen Kapokbaum Platz genommen. Von dort aus konnte sie jedes Detail der mühseligen Bergungsarbeiten genau verfolgen. In den folgenden drei Tagen und Nächten rührte sie sich so gut wie nicht von der Stelle, gab Befehle oder nahm Ratschläge entgegen. Sie zeigte soviel Begeisterung und Konzentration, als wolle sie nicht nur einen wertvollen Schatz bergen, sondern vor allen

Dingen einen wichtigen Teil ihrer Vergangenheit zurückgewinnen.

Seit jenem fernen Tag, an dem ihr Hauptmann Sancho Mendaña die freudige Nachricht überbracht hatte, daß ihr Vater und ihr Bruder nicht auf dem Meer verschollen waren, sondern wohlbehalten an Bord eines Schiffes namens *Jacaré* lebten, hatte dieses Schiff ihre Kindheitsträume beherrscht. Stets hatte sie felsenfest daran geglaubt, daß ihr geliebter Bruder Sebastián sie eines Tages retten und an Bord dieses Schiffes nehmen würde.

Ihr Wunsch hatte sich schließlich tatsächlich erfüllt. Doch noch war kein Jahr vergangen, seitdem sie zum ersten Mal das gescheuerte Deck betreten hatte, und jetzt war das wendige und stolze Schiff nur mehr ein Trümmerhaufen, in dem schmutziges Wasser blubberte und das man in verzweifelter Anstrengung Millimeter um Millimeter an den Strand der Bucht hievte, bevor es endgültig auseinanderbrechen konnte.

Am Nachmittag des dritten Tages trennten nur noch knapp vierzig Meter den Bug von der ausgewählten Stelle, wo man das Schiff definitiv auf Grund setzen wollte. Unter dem Kapokbaum diskutierten Celeste und Miguel Heredia gerade darüber, ob man es riskieren konnte, das Werk am gleichen Tag zu beenden. Da näherte sich ihnen ein hochgewachsener schlanker Mann. Er schien ein schweigsamer Typ zu sein und lange nicht geschlafen zu haben, wie seine geröteten Augen verrieten. Mit heiserer Stimme wollte er wissen:

»Würdet Ihr mir einige Minuten Aufmerksamkeit schenken? Ich habe Euch etwas zu erzählen, das Euch vermutlich interessieren dürfte.«

»Über?«

»Dieses Schiff ...« Er hielt kurz inne, um mit sichtlicher Mühe fortzufahren. »Ich war an Bord, als es sank.«

Miguel Heredia Ximénez betrachtete ihn aufmerksam und entgegnete schließlich schroff:

»Das möchte ich bezweifeln. Ich habe Euch noch nie gesehen, und ich kenne alle, die darauf gefahren sind, sehr gut.«

»Ich habe auch nicht behauptet, daß ich darauf gefahren bin«, räumte der Unbekannte gleichmütig ein. »Ich bin lediglich an Bord gewesen. Mein Name ist Silvino Peixe, und ich gehörte zur Mannschaft einer portugiesischen Brigg, die unter dem Befehl von João Oliveira stand, besser bekannt als Kapitän Tiradentes.«

»Wie hieß Euer Schiff?«

»*Botafumeiro* ... Auch sie wurde völlig zerstört, zwei Meilen von hier.«

»Und was hattet Ihr an Bord der *Jacaré* zu suchen?« wollte Celeste wissen. Sie schien sofort zu ahnen, daß sie der Bericht von Silvino Peixe unmittelbar anging.

»Das ist eine lange Geschichte, Señorita«, versetzte der Matrose. »Lang, blutig und grausam. Eine brutalere Geschichte kann man wohl kaum erzählen, und ich bitte Euch, mir zu glauben, daß ich seit dieser Nacht keine zwei Stunden geschlafen habe.«

»Wieviel wollt Ihr dafür?« fragte Miguel Heredia mit leicht aggressivem Unterton.

»Nichts, Señor«, gab der Mann rasch zurück. »Ich werde Euch die Geschichte einfach erzählen. Findet Ihr sie interessant, begnüge ich mich mit dem, was Ihr für angemessen haltet. Ich will mir nur das Geld für die Überfahrt nach Porto verdienen.«

»Wir werden Euch zuhören.«

Der Portugiese sah sich um, nahm auf einem Schemel

Platz, räusperte sich mehrere Male und ließ sich das, was er erzählen würde, noch einmal durch den Kopf gehen. Bedächtig fing er an:

»Wie gesagt, ich gehörte zur Besatzung der *Botafumeiro.* Vor acht Monaten waren die meisten von uns an Denguefieber gestorben. Dann hieß es, daß man in Cumaná ein Schiff wie das unsrige suchte. Wir segelten dorthin, und ein spanischer Edelmann heuerte uns an, um die *Jacaré* zu verfolgen und zu vernichten.«

»Wie hieß dieser Edelmann?«

»Das habe ich nie erfahren. Ihm lag viel daran, seinen Namen geheimzuhalten, doch er war oder muß früher ein sehr bedeutender Mann gewesen sein, der nur eine Obsession zu haben schien: Kapitän Jacaré Jack gefangenzunehmen. Dieser Kapitän soll, soweit ich weiß, die Casa de Contratación von Sevilla um eine Menge Perlen erleichtert haben.«

Celeste Heredia tauschte mit ihrem Vater einen bedeutungsvollen Blick. Voller Vorahnung rang sie sich die Frage ab:

»Ein untersetzter Edelmann, blond, mit sehr blauen Augen und lockigem Bart?«

»Ihr sagt es, Señorita. Wißt Ihr, von wem ich spreche?«

»Wahrscheinlich handelt es sich um Don Hernando Pedrárias Gotarredona, den Gesandten der Casa de Contratación auf der Insel Margarita.« Das Mädchen nickte überzeugt. »Doch, er muß es sein. Bitte fahrt fort.«

»Wir nahmen also Kurs auf Tortuga, wo wir einige Männer anheuerten, übles Gesindel. Zugegeben, die meisten auf der *Botafumeiro* waren auch nicht gerade Heilige. Drei Tage später brachen wir nach Port-Royal auf, wo wir vor gut einem Monat die Anker warfen.«

Er machte eine lange Pause, stieß einen tiefen Seufzer

aus und warf der Rumflasche unter dem Baum einen bedeutungsvollen Blick zu. Fast flehentlich bat er:

»Darf ich?«

»Natürlich!«

Er nahm einen tiefen Schluck, ohne den Flaschenhals mit den Lippen zu berühren, wischte sich einige Tropfen aus dem Bart und fuhr schließlich seufzend fort:

»Wir erfuhren, daß die *Jacaré* in Port-Royal vor Anker gelegen hatte. Daher beschloß der Kapitän, hier ihre Rückkehr abzuwarten. Der Edelmann wurde allerdings immer nervöser, er war fast außer sich. Und als er das Schiff schließlich erblickte, hatte er fast Schaum vor dem Mund. Der Haß dieses Mannes war geradezu krankhaft, das könnt Ihr mir glauben: zum Fürchten.«

»Wenn es der Mann ist, an den ich denke, dann glaube ich es«, entgegnete das Mädchen fast tonlos. »Ich kenne ihn nur zu gut. Was passierte dann?«

»In der dritten Nacht überfielen wir das Schiff, erstachen die Wachen und warteten auf die Rückkehr der Landgänger ...« Selbst Silvino Peixe schien kaum glauben zu wollen, was er nun erzählte. Dabei war er nicht nur Augenzeuge, sondern auch Mittäter gewesen. »Sie wurden kaltblütig ermordet, einer nach dem anderen.«

»Ermordet?« fragte Miguel Heredia entsetzt.

»Alle, Señor. Ohne Ausnahme.«

»Das ist doch nicht möglich!«

»O doch, Señor, bei meiner Seele! Als ich in die Laderäume hinunterstieg, habe ich sie gesehen: auf einem Haufen wie Tiere auf dem Schlachthof. Ihr dürft mir glauben, ich habe in meinem Leben nichts Teuflischeres gesehen ...« Er holte tief Luft. »Doch damit nicht genug.«

»Was kann denn jetzt noch kommen?«

»Der spanische Edelmann befahl, allen die Köpfe abzuschneiden und sie in Salz gepökelt in Fässer zu legen, um sie nach Cumaná mitzunehmen.«

»Nein, bei Gott!« schluchzte Celeste Heredia. »Sagt mir, daß das nicht wahr ist.«

»Leider doch, Señorita. Es tut mir leid, aber so war es.«

»War Kapitän Jacaré Jack unter ihnen?«

»Nein, Kapitän Jack war nicht an Bord. Der einzige Überlebende hat uns verraten, daß er an Land gegangen war, um seinen Vater und seine Schwester zu besuchen. Als der Edelmann das hörte, führte er sich wie ein Verrückter auf und begann zu fluchen, als wäre er von allen Dämonen der Hölle besessen ...« Er schüttelte überzeugt den Kopf. »Bei meiner Seele, das war er auch.«

»Das glaube ich gern ...«, räumte Miguel Heredia ein. »Was genau sagte er?«

»Ich bedaure, Señor, daran kann ich mich nicht erinnern. Eigentlich hat keiner verstanden, wovon er sprach.« Der Portugiese fuhr sich durch das schüttere, ungepflegte Haar, als wollte er seine Gedanken ordnen. »Er murmelte etwas davon, daß die Kinder seiner Geliebten ihn ruiniert hätten und wies uns an, bis zur Rückkehr von Kapitän Jack an Bord zu bleiben, obwohl wir im Morgengrauen die Anker lichten wollten. Dann kam das Erdbeben, und alles war vorbei.«

Celeste dachte darüber nach, was sie gerade gehört hatte. Die Geschichte schien ihr recht glaubhaft zu klingen. Reichlich fassungslos wollte sie schließlich wissen:

»Wie kommt es, daß Ihr Euch retten konntet, während die übrige Besatzung mit dem Schiff untergegangen ist?«

»Das verdanke ich meinem Gewissen, Señorita«, lautete die merkwürdige Antwort, die von einem bitteren

Lächeln begleitet wurde. »Ich bin sicher, daß mich mein schlechtes Gewissen gerettet hat. Mir war so übel von dem, was geschehen war, daß ich beschloß, zum Deck hinaufzusteigen, so daß keiner meine Tränen sehen konnte. Gleich beim ersten Erdstoß fiel ich über Bord, und ich bin nun mal ein guter Schwimmer.«

»Was wißt Ihr noch von Kapitän Jack?«

»Als das Schiff unterging, war er noch nicht aufgetaucht. Wenn er gestorben ist, dann nicht an Bord, das versichere ich Euch.« Silvino Peixe sah sich lange um, als wollte er sichergehen, daß ihn keiner belauschte, und fügte flüsternd hinzu: »Doch was aus Kapitän Tiradentes geworden ist, weiß ich genau. Gestern habe ich ihn gesehen.«

»Seid Ihr sicher?«

»Ganz sicher. Immerhin habe ich acht Jahre unter ihm gedient. Ich erkannte ihn, weil er gerade wie ein Irrer fluchte, als ein Arzt seinen gebrochenen Arm behandeln wollte. Gottlob hat er mich nicht gesehen, und es ist wohl auch besser, er weiß nicht, daß ich am Leben bin.«

»Fürchtet Ihr ihn?« wollte Celeste wissen. Als der Portugiese nickte, fügte sie hinzu: »Warum?«

»Er ist ein äußerst gefährlicher Mann, dem bewußt ist, daß ich ihn beschuldigen kann, mitten in der Bucht von Port-Royal ein Schiff überfallen und dessen gesamte Besatzung ermordet zu haben. Habt Ihr eine Ahnung, was die Engländer mit ihm machen würden?«

»Ihn aufhängen, nehme ich an.«

»Und mich gleich dazu. Diese Engländer fackeln nicht lange, einen Ausländer aufzuknüpfen.« Wieder und wieder schüttelte er den Kopf, als wolle er einen üblen Gedanken verscheuchen. »Nein! Ich möchte zurück in die Heimat und die ganze Geschichte vergessen.« Er musterte sie sichtlich ängstlich. »Werdet Ihr mir mit der Überfahrt helfen?«

Celeste Heredia nickte, öffnete die Lederbörse, die sie am Gürtel trug, holte eine Handvoll Münzen heraus und drückte sie ihm dezent in die Hand:

»Natürlich! Und Ihr bekommt das Zehnfache, wenn Ihr mir diesen Kapitän Tiradentes zeigt.«

»Ich war noch nie ein Verräter.«

»Das glaube ich Euch gern. Aber Ihr solltet einsehen, daß derartige Verbrechen nicht ungesühnt bleiben dürfen.«

Schweigend betrachtete Silvino Peixe die Münzen in seiner Hand. Er schien die grausige Szene zu rekapitulieren, deren Zeuge er geworden war. Schließlich flüsterte er:

»Macht den Laderaum im Achterschiff nicht auf. Die Silberbarren sind im Bug, die Leichen hat der Kapitän in den Achterraum werfen lassen.« Er blickte sie fast flehentlich an. »Ich bitte Euch! Öffnet ihn nicht!«

»Wir brauchen Beweise gegen Euren Kapitän.«

Der Portugiese stand langsam auf und drehte sich um:

»Wenn mein Wort genügt, werde ich darüber nachdenken.«

Als er hinter einer Palmengruppe verschwunden war, wandte sich Celeste ihrem Vater zu.

»Was meinst du?«

»Er scheint aufrichtig zu sein.«

»Werden wir ihn wiedersehen?«

»Keine Ahnung. Aber es will mir nicht in den Kopf, daß der Mörder der Männer, mit denen ich so viele Jahre gesegelt bin, mit dem Leben davonkommt.«

»Der wahre Mörder war Hernando, und der ist offenbar tot.«

»Weißt du, was merkwürdig ist?« sagte Miguel Heredia. »Als wir nach dem toten Sebastián suchten, stolperte ich über eine Leiche, die mich an Pedrárias erinnerte. Doch weil ich ihn in meinem Leben nur einmal gesehen habe und das vor vielen Jahren, habe ich den Gedanken verworfen, daß er es sein könnte.«

»Warum hast du mir nichts davon erzählt?«

»Es schien mir einfach zu abwegig. Was hätte denn ein Gesandter der Casa de Contratación von Sevilla auf Jamaika zu schaffen?«

»Uns zu verfolgen. Ich habe dich doch gewarnt, daß er das versuchen würde.«

»Aber niemals hätte ich gedacht, daß er das persönlich tun würde.«

»Ich schon.« Celeste erhob sich abrupt, um damit das Thema zu beenden. »Gut! Um Kapitän Tiradentes werden wir uns zu gegebener Zeit kümmern. Jetzt sollten wir erst einmal das Silber bergen.«

Am nächsten Morgen hatte man das Wrack der *Jacaré* schließlich in die ausgewählte stille Bucht gezogen und setzte das einst so stolze Schiff auf Grund. Obwohl fast das gesamte Deck eine Handbreit unter Wasser lag, ging man an Bord, um es näher zu untersuchen.

Als man den Laderaum des Bugs öffnete, blickte man in ein Rechteck mit schmutzigem und dunklem Wasser, in dem Segelfetzen und Holzstücke trieben. Wer nach den dort unten vermuteten schweren Silberbarren tauchen wollte, konnte sich nur von seinem Tastsinn leiten lassen.

Für drei Golddublonen pro geborgenem Silberbarren fanden sich jedoch sechs Freiwillige, und so stapelte sich bereits am frühen Nachmittag ein Teil des märchenhaften Schatzes auf dem Sandstrand.

Die Nachricht von dem Fund sprach sich in Windeseile herum, und bald tauchte ein sehr aufgeregter Oberst Buchanan auf, in Begleitung von einem halben Dutzend schwerbewaffneter Soldaten.

»Es stimmt also«, rief er fasziniert aus. »Ein wahres Vermögen! Wie viele Barren hofft Ihr zu finden?«

»Gut dreihundert«, entgegnete Celeste selbstsicher.

Ihr Gegenüber konnte sich einen anerkennenden leisen Pfiff nicht verkneifen, schien sich aber sofort für seine Gefühlsregung zu schämen, die sich für einen Offizier Ihrer Gnädigen Majestät nicht schickte.

»Dreihundert!« wiederholte er ungläubig. »Wie fühlt Ihr Euch, so jung und so reich?«

»Ich würde alles auf diesem Schiff dafür eintauschen, um meinen Bruder wiederzusehen.«

»Einen Bruder habe ich nie gehabt«, sinnierte der Offizier sarkastisch. »Aber so wie ich meine Eltern kenne, hätten sie mir wohl kaum einen schenken können, der auch nur die Hälfte wert gewesen wäre. Gestattet Ihr mir einen Rat?«

»Natürlich!«

»Ich kenne einen Bankier, Ferdinand Hafner, der Euch einen guten Preis für dieses Silber zahlen wird. Und für seine Kreditbriefe garantiert die Krone höchstselbst.«

»Mein Vertrauen in die englische Krone ist zwar nicht gerade grenzenlos, aber ich habe bereits selbst an Hafner gedacht«, gestand das Mädchen. »Aber warum stellt Ihr ihn mir nicht vor?« lächelte sie vielsagend. »Es kann doch nicht schaden, wenn uns ein Bankier unterstützt, nicht wahr?«

Der Oberst schwitzte erbärmlich in seiner dicken Uniformjacke. Selbst für einen wie ihn, der seit Jahren an das drückend schwüle Klima Jamaikas gewöhnt war, war es ein besonders heißer Tag. Er wischte sich mit einem feuchten Tuch den Schweiß ab, der ihm in Strömen den Hals hinunterlief, und nickte entschieden.

»Das kann bestimmt nicht schaden. Vor allem einem armen Offizier nicht, der seinen gesamten Besitz durch ein schweres Erdbeben verloren hat.«

Er verschwand in Richtung eines kleinen Dörfchens, das sich im Norden der Bucht erhob, direkt gegenüber dem vor wenigen Tagen untergegangenen prunkvollen Port-Royal. Dorthin hatten sich die meisten Überlebenden der Katastrophe geflüchtet. Die fanden nun, es hieße das Schicksal geradezu herauszufordern, die Stadt erneut auf der Landzunge zwischen Meer und Lagune zu errichten, so schön sie auch immer gewesen sein mochte.

Niemandem gefiel die Vorstellung, in einem Bett zu schlafen, unter dem Hunderte von Leichen verwesten und eine ganze Stadt binnen Minuten begraben worden war. Darum verlagerten sich die wieder auflebenden Aktivitäten der Insel nach und nach zwischen die schmutzigen Hütten von Kingston, obwohl der Ort in einer feuchtheißen und von Mückenschwärmen heimgesuchten Zone lag. Dort reichte die sanfte Meeresbrise nicht mehr aus, die Plagegeister ins Landesinnere zu vertreiben.

Auf der anderen Seite hatte das heftige Erdbeben vom 7. Juni nicht nur eine Stadt, sondern auch eine Lebensweise vernichtet. Ab diesem Zeitpunkt hörte die ruhige Bucht auf, eine sichere Zuflucht der Piraten zu sein. Damit hatte deren letzte Stunde geschlagen.

Der florierende Handel mit Kaffee, Kakao, Zucker und vor allem Sklaven erwies sich als wesentlich rentabler und weniger riskant als der harte Beruf derjenigen, die Galeonen überfielen. Schon forderten zahlreiche und gewichtige Stimmen, den gefürchteten Seewölfen Einhalt zu gebieten.

Der umsichtige und pragmatische Oberst James Buchanan war noch immer nicht dazu gekommen, London die gewaltige Katastrophe zu melden. In Port-Royal gab es nämlich kein einziges Schiff mehr, das die Überfahrt hätte wagen können. Da Buchanan aber überzeugt war, daß der englischen Krone die Piratenzuflucht Port-Royal ohnehin ein Dorn im Auge war, nahm er die Vernichtung der Stadt zum Anlaß, mit den verbrecherischen Machenschaften der Piraten aufzuräumen.

Port-Royal war das Mekka der karibischen Piraten gewesen: Kingston würde von nun an das Mekka des Sklavenhandels für den karibischen Markt sein.

Unter dieser Entscheidung sollten im Verlauf des folgenden Jahrhunderts Millionen von Menschen leiden. Oberst James Buchanan war nun beileibe kein Rassist, er fand nur einfach, daß die massive Einfuhr afrikanischer Arbeitskräfte in die Neue Welt ein legales Geschäft war, von dem sowohl Käufer wie Gekaufte profitierten.

Schließlich hatten die Königin von England höchstselbst, Prinz Rupert und der Herzog von York die zu trauriger Berühmtheit gelangte Royal Africa Company gegründet. Diese spezialisierte sich auf Gefangennahme und Verkauf von Sklaven. Warum sollte also ein hervorragender königlicher Offizier nicht blind daran glauben, daß das, was unter der Schirmherrschaft Ihrer Gnädigen Majestät stand, automatisch richtig sein mußte?

Die meisten Eingeborenen Westindiens waren den aus Europa eingeschleppten Epidemien zum Opfer gefallen oder in den von Europäern angezettelten Kriegen umgekommen. Die fruchtbaren Böden Westindiens konnte man daher nur ausbeuten, wenn man untertänige starke Arbeitskräfte einführte, die dem schwülheißen Tropenklima gewachsen waren.

Und diese Arbeitskräfte konnte man nur in Afrika finden.

Oberst James Buchanan hatte nicht die geringste Vorstellung, welche ethischen und moralischen Auswirkungen der Sklavenhandel haben würde. Wenn seine Königin ihn förderte, mußte er legal sein, und angesichts der Tatsache, daß Jamaika ein halbes Jahrhundert lang die Operationsbasis brutaler Piraten gewesen war, stellte der Wandel zum Zentrum des Sklavenhandels einen bemerkenswerten Schritt in Richtung einer »Normalisierung« der Wirtschaft dar.

So verkündete Buchanan, ohne die Bestätigung aus dem Mutterland abzuwarten, Mitte September einen Erlaß, der das Anwerben von Besatzungen für alle Schiffe verbot, die sich nicht ausschließlich dem Transport von Menschen oder Waren widmeten. Gleichzeitig durfte von nun an ein Schiff, das die »Ehrenhaftigkeit« seiner Aktivitäten nicht unmißverständlich glaubhaft machen konnte, nur noch eine Woche lang in der Bucht bleiben: und das nur ein einziges Mal.

Von nun an mußten Piraten und Korsaren auf dem trostlosen Felsen Tortuga oder auf den öden Cayman-Inseln Zuflucht suchen.

Die glorreiche Zeit der schwarzen Flaggen war passé.

Es kam die glorreiche Zeit der schwarzen Leiber.

Und Kingston, das schmutzige Kingston, das heiße Kingston, das ungesunde Kingston schickte sich an, sich mit Menschenhandel die Taschen zu füllen.

Ferdinand Hafner benötigte nur wenig Zeit, sein Prestige als geschäftstüchtiger Bankier unter Beweis zu stellen. Kaum waren seine blauen Augen über den riesigen Haufen Silberbarren gewandert, nahm er einen von ihnen in die Hand. Kaum merklich nickte er mit seinem runden, kahlen und stets glänzenden Schädel und wollte von Celeste wissen:

»Wo wollt Ihr über Euer Geld verfügen?«

»In Frankreich, England, Holland und Portugal«, schoß sie zurück.

»Mit portugiesischen Bankiers pflege ich keine Beziehungen, aber ich kann Euch eine hübsche Summe in Brasilien deponieren.«

»Einverstanden.«

»Es gilt der Preis vor dem Erdbeben plus vier Prozent Kommission.«

»Einverstanden, doch dann müßt Ihr von diesem Augenblick an die Verantwortung über das Silber übernehmen. Ich kann die Soldaten des Oberst nicht länger in Anspruch nehmen.«

»Gebt mir eine Stunde Zeit.«

Fünf Minuten vor Ablauf der Frist war er wieder da: mit drei schweren Kutschen, die von einem Dutzend bis an die Zähne bewaffneter Männer bewacht wurden. Er packte Schreibzeug und Lacksiegel aus, zählte die Barren durch und stellte eine Quittung über 246 Barren aus.

Der Rest fiel an die englische Krone und wurde daher weiterhin von den Soldaten bewacht.

Anschließend bat sich der Bankier drei Tage aus, um die Zahlungsanweisungen auszustellen und von den zuständigen Behörden beglaubigen zu lassen. Bevor er sich jedoch verabschiedete, sagte er mit äußerster Höflichkeit:

»Wenn ich Euch anderweitig behilflich sein kann, dann zögert bitte nicht, mich zu fragen.«

»Da wäre wirklich etwas«, bedeutete ihm Celeste. »Vielleicht kennt Ihr jemanden, der einen Verbrecher aufspüren kann. Er hat die Katastrophe überlebt und heißt João ...«

Der Bankier winkte ab.

»Erspart mir lieber die Einzelheiten. Aber so einen Mann kenne ich. Er wird Euch noch diese Nacht aufsuchen. Wo kann er Euch treffen?«

»In meinem Haus in Caballos Blancos. Über die Küstenstraße ist das eine knappe Stunde.«

»Er wird dort sein!«

Kaum war es dunkel geworden, tauchte tatsächlich ein stämmiger Mann mit sehr markantem Kinn und karottenfarbenem Vollbart auf, der erstaunlich elegant gekleidet war und nicht viele Worte zu machen schien. Er brachte seine schwarze Stute vor dem Eingang des schönen Strandhauses zum Stehen und fragte, ohne abzusteigen:

»Señorita Celeste Heredia?«

»Das bin ich.«

»Ich heiße Gaspar Reuter. Mister Hafner schickt mich.«

»Wollt Ihr eintreten?«

»Nicht nötig. Wen sucht Ihr?«

»Einen portugiesischen Seemann namens João Oliveira, besser bekannt als Kapitän Tiradentes. Soweit ich weiß, ist er am Arm verwundet und sehr gefährlich.«

»Wollt Ihr ihn tot oder lebendig?«

»Lieber lebendig. Ich hätte ihm gern einige Fragen gestellt.«

»Das kostet Euch 50 Pfund.«

»Wenn Ihr einen Augenblick wartet, hole ich Euch das Geld.«

»Bemüht Euch nicht«, tönte es kurz angebunden zurück. »Ich kassiere nur bei Erfolg. Gute Nacht!«

Er gab seinem Pferd leicht die Sporen und wurde von der Nacht verschluckt, als hätte es ihn nie gegeben.

Kurz darauf kam Miguel Heredia aus dem Wald und lehnte sich neben seine Tochter an das Gatter.

»Bist du sicher, daß wir das Richtige tun? Rache hat noch keinen wieder lebendig gemacht.«

»Rache ist süß, sonst nichts. Wenn dieser Mistkerl Lucas Castaño und dreißig Männer, die Sebastián sehr geschätzt hat, den Kopf abgeschnitten hat, verdient er den Tod.«

»Sie waren Piraten und wußten, worauf sie sich einließen.«

»In Port-Royal respektierten sogar die Piraten das Gesetz, und dann hatten sie auch das Recht, sich dort sicher zu fühlen.«

»Tiradentes muß vor ein ordentliches Gericht.«

Seine Tochter ließ sich mit der Antwort Zeit. Dann sah sie ihm direkt in die Augen.

»Du mußt dich daran gewöhnen, daß von nun an nur noch mein Gesetz gilt. Wenn du mir folgen willst, mußt du das blind akzeptieren, falls nicht, kannst du dich immer noch zurückziehen.«

»Ich hätte mir nie träumen lassen, daß du einmal so mit mir sprechen könntest«, erwiderte Miguel Heredia bekümmert.

»Ich auch nicht, aber so bin ich nun mal jetzt«, gab das Mädchen mit eisiger Gelassenheit zurück. »Denk daran: Wenn wir uns dazu entschließen, die Sklavenhändler zu bekämpfen, dann legen wir uns mit den mächtigsten Leuten unserer Zeit an. Da werden wir uns nicht an das Gesetz halten können, denn die Gesetze, die diesen Handel unterstützen, sind offensichtlich ungerecht. Entweder brechen wir sie, oder wir kommen zu nichts.«

»Wir werden lediglich auf dem Schafott enden.«

»Noch bleibt dir Zeit, das zu umgehen.«

»Du weißt, daß das nicht stimmt. Wenn das deine Entscheidung ist, werde ich sie akzeptieren. Was sollte ich in meinem Alter denn sonst machen?«

»Du kannst hier einen ruhigen Lebensabend verbringen. Der Ort ist wunderschön.«

»Während du auf hoher See dein Leben aufs Spiel setzt ...? Was für ein Unsinn! Ich werde stets an deiner Seite bleiben, auch wenn ich mit deinen Methoden nicht einverstanden bin.«

Vorläufig ließen sie die Angelegenheit ruhen. Doch drei Tage später erfuhren sie, daß die riesige, prunkvolle Galeone des eleganten Frauenhelden Laurent de Graaf in der Bucht von Port-Royal vor Anker gegangen war. Bestürzt hatten Kapitän und Mannschaft feststellen müssen, daß die schöne, ausgelassene Stadt auf der Landzunge nur noch ein Ruinenhaufen war.

Sein einst stolzes, schimmerndes Schiff hatte bösen Schaden genommen, war schmutzig und angekokelt, sein Besanmast zersplittert und der Rumpf unter der Wasserlinie wie ein Sieb durchlöchert. Der Angriff auf Maracaibo war fehlgeschlagen: Die Piraten hatten eine demütigende Niederlage erlitten, bei der über ein Dutzend Schiffe gesunken waren.

Zu allem Überfluß kam dann auch noch Oberst James Buchanan an Bord und teilte dem demoralisierten Holländer kurzerhand mit, daß er binnen sechs Tagen seine Fahne abzugeben und ein Dokument zu unterzeichnen hätte, in dem er sich verpflichtete, sein »verbrecherisches« Tun für immer aufzugeben. Ansonsten hätte der Pirat Jamaika für immer den Rücken zu kehren.

»Und warum das?« wollte De Graaf wissen.

»Weil die Seeräuberei tot ist.«

»Wer sagt das?«

»Ich. Und in Jamaika gebe jetzt ich die Befehle.«

»Über den Kopf des Gouverneurs hinweg?«

»Der Gouverneur ist tot. General Maxwell ebenso. Jetzt gebe ich die Befehle, und so lauten sie ... Werdet Ihr Eure Fahne abgeben?«

»Ich muß darüber nachdenken.«

»Tut das, aber denkt daran, Ihr habt nur eine Woche Zeit. Danach habt Ihr Euch entweder aus dem Staub gemacht oder Ihr hängt am Großmast, eingewickelt in Eure Fahne.«

Noch vor einigen Monaten hätte der stolze Pirat einfach die Luken seiner Kanonenschächte geöffnet, das stinkende Nest Kingston von der Landkarte gefegt, und sein berühmtes Orchester hätte dazu Siegesmärsche intoniert. Doch jetzt hatte er nur mit Mühe und Not die rettende Küste Jamaikas erreicht, und weder sein Schiff noch seine Männer waren in der Lage, auch nur einer elenden Schaluppe schmutziger Freibeuter die Stirn zu bieten.

Die ganze Nacht grübelte er über sein Unglück nach und fragte sich, was er tun sollte. Auf dem verwahrlosten Tortuga, das wußte er nur zu gut, würde man ihn keinesfalls mit offenen Armen empfangen. Die stinkenden, blutdürstigen Bukaniere dort würden jede Gelegenheit nutzen, ihn im Schutz der Dunkelheit zu überfallen, seiner Mannschaft die Kehle durchzuschneiden und sich wie Geier über die Reste seiner glanzvollen Vergangenheit hermachen.

Stets hatte er vorgehabt, seinen gefährlichen Beruf ein für allemal an den Nagel zu hängen und seine wohlverdienten Schätze mit den schönen Pariserinnen zu teilen, für die er eine besondere Schwäche hatte. Doch ausgerechnet jetzt hatte er nicht den geringsten Schatz zu verteilen. Nur ein mächtiges, allerdings bös zugerichtetes Kriegsschiff und eine geduldige Mannschaft waren ihm geblieben, und die hatte im letzten Jahr nicht die elendste Beute gesehen.

Und jetzt kam dieser verdammte Engländer und stellte Bedingungen.

Der Mond schien auf die Stelle, an der noch vor kurzem die berühmte Schenke »Die Tausend Jakobiner« gestanden hatte. Mit Wehmut dachte De Graaf an die zahllosen Nächte, in denen er dort mit vollen Händen sein Geld beim Glücksspiel zum Fenster hinausgeworfen und verächtlich die vielen Frauen abgeschüttelt hatte, die nichts anderes als die hochgeschätzte Ehre im Sinn hatten, den Piraten in ihr Bett zu lotsen.

Das alles lag nun unwiederbringlich hinter ihm. Plötzlich überfiel ihn das Gefühl, alt geworden zu sein, müde und besiegt: nicht von den Kanonenkugeln Maracaibos, die ein ums andere Mal mit teuflischer Präzision auf seinem Schiff eingeschlagen hatten, sondern von der Zeit und dem Schicksal, die seit jeher die erbittertsten Feinde des Menschen waren.

Wer hätte sich denn auch ausmalen können, daß die verfluchten Einwohner von Maracaibo so hartnäckig Widerstand leisten würden und daß die Erde binnen drei Minuten eine ganze Stadt verschlingen konnte?

Dabei hätte es ihm noch schlimmer ergehen können, versuchte er sich zu trösten. Schließlich könnte er jetzt auf dem Grund der Bucht liegen. Kein einziges Schiff hatte der durch das Erdbeben ausgelösten Flutwelle widerstanden. Doch es konnte nur ein magerer Trost sein, daß er nun der Einäugige unter den Blinden war.

Er legte sich zum Schlafen an Deck, machte aber kaum ein Auge zu. Das ferne Gelächter und Stimmengewirr aus den lärmenden Bordellen und Spielhöllen Port-Royals fehlte ihm. Um so erstaunter war er, als sich im ersten Morgengrauen eine Schaluppe steuerbords näherte und ein schönes Mädchen voller Respekt um Erlaubnis bat, an Bord kommen zu dürfen.

»Was willst du?« fragte er barsch. Ein verzweifeltes Freudenmädchen, dachte er, das die Katastrophe überlebt hatte und nun an seine legendäre Großzügigkeit appellieren wollte.

»Dein Schiff kaufen«, tönte es selbstsicher zurück.

»Mein Schiff kaufen?« wiederholte der Pirat verblüfft. »Hast du auch nur den geringsten Schimmer, was so ein Schiff wie dieses hier kostet?«

»Habe ich nicht und ist mir auch egal«, stellte Celeste Heredia trocken klar. »Jedenfalls reicht mein Geld, um hundert davon zu kaufen, also entweder läßt du mich jetzt an Bord kommen, oder ich verschwinde wieder.«

Der Holländer Laurent de Graaf, so munkelte man, hatte in seinem Leben mehr Frauen um ihre Unschuld gebracht als das gesamte Heer seines Landes. Verblüfft betrachtete er das freche Mädchen, das sich von oben in den provozierenden Ausschnitt blicken ließ, ohne sich dabei auch nur im geringsten zu genieren. Mit den Frauen, die im Lauf seines Lebens mit ihm das Bett geteilt hatten, hatte dieses seltsame Geschöpf jedenfalls wenig gemein.

»Komm an Bord!«

Celeste sprang an Deck, brachte ihr Kleid in Ordnung, schüttelte ein wenig das wallende Haar, das ihr unverwechselbares Gesicht mit den neugierigen Augen umrahmte, holte ein Dokument mit Stempel und Lacksiegel hervor und hielt es ihrem Gegenüber unter die Nase.

»In diesem Kreditbrief steht, daß ich allein auf einer Bank in deinem Land Geld genug habe, um zehn Schiffe damit auszurüsten. Reicht dir das, um Verhandlungen zu beginnen?«

»Das diskutieren wir doch lieber in der Kajüte.«

»Wir bleiben besser an Deck. In den Kajüten wird über Dinge geredet, zu denen ich bislang keine Lust hatte.«

»Wie du willst«, erwiderte der andere sarkastisch. »Ich hätte dir gern eine Erfrischung angeboten, doch leider habe ich nicht einmal mehr Zitronen an Bord.«

Trotz allem spielte er den Kavalier, holte ihr einen Stuhl und nahm ihr gegenüber Platz. Dann blickte er ihr erneut tief in die Augen, als wolle er seine gesamten Verführungskünste spielen lassen, und lächelte:

»Laß deinen Vorschlag hören.«

»Ganz einfach: Ich will dein Schiff kaufen. Du nennst den Preis. Finde ich ihn angemessen, lege ich dir die Summe sofort auf den Tisch. Bist du zu teuer, warte ich auf ein anderes Schiff. Nur diskutieren werde ich nicht.«

»Feilschen gehört zu jedem guten Handel«, gab der Holländer zu bedenken. »Als Frau solltest du das eigentlich wissen. Was machst du denn, wenn dir ein Kleid oder ein Schmuckstück gefällt?«

»Schmuck und Kleider interessieren mich nicht«, tönte es kurz angebunden zurück. »Wieviel willst du für dein Schiff?«

»Ich muß darüber nachdenken, und ich bin noch nicht einmal sicher, ob ich es überhaupt verkaufen will. Willst du auch die Fahne haben?«

»Aus der kannst du dir ein Kissen machen.«

Vielleicht zum ersten Mal in seinem Leben war der holländische Don Juan in Gegenwart einer Frau sprachlos. Einige Augenblicke sagte er gar nichts, dann schlug er sich wiederholt an die Stirn, als wollte er sich davon überzeugen, daß er nicht träumte.

»Teufel noch mal!« murmelte er schließlich. »Vor kaum drei Monaten lag ich hier in der Bucht, mein Orchester spielte in Sichtweite der prunkvollsten Stadt, und ich zerbrach mir den Kopf darüber, ob ich für die Nacht nun zwei oder drei Frauen mit ins Bett nehmen sollte. Und jetzt habe ich kein Orchester mehr, mein Schiff ist ein halbes Wrack, von der prachtvollen Stadt stehen nicht einmal mehr die Grundmauern, und ein unverschämtes Mädchen will, daß ich mich auf eine Fahne setze, die in hundert Schlachten siegreich war. Ich glaub's einfach nicht!«

»Glaub's lieber. Soweit ich weiß, haben sie dir in Maracaibo in diese Fahne so viele Löcher geschossen, daß sie nicht einmal mehr als Kissen taugt.«

»Auf deiner Fahne wird wohl ein Totenkopf mit Fächer prangen«, reagierte ihr Gegenüber bitter. »Hat dir niemand gesagt, daß die beiden einzigen weiblichen Piraten, die es je gegeben hat, am Galgen gelandet sind? Eine von ihnen habe ich gekannt.«

Das Mädchen nickte lächelnd.

»Doch, das hat man mir schon gesagt. Aber mit der Seeräuberei will ich nichts zu schaffen haben. Dieses Metier hat keine Zukunft, und das beste wird sein, du gibst es ebenfalls auf.«

»Das fürchte ich auch«, gestand der andere. »Aber sag mir, wenn du keine Piratin werden willst, was zum Teufel fängst du dann mit einer Galeone mit 78 Kanonen an?«

»Das geht nur mich was an.«

»Natürlich. Aber ich war dabei, als man den Kiel gezimmert hat, ich habe den Bau Tag für Tag verfolgt, das Schiff seit seiner Jungfernfahrt befehligt, und ich mag es nicht aufgeben, ohne zu wissen, was aus ihm wird.«

»Wahrscheinlich wird es auf dem Meeresgrund landen. Wie alle anderen auch. Doch soweit ist es noch lange nicht.« Celeste schenkte ihm ihr süßestes und unschuldigstes Lächeln. »Tut mir leid, doch in dieser Hinsicht kann ich dich nicht zufriedenstellen.«

Der andere warf ihr einen vielsagenden Blick zu und erkundigte sich ironisch:

»Gibt es denn etwas, womit du mich ›zufriedenstellen‹ könntest?«

»Glaub ich nicht«, gab das Mädchen belustigt zurück. »Schon deshalb, weil es nichts gibt, womit du mich ›zufriedenstellen‹ könntest. Du bist zwar tatsächlich der attraktivste Mann, den ich bisher kennengelernt habe, und dein Ruf ist durchaus berechtigt, doch dummerweise gefallen mir schöne Männer nicht.«

»Und welche gefallen dir, wenn man fragen darf?«

»Darüber habe ich noch nicht nachgedacht. Heute will ich nur ein gutes Schiff kaufen.«

Eine Stunde später sagten sie sich wie alte Freunde Lebewohl. Der Holländer versprach, ihr binnen drei Tagen schriftlich die Höhe der Kaufsumme zukommen zu lassen, die er für das Schiff fordern würde, falls er es überhaupt verkaufen würde.

Wieder an Land, suchte Celeste ihren Vater auf. Miguel Heredia saß unter einer Palme und sah sie fragend an.

»Und nun? Wie ist es dir mit dem Unwiderstehlichen ergangen?«

»Besser, als ich zu hoffen gewagt habe. Noch ein paar Stunden länger allerdings, und ich wäre tatsächlich in seiner Kajüte gelandet. Er ist wirklich ein charmanter Mann. Kein Wunder, daß ihm die Frauen zu Füßen liegen.« Sie machte eine kurze Pause. »Aber er hat ausgespielt, und das weiß er besser als jeder andere.«

»Wird er verkaufen?«

»Bestimmt.«

»Du bist dir ja sehr sicher.«

»Was bleibt ihm anderes übrig? Er kann sein Schiff nicht reparieren, selbst wenn er sein letztes Hemd versetzen würde. Außerdem weiß er nicht, wo er das machen lassen könnte. Ich bin sein Rettungsanker, und das weiß er.«

Wie war das möglich, fragte sich der Alte, daß das kleine süße Mädchen, das er oft huckepack auf den Schultern getragen hatte, jetzt eine Frau war, die stets zu wissen schien, was sie wollte und wie sie es bekam? Sie schien rein gar nichts mit ihren Geschlechtsgenossinnen gemein zu haben.

Zwar hatte sich auch Celestes Mutter, die unglückliche Emiliana Matamoros, nichts sagen lassen, doch war sie nicht im mindesten so charakterfest gewesen wie ihre Tochter, die Miguel Heredia immer ein Rätsel bleiben würde.

Resigniert setzte er sich daher in die kleine Kutsche

neben Celeste. Auf schnellstem Wege kehrten sie nach Caballos Blancos zurück, ohne während der Fahrt auch nur ein einziges Wort zu sprechen.

Als sie ankamen, wurden sie von einer schwarzen Stute überrascht, die an das Eisengitter gebunden war. Der elegante Gaspar Reuter lag im Schatten eines Araguaney-Baumes und hatte sich einen breitkrempigen Hut über das Gesicht gezogen.

»Ich habe den Mann«, sagte er sofort.

»Wo?« wollte Celeste Heredia aufgeregt wissen. Ihre Kälte und Distanziertheit der letzten Tage war wie weggeblasen.

»Folgt mir.«

Er führte sie durch den dichten Wald zu einer großen Lichtung, auf der eine verfallene Sklavenhütte stand. Die hatte wohl früher einmal als Lagerschuppen gedient.

Auf dem Boden saß ein schmutziger, verdrossen dreinblickender Mann. Er war fest an einen Pfahl gefesselt, und sein linker Arm hing schlaff herab.

Ungerührt hielt der Verletzte den Blick des Mädchens aus. Schließlich fragte Celeste:

»Heißt du João Oliveira und hast du die *Botafumeiro* befehligt?«

»Schon möglich.«

»Hast du die Besatzung der *Jacaré* kaltblütig massakriert?«

»Ich habe sie hingerichtet«, stellte der andere klar. »Es war ein Piratenschiff.«

»Du wußtest aber sehr gut, daß die englischen Gesetze Port-Royal stets als sichere Zuflucht gesehen haben.«

»Die englischen Gesetze kümmern mich einen Dreck. Ich hatte andere Befehle.«

»Wer gab sie dir?«

Der schmutzige Kapitän Tiradentes ließ seine Blicke über das vor ihm stehende Mädchen wandern, dachte einige Augenblicke nach und spuckte schließlich geräuschvoll auf ihr makelloses zartrosa Kleid.

Gaspar Reuter trat vor, um seinem Gefangenen einen Schlag zu versetzen, doch Celeste gebot ihm Einhalt. Gleichmütig sah sie zu, wie die Spucke langsam ihren Rock hinabtropfte, und murmelte sehr gelassen:

»Das schaffe ich schon allein.«

Urplötzlich schoß ihr Fuß vor. Die Spitze ihres zarten Schuhs landete brutal auf dem schlaffen Arm des Portugiesen, der vor Schmerzen aufheulte.

»Hör mir gut zu, du Hundesohn«, raunte das Mädchen, als der andere schließlich verstummt war. »Soweit ich weiß, hast du dreißig meiner Freunde kaltblütig ermordet und ihnen die Köpfe abgeschnitten.« Sie hockte sich vor ihn hin, damit sie ihm in die Augen sehen konnte. »Dafür wirst du bezahlen, aber du kannst wählen: Entweder du wirst einfach nur aufgehängt, oder du dienst als lebendiges Fischfutter für die Haie. Entscheide dich also, denn ich bin mit beiden Methoden vertraut. Mein Bruder hat sie mir beigebracht.«

»Du bist also die berühmte Schwester von Kapitän Jack? Das hätte ich mir eigentlich denken können. Pedrárias haßte dich wie einen Todfeind.«

»Was weißt du von Pedrárias?«

»Daß er ertrunken ist.«

»Hat er dich angeheuert?«

João Oliveira nickte. Jeglicher Widerstand war offensichtlich zwecklos, und er hatte es mit einer Frau zu tun, die durchaus in der Lage war, ihn bei lebendigem Leib zu den Haien zu schicken.

Celeste stieß einen tiefen Seufzer aus, richtete sich auf

und blickte ihren Vater an, der es vorgezogen hatte, reglos an der Tür zu verharren. Schließlich löcherte sie Tiradentes weiter:

»Was weißt du von meinem Bruder?«

»Nichts. Ich habe ihn nie gesehen.«

Das Mädchen musterte ihn aufmerksam. Schließlich nickte sie fast unmerklich.

»Ich glaube dir. Ich erinnere mich, daß er gegen elf das Haus verlassen hat. Sehr wahrscheinlich hatte er daher mittags das Schiff noch nicht erreicht. Mein Gott!« klagte sie. »Wenn er eine halbe Stunde länger geschlafen hätte, wäre er noch am Leben.«

»Dabei heißt es doch: Morgenstund hat Gold im Mund«, spottete ihr Gefangener.

»Das ist nicht witzig! Und ich verstehe nicht, wie du noch Scherze machen kannst, wo du sehr bald an einem Balken hängen wirst.«

»Irgendwann einmal hätte man mich sowieso aufgehängt«, erwiderte Kapitän Tiradentes gelassen. »Was tut es da zur Sache, ob es nun ein Baum oder ein Balken ist. Man baumelt genauso.«

»Na, wenigstens zeigst du Mut wie ein Mann.«

»Leider kann ich das Kompliment nicht zurückgeben. Ehrlich gesagt, ich hätte mir nie träumen lassen, daß mich einmal eine Frau aufhängen würde.«

»Hast du noch etwas hinzuzufügen?«

»Ich nehme es dir nicht übel, daß du mich aufhängst. Schuld an allem ist das verfluchte Erdbeben. Ansonsten wäre ich jetzt weit weg und steinreich.«

Celeste Heredia Matamoros wandte sich Gaspar Reuter zu, der an der Wand lehnte und die Szene verfolgt hatte, als ginge ihn das alles nichts an.

»Hast du einen Strick?« wollte sie wissen.

»Mein Beruf ist es, entlaufene Sklaven zu verfolgen. Was täte ich da ohne Stricke?«

»Und wie bringst du es fertig, Sklaven durch die Wälder zu jagen und dabei immer so elegant auszusehen?«

»Reine Gewohnheit«, murmelte der Engländer. »Schmutz ist mir zuwider.«

»Verstehe! Hol mir diesen Strick, binde ihn an ein Pferd und wirf ihn durch dieses Fenster. Den Rest übernehme ich.«

Gaspar nickte und ging zum Tor.

Kaum war er verschwunden, wandte sich Miguel Heredia an seine Tochter.

»Willst du ihn wirklich aufhängen?«

»Natürlich.«

»Und was hast du davon?«

»Daß er keinem mehr den Kopf abschneidet. Erinnerst du dich an Lucas Castaño? Er war ein guter Mensch. Na schön, ein Pirat, aber ein guter Mensch, und dieser Kerl ist schuld, daß sein Kopf in einem Pökelfaß liegt. Findest du, er hat nach alledem noch ein Recht zu leben?«

Ihr Vater wies in die Richtung, in die Gaspar Reuter verschwunden war.

»Wahrscheinlich nicht, aber schließlich bezahlst du ihn dafür. Warum willst du dir selbst die Hände schmutzig machen?«

»Das habe ich auch nicht vor. Doch ich will die Verantwortung nicht abschieben. Hätte ich Hernando Pedrárias rechtzeitig umgebracht, dann wäre das alles nicht passiert.«

Sie erhielt keine Antwort, denn im gleichen Augenblick fiel ihr ein dickes Seil vor die Füße, das Gaspar Reuter durch das Fenster geworfen hatte. Erstaunlich gelassen knotete Celeste eine Schlinge, warf sie über den Balken, der über die gesamte Breite der Hütte verlief, und legte sie dem Verurteilten um den Hals. Der schloß die Augen und murmelte ein kurzes Gebet.

Celeste räumte ihm eine gute Minute ein, damit er seine Seele Gott empfehlen konnte, dann rief sie:

»Fertig!«

Eine Peitsche knallte, und das Seil spannte sich, Kapitän Tiradentes stieß einen kurzen Seufzer aus und segelte langsam himmelwärts, während sein Genick mit grausigem Knacken brach.

Kurz darauf baumelte er in der Luft, und nach einiger Zeit, die Miguel Heredia eine Ewigkeit erschien, erschlaffte er, röchelte ein letztes Mal und urinierte geräuschvoll.

Ungerührt sah ihm das Mädchen zu und klatschte in die Hände.

»Gehen wir!«

»Willst du ihn nicht begraben?« wollte ihr Vater wissen.

»Die Erde muß man sich verdienen. Und dieses Schwein hat keine Verdienste.«

Als Miguel Heredia die Hütte verließ, blickte er in die gleichmütigen Augen von Gaspar Reuter, der sich darauf beschränkte, das Seil am Außengeländer festzubinden.

»Was schaut Ihr mich so an?« fragte er bitter. »Ich bin nicht schuld daran, daß sie so ist.«

»Jedem das Seine«, lautete die eisige Antwort. »Und mir gefällt sie. Die meisten Frauen, die ich kennengelernt habe, waren Zimperliesen, Huren oder Schmeichlerinnen.« Er tippte sich an die Stirn. »Da drin hat Eure Tochter Mumm wie ein Mann.«

»Ich weiß nicht, ob das ein Kompliment ist.«

»Das könnt Ihr auffassen, wie Ihr wollt, aber meiner

Ansicht nach verdient jeder Respekt, der sich über Regeln hinwegsetzt.«

Gemeinsam kehrten sie zum Haus zurück. An der Schwelle wartete Celeste und überreichte dem Sklavenjäger eine Börse voller Münzen.

»Das ist für Euch. Und wenn Ihr noch mehr verdienen wollt, dann sucht mir ehrenwerte, mutige Männer, die bereit sind, für mich zu arbeiten.«

»Ehrenwerte, mutige Männer, die für eine Frau arbeiten wollen?« lachte der andere sichtlich belustigt. »Ich fürchte, das wird wesentlich schwerer, als einen Schwarzen in den Bergen aufzuspüren.« Er dachte einige Augenblicke lang nach. »Mal sehen, was ich tun kann.«

Er stieg auf seine Stute, winkte zum Abschied und ritt davon, ohne sich noch einmal umzudrehen.

»Von seiner Sorte brauchen wir mehr«, murmelte das Mädchen. »Tatkräftige, entschlossene Leute.«

»Glaubst du vielleicht, daß du mit ihnen fertig wirst?« wollte ihr Vater wissen. »Was machst du denn, wenn sich hundert Barbaren, die drei Monate lang keine Frau mehr angerührt haben, auf dich stürzen?«

»Das wird nicht passieren.«

»Wie kannst du da nur so sicher sein?« beharrte ihr Vater.

»Weil man mich nur anrührt, wenn ich das will«, stellte sie klar. »Das verstehst du vielleicht nicht. Aber ich habe dabei zusehen müssen, wie Hernando Mama in aller Öffentlichkeit antatschte, ohne daß sie etwas dagegen hätte machen können. Das passiert mir nie, habe ich mir geschworen. Respekt kannst du dir nicht auf dem Markt kaufen, Respekt verdienst du dir Tag für Tag, und ich weiß, wie ich das anstelle, und wenn ich dazu die halbe Besatzung aufhängen muß.«

Miguel Heredia zog es vor, schweigend zum nahen Strand zu spazieren. Dort setzte er sich in den Sand, um aufs Meer hinauszuschauen und sich wieder einmal zu fragen, was für ein Geschöpf er da gezeugt hatte.

Er fühlte sich verwirrt, schrecklich verwirrt. Die Situation glitt ihm aus den Händen, und er konnte sich nicht vorstellen, daß das früher so freundliche kleine Mädchen wieder normal werden konnte.

Was ging da in ihr vor?

Nächtelang grübelte er ergebnislos darüber nach. Celestes Verwandlung jagte ihm Angst ein. Noch vor Monaten hätte sie keiner Fliege etwas zuleide tun können.

Mit geschlossenen Augen ließ er die Szene Revue passieren, in der Celeste mit eiskalter Miene eine Schlinge geknüpft hatte, um damit einen Menschen aufzuhängen. Es schauderte ihn ein wenig dabei, sich vorzustellen, wie gelassen sie dabei gewesen war.

Ihre Hände zitterten nicht, und ihr Geist wurde nicht schwach. Nicht einmal der schreckensbleiche Blick, den der Verurteilte dem Seil zuwarf, schien sie gerührt zu haben.

Selbst er, der alle Höllenqualen erlitten und wegen Hernando Pedrárias am Rand des Wahnsinns an Bord gelebt hatte, hätte gezögert, Kapitän Tiradentes hinzurichten. Dagegen hatte die früher so sanftmütige Celeste, die fast noch ein Kind war und eigentlich an schöne Kleider und attraktive junge Männer hätte denken sollen, nicht einmal einen Augenblick geblinzelt, als der Kapitän im Todeskampf uriniert hatte.

Er erinnerte sich daran, wie der Urin auf den staubigen Boden der schmutzigen Hütte geklatscht war. Diese grauenvolle Szene würde er wohl noch lange nicht vergessen.

Eine Stunde später war ihm außerdem klar, daß er nie mehr ruhig schlafen würde, solange der Unglückliche noch am Ausguck baumelte. So holte er eine Schaufel und machte sich auf den Weg zu der großen Hütte.

Er kam zu spät. Gaspar Reuter saß auf einer der verfallenen Stufen des Eingangs und betrachtete das Grab vor ihm, während er nachdenklich an einer langen eleganten Pfeife zog.

Er setzte sich neben ihn.

»Warum habt Ihr das getan?« wollte er nach einigen Minuten wissen.

Der andere zuckte lediglich mit den Schultern.

»Spielt das eine Rolle?« antwortete er schließlich.

»Es muß doch einen Grund geben.«

»Das meiste in meinem Leben habe ich ohne vernünftigen Grund getan. So auch das hier.«

»Wie kommt es, daß ein Mann mit Eurer Bildung, zweifellos ein wahrer englischer Edelmann, als Sklavenjäger auf einer gottverlassenen Karibikinsel landet?«

»Bildung macht keinen zum Edelmann. Nicht einmal einen Engländer. Wenigstens bietet sie keine Gewähr dafür, ewig einer zu bleiben. Wenn ein armer Teufel stürzt, fällt er nicht tief, denn sein Weg ist kurz. Wenn jedoch ein Gentleman in den Abgrund stürzt, dann fällt er tiefer als jeder andere.«

»Verstehe ... Werdet Ihr die Männer suchen, um die Euch meine Tochter gebeten hat?«

Der andere nickte.

»Das werde ich tun.«

»Glaubt Ihr, daß es solche gibt?«

»Das hängt davon ab, was Ihr von ihnen wollt. Heute haben auf Jamaika viele keine sehr klare Vorstellung von ihrer Zukunft. Wenn Oberst Buchanan recht hat, daß die

Insel für die Piraten keine Zuflucht mehr ist und Seeräuberei, Glücksspiel und Prostitution keine ›ehrbaren‹ Berufe mehr sind, sondern nunmehr verachtet werden, dann ist aus der finsteren Nacht plötzlich hellichter Tag geworden, und die meisten werden wie Fledermäuse vom Sonnenlicht geblendet sein. Dafür, daß alles nur drei Minuten gedauert hat, ist der Wechsel gewaltig, viel zu gewaltig.«

»Und werden wir diesen Leuten vertrauen können?«

»Schon vor vielen Jahren habe ich gelernt, keinem zu vertrauen. Warum sollte sich das geändert haben?«

Eine lange Weile lang betrachteten sie eine Gruppe kreischender Papageien auf dem Zweig eines nahen Samán-Baums. Schließlich brach Miguel Heredia das Schweigen:

»Meine Tochter macht mir Sorgen. Der Tod ihres Bruders scheint sie völlig verändert zu haben. Schon als Kind hat sie ihn verehrt, später hat sie jahrelang auf ihn gewartet, und jetzt hat sie ihn endgültig verloren.«

»Der Verlust der Menschen, die wir am meisten lieben, formt unseren Charakter«, entgegnete der Engländer ruhig. »Das weiß ich aus Erfahrung. Der Schmerz ist das einzige Feuer, das die Seele zum Glühen bringt. Das Traurigste ist, daß wir niemals wissen können, was aus ihr wird, wenn man sie in diesem Augenblick hämmert. Ich habe die Erniedrigung gewählt, während Eure Tochter sich offensichtlich in ein Abenteuer stürzen will, das ihrem Alter und ihrem Geschlecht nicht angemessen ist.« Er blickte ihn an. »Was genau will sie eigentlich?«

»Ich bin nicht sicher.«

»Wozu braucht sie diese Männer?«

Der andere blickte ihm tief in die Augen. Was er sah, schien ihn zu überzeugen, und schließlich fragte er:

»Werdet Ihr das Geheimnis für Euch bewahren?«

»Ihr habt das Wort von dem, was in mir von einem Edelmann geblieben ist.«

»Das genügt mir.« Miguel Heredia machte eine kurze Pause, fügte aber dann schnell hinzu: »Sie will ein Schiff ausrüsten und damit den Sklavenhandel bekämpfen.«

Der andere stand langsam auf, betrachtete die Lichtung vor der Hütte und dachte nach. Schließlich meinte er:

»Zweifellos ist sie noch verrückter, als ich dachte. Der Sklavenhandel ist inzwischen der größte Wirtschaftsfaktor unserer Zeit. Ohne Schwarze würden diese Ländereien brachliegen und ihre unendlichen Reichtümer vielleicht für immer verlorengehen. Die Sklaventransporte aus Afrika sind wie ein Fluß, größer als der Amazonas. Ihn aufhalten zu wollen ist so, als wolle man den Amazonas mit einem löchrigen Eimer aufhalten.«

»Trotzdem will sie es wagen.«

»Sie wird bei ihrem Abenteuer sterben.«

»Leider habe ich schon seit einiger Zeit den Eindruck, daß sie nicht übermäßig am Leben hängt.«

»Das gibt sich mit der Zeit«, erläuterte Gaspar Reuter. »Paradoxerweise schätzen wir unsere Haut um so mehr, je faltiger sie wird. Eine Alte, die nur noch einige Jahre vor sich hat, fürchtet den Tod mehr als zwanzig junge Leute, denen ein langes Leben bevorsteht.«

»Ihr scheint kein Mann zu sein, dem trotz seines Alters irgend etwas angst macht.«

»Etwas fürchte ich schon«, gestand der andere. »Noch tiefer in diesem üblen Metier zu versinken. Wenn ich durch die Berge streife und nach einer Spur suche, fühle ich mich wie ein Jagdhund. Manchmal bin ich gezwungen, in Exkrementen zu wühlen, um herauszufinden, ob ich einen Flüchtling vor mir habe. Ich kann Euch sagen, in diesen Augenblicken möchte ich mir am liebsten eine Kugel durch den Kopf jagen.«

»Jetzt habt Ihr die Gelegenheit, Euren Beruf zu wechseln. Schließt Euch uns an.«

Sein Gesprächspartner schien verblüfft zu sein und nahm wieder neben Miguel Heredia Platz. Als wolle er nicht glauben, was man ihm gerade gesagt hatte, fragte er:

»Ihr fordert mich auf, von heute auf morgen Sklaven nicht mehr zu jagen, sondern zu befreien? Wißt Ihr eigentlich, wie absurd Euer Vorschlag ist?«

»Noch absurder scheint mir, daß ein englischer Gentleman durch die Berge streift und im Kot wühlt.«

»Da habt Ihr nicht ganz unrecht.«

»Also?«

Die Frage blieb unbeantwortet. Statt eine Antwort zu geben, ging der Rothaarige mit dem markanten Kinn zu seinem Pferd, das am anderen Ende der Lichtung wartete, bestieg es mühelos und bemerkte lediglich:

»Ich halte Euch auf dem laufenden.«

Die Büsche verschluckten ihn, als könnte die schwarze Stute durch den dichtesten Urwald traben, ohne auch nur einen Zweig zu knicken. Miguel Heredia verharrte noch einige Minuten so, bevor er beschloß, für die Seele des toten Kapitäns Tiradentes ein kurzes Gebet zu sprechen.

Celeste empfing ihn vor dem Portal des Hauses, drückte ihm einen dicken Kuß auf die Wange und rief begeistert aus:

»Wir haben ein Schiff!«

»Sicher?«

»De Graaf hat mir sein Angebot übermittelt, und ich habe es angenommen.« Triumphierend holte sie eine schwarze durchlöcherte Fahne hervor, die sie hinter ihrem Rücken verborgen hatte. »Ich soll mir daraus ein Kissen machen.«

»Ich würde mich gerne genauso freuen wie du, aber ich fühle mich überhaupt nicht sicher in der Angelegenheit. Ich halte das Ganze immer noch für Wahnsinn.«

»Als Sebastián noch lebte, dachtest du das Gegenteil: Damals fandest du es eine großartige Idee.«

»Sebastián war ein Mann des Meeres, ein echter Kapitän, der eine ganze Mannschaft eingefleischter Piraten in Schach halten und sein Schiff an jeden Ort der Welt bringen konnte. Doch was weißt du über die Navigationskunst? Und wie sollen wir einen guten Kapitän oder wenigstens einen Steuermann finden, mit dem wir nicht schon am ersten Tag auf Grund laufen?«

Als einzige Antwort ging das Mädchen zu einem riesigen Schrank an der Rückwand des Hauses, öffnete eine der Schubladen und ließ einen Haufen Smaragde zum Vorschein kommen.

»Damit!« erwiderte sie. »Und mit den Kreditbriefen und dem ganzen Gold, das wir in der Umgebung vergraben haben. Wir sind reich, Vater. Unendlich reich! Und schon als kleines Kind habe ich gelernt, mit Geld bekommt man alles. Weißt du nicht mehr: Sogar meine Mutter hat sich verkauft.«

»Ich wollte mich niemals daran erinnern. Leider sorgst du jetzt dafür. Deine Mutter hat sich verkauft, aber es sind nicht alle so.«

»Das muß sich erst einmal zeigen. Im Augenblick brauche ich erst einmal gute Seeleute.«

An guten Seeleuten mangelte es zu dieser Zeit in Jamaika wahrlich nicht. Kaum hatte sich die Nachricht verbreitet, daß die prunkvolle Galeone von Laurent de

Graaf einen neuen Besitzer hatte und dieser eine Besatzung suchte, drängten sich auch schon Dutzende Männer am Strand, die hofften, an Bord gehen zu dürfen.

Wer aber die riesige Kapitänskajüte betrat, deren Stil eher an ein schwüles Pariser Bordell als ein Piratenschiff erinnerte, war maßlos verblüfft. Auf dem riesigen, aus Ebenholz und Marmor gearbeiteten und mit leichtgeschürzten Nymphen verzierten Sessel saß eine attraktive junge Frau mit riesigen neugierigen Augen und strengem Blick. Jeder kannte sie, weil sie aus einem halbversunkenen Schiff ein märchenhaftes Vermögen aus riesigen Silberbarren geborgen hatte.

Rechts von Celeste Heredia saß fast immer ihr Vater, links gelegentlich Gaspar Reuter. Stets bedeutete das Mädchen dem neuen Kandidaten lediglich mit einer Geste, auf einem Stuhl am anderen Ende des breiten Tisches Platz zu nehmen. Nachdem sie ihn einige Augenblicke schweigend gemustert hatte, pflegte sie ihn über seine früheren Aktivitäten zu befragen.

»Was du hier sagst, wird niemals nach draußen dringen«, schärfte sie ihm sofort ein. »Doch du kannst sicher sein, wenn du lügst und ich das rausfinde, hänge ich dich auf hoher See am Großmast auf. Verstanden?«

»Völlig klar, Señora.«

»In diesem Fall überleg dir gut, was du antwortest. Bist du irgendwann einmal auf einem Piraten-, Korsaren-, Sklaven- oder Freibeuterschiff gefahren?«

»Ja, Señora.«

»Dann kannst du gleich wieder gehen.«

Fiel die Antwort negativ aus, dauerte die Befragung wesentlich länger, und nachdem sie sich flüchtig Notizen in einem dicken Heft gemacht hatte, verabschiedete sie jeden Bewerber mit den gleichen Worten:

»Binnen einer Woche erfährst du, ob du ausgewählt worden bist.«

Nur einmal lief die Zeremonie anders ab, als nämlich ein schmächtiges Männchen mit verblüffend tiefer Stimme völlig unbefangen antwortete, er habe sich zwar in den letzten drei Jahren dem wenig ehrenwerten Beruf des Glücksspielers gewidmet, eigentlich sei er aber Kapitän eines Schiffs der venezianischen Flotte gewesen.

»Warum hast du die Seefahrt aufgegeben?«

»Als ich in Port-Royal einlief, entdeckte ich, daß das meine wahre Welt war.« Er machte eine kurze Pause. »Aber Port-Royal gibt es nicht mehr.«

»Bist du desertiert?«

»Das ist nicht das richtige Wort, Señora. Wenn sich ein Kapitän so krank fühlt, daß er seiner Aufgabe nicht mehr gewachsen ist, darf er aus freien Stücken die Befehlsgewalt dem Ersten Offizier übertragen. Das habe ich getan.«

»Und worin bestand Eure Krankheit?«

»Das Glücksspiel. Ich war wie besessen davon.«

»Jetzt nicht mehr?«

»Das Spiel ist nur aufregend, wenn man gewinnen oder verlieren kann. Aber wenn du zum Profi wirst und weißt, daß du auf lange Sicht stets gewinnst, wird es allmählich langweilig.«

»Könnt Ihr noch immer befehlen?«

»Ganz bestimmt. Ich bin sogar ein harter Kapitän, der seiner Mannschaft viel abverlangt. An Bord meines Schiffs war die Disziplin nicht minder eisern als auf jedem anderen venezianischen Schiff. Eher noch härter.«

»Kennt Ihr die afrikanische Küste?«

»Ich kenne alle Küsten und Meere der Welt, doch in der Karibik käme mir, ehrlich gesagt, ein guter Navigator sehr zupaß.«

Kaum hatte er die Kajüte verlassen, blickte Celeste Heredia erst ihren Vater, dann Gaspar Reuter an.

»Nun?« wollte sie wissen.

»Er scheint der richtige Mann zu sein«, räumte der Engländer ein. »Und wenn er als Kapitän nur halb so gut wie als Spieler ist, werden wir keine Probleme haben. Sein Ruf als Kartenspieler ist bereits Legende, und ich habe nie einen kaltblütigeren und gnadenloseren Mann kennengelernt. Stundenlang kann er schweigend verlieren, und dann rupft er mit drei Spielen seine Gegner auseinander.«

»Betrügt er?«

»In Port-Royal werden Betrüger als Futter für die Krebse bei lebendigem Leib bis zum Hals in den Sand eingegraben.«

»Vielleicht ist er einfach nur gerissener als die übrigen Glücksspieler.«

»Ein Punkt für ihn«, lobte Miguel Heredia. »Wenn wir an Bord das Glücksspiel verbieten, erledigt sich das Problem.«

»Die Besatzung muß spielen können«, gab ihm seine Tochter zu bedenken. »Oft ist es die einzige Zerstreuung. Wir brauchen es nur den Offizieren zu verbieten.«

»Werdet Ihr auch den Rum verbieten?«

Das Mädchen musterte den Engländer, der diese Frage gestellt hatte, von oben bis unten.

»Habt Ihr damit ein Problem?«

»Warum sollte ich das leugnen? Ein guter Krug Rum bei Sonnenuntergang, und die Nacht wird heller.«

»Aber der Verstand dunkler. Von meinem Bruder weiß ich, daß man an Bord immer ein Faß Rum haben muß, ihn aber nur zu besonderen Anlässen ausschenken sollte.« Sie machte eine Pause. »Gut! Wir sind uns einig, daß der Kleine unser Kapitän sein könnte. Wie heißt er übrigens?«

»Buenarrivo. Arrigo Buenarrivo.«

»Buenarrivo?« fragte Celeste Heredia. »Macht Ihr Scherze? Ein Schiffskapitän, der Buenarrivo heißt? Der ist zweifellos mit dem richtigen Namen geboren worden.«

»Wie ich gehört habe, stammt er aus einem alten venezianischen Seefahrergeschlecht, doch hier auf der Insel kennt man ihn eher unter dem Spitznamen Tresreyes.«

»Und woher kommt der?«

»Er hat einmal mit einem Blatt aus drei Königen ein ganzes Bordell mit über zwanzig Mädchen gewonnen.«

Eine Stunde später war Miguel Heredia mit seiner Tochter allein und beschwerte sich:

»Wie kannst du daran denken, eine Besatzung aus Sklavenjägern, Glücksspielern, Bordellkönigen und allem sonstigen Abschaum aus der sündigsten Stadt der Welt zusammenzustellen? Das ist verrückt!«

»Verrückt wäre es, Schreiberlinge, Klosterschüler und ehrbare Familienväter anzuheuern«, gab ihm Celeste zu bedenken. »Ich gebe mir ja Mühe, das Beste aus diesem Abschaum auszuwählen, doch Wunder kann ich keine verlangen. Das ist das Stroh, aus dem ich meinen Korb flechte.«

»Und wozu brauchst du diesen Korb?«

Anstelle einer Antwort zog ihn seine Tochter zum riesigen Achterfenster und zeigte auf die etwa fünfzig Schwarzen hinaus, die unter der mörderischen Sonne die Trümmer des alten Port-Royal aufräumten.

»Dazu!« sagte sie. »Eines Tages sollen diese Unglücklichen mittags im Schatten bleiben dürfen. Es ist nicht gerecht, daß man sie zwingt, in der Sonne zu zerfließen, während wir ihnen lediglich zuschauen.«

»Wenn du dir so viel Sorgen um sie machst, dann kauf sie doch und laß sie frei.«

»Nicht einmal ich kann alle Sklaven dieser Insel kaufen«, gab ihm das Mädchen zu bedenken. »Und selbst wenn ich soviel Geld hätte: Am nächsten Tag brächten sie mehr und mehr. Solange es Käufer gibt, wird es auch Verkäufer geben. Nein!« beharrte sie überzeugt. »Das Problem des Sklavenhandels muß man an der Wurzel packen.«

»Ich verstehe dich, meine Tochter«, antwortete Miguel Heredia. Tagtäglich drückte ihn die Last auf seinen Schultern mehr und mehr. »Ich verstehe, was du damit sagen willst, und ich bewundere deine Entschlossenheit. Doch ich mache mir Sorgen, daß du dich übernimmst. Du bist doch fast noch ein Kind!«

»Gott sei Dank!« rief sie aus und setzte sich auf das riesige Bett, das der Lüstling De Graaf mit bis zu drei oder vier Huren gleichzeitig geteilt hatte. »Wenn ich das nicht wäre, fiele es mir nicht einmal im Traum ein, dieses Schiff auszurüsten. Aber mach dir keine Sorgen. Ich denke über jeden Schritt genau nach.«

»Kapitän Tiradentes hast du ohne viel Federlesens aufgehängt«, bemerkte ihr Vater. »Ich bin immer noch der Meinung, daß sein Tod unnötig war.«

»Oft ist das Leben unnütz, nicht der Tod. Ich glaube nicht, daß dieser Hurensohn jemals etwas Gutes getan hat.«

Sie stand vom Bett auf, ging wieder ans Fenster und blickte auf das Meer jenseits der Landzunge von Port-Royal hinaus. Sie sah ihren Vater nicht an.

»Die Zeit ist gekommen, wo du dich ernsthaft fragen mußt, ob du bereit bist, mir bedingungslos zu folgen, oder weiterhin Zweifel an meinem Vorhaben hegen willst. Ich weiß, es wird ein schwerer Krieg sein, den wir nicht gewinnen können. Trotzdem fange ich ihn an. Bruder Anselmo pflegte zu sagen: Es kommt nicht darauf an, Gott zu berühren, sondern seinem Licht entgegenzugehen.« Sie nahm auf der Fensterbank Platz. Ihr kindliches Gesicht zeichnete sich gegen Himmel und Meer ab, und mit den baumelnden Beinen glich sie eher einem kleinen Mädchen, das ein Picknick organisieren will, als einer entschlossenen Frau, die drauf und dran ist, einen absurden Kreuzzug zu beginnen. »Du hättest Bruder Anselmo kennen sollen«, murmelte sie fast unhörbar. »Du hättest ihm viele Jahre lang zuhören sollen wie ich. Dann wärst auch du zu der Überzeugung gelangt, daß diese armen Geschöpfe ebenso wie wir Kinder Gottes sind und ihre Seele ebenso unsterblich ist und Errettung verdient wie die unsrige.«

»Vielleicht hast du recht«, räumte Miguel Heredia etwas verblüfft ein, da die Unterhaltung eine neue Wende nahm. »Ich habe nie ernsthaft darüber nachgedacht, doch ich habe keinen Grund zu leugnen, daß sie eine unsterbliche Seele besitzen, wie du meinst. Aber du kannst nicht von Bruder Anselmo und Gott sprechen und gleichzeitig einen Mann aufhängen.«

»Der Tod dieses Mistkerls hat damit nichts zu tun«, entgegnete sie. »Das war einfach nur Rache, und wenn Gott eines Tages dafür Rechenschaft von mir verlangt, werde ich sie ihm geben. Doch jetzt sind Schmerz und Zorn besänftigt, und es zählt nur noch die Zukunft.«

»Was für eine Zukunft? Ich sehe darin nicht die geringste Zukunft.«

»Warum denn nicht?« tönte es fast empört zurück. »Jedes menschliche Wesen, das wir aus der Sklaverei retten, ist für sich allein schon eine Zukunft. Nicht die unsere natürlich, aber sehr wohl die seine. Und jedes Mal, wenn ein Schwarzer die Freiheit erlangt, werden andere begreifen, daß Freiheit möglich ist, und werden ihrerseits dafür kämpfen. Wir müssen handeln und nicht nur reden. Je mehr ich darüber nachdenke, um so mehr bin ich davon überzeugt, daß Gott mich vielleicht für eine solche Aufgabe ausgewählt hat.«

»Gütiger Gott! Eine Erleuchtete«, heuchelte ihr Vater Empörung. »Das willst du also: Im Licht des Herrn wandeln und zu den Waffen greifen?«

»Lieber eine Erleuchtete als jemand, der die Hände in den Schoß legt. Bruder Anselmo hielt Pater Las Casas für einen Fanatiker, der letzten Endes mit seinen Predigten zugunsten der Indianer mehr Schaden anrichtete, als daß er Gutes tat. Aber er war ihm lieber als die vielen tausend Priester, die schweigende Komplizen der Ungerechtigkeit waren, die tagtäglich an den Schwarzen, Indios und Mestizen begangen wurde. Es kann ein Fehler sein, wenn ich auf See die Sklavenhändler bekämpfe, aber das ist lange nicht so schlimm, als gar nichts zu tun.«

»Noch nie habe ich dich mit soviel Leidenschaft reden hören«, sagte Miguel Heredia, der immer perplexer wurde. »Ich hatte mir nicht einmal träumen lassen, daß du so denken könntest.«

»Vielleicht weil wir niemals darüber gesprochen haben. Außerdem ist in letzter Zeit viel passiert, und dabei ist vermutlich vieles in mir hochgekommen, von dem ich bisher gar nichts geahnt habe. Oft muß man einen Baum erst schütteln, bevor er seine Früchte fallen läßt, und das Erdbeben hat da bestimmt seinen Teil zu beigetragen.«

Bevor ihr Vater antworten konnte, klopfte es leise an der Tür, und als Celeste öffnete, stand sie dem riesigen Schiffszimmermann gegenüber, einem grimmig aussehenden französischen Basken, der nur unter dem Spitznamen Gabacho bekannt war. Nachdem dieser sich als Gruß an den riesigen Hut getippt hatte, den er niemals abnahm, meldete er mit höllischem Akzent:

»Besanmast gefunden. Sehr gut.«

»Wo?«

»Gestrandete portugiesische Brigg.«

»Die *Botafumeiro*?« Als der Riese nickte, bemerkte Celeste zu ihrem Vater: »Ironie des Schicksals: Das Schiff dieses Schweinehunds schafft uns ein großes Problem vom Hals.« Sie blickte wieder den Franzosen an. »Was brauchst du?«

»Zwanzig Männer und die Erlaubnis vom Oberst.«

»Kriegst du. Wie geht es sonst voran?«

»In zwei Wochen segeln wir.«

Das war keine Übertreibung. Der Franzose befehligte nämlich ein wahres Arbeiterheer, das vom Morgengrauen bis zum Vormittag und vom Nachmittag bis Sonnenuntergang schuftete. Bald war die Galeone daher wieder so elegant und wendig wie früher. Gleichzeitig arbeiteten zahlreiche Männer und Frauen auf dem Festland an den Segeln, flickten Taue und reparierten die Kanonen.

In Windeseile hatte sich auf der ganzen Insel herumgesprochen, daß Celeste ihre Leute großzügig entlohnte, und bald wollten alle Jamaikaner, deren Existenzgrundlage das Erdbeben weitgehend zerstört hatte, an diesem glücklichen Umstand teilhaben.

Gegenüber der Ankerstelle des Schiffs stand bald eine provisorische Zeltstadt. Bei Anbruch der Nacht zündete man große Lagerfeuer an, Gitarren erklangen, und die meisten überlebenden Prostituierten der Katastrophe machten verlorene Zeit wett.

An Bord stellten sich sogar mehrere Musiker vor, die das ausgelöschte Orchester von Kapitän De Graaf zu neuem Leben erwecken wollten, doch Celeste schickte alle mit den gleichen Worten fort:

»Ich brauche keine Flötisten, sondern Männer, die bereit sind, ihr Leben auf hoher See aufs Spiel zu setzen. Das hier ist kein Piratenschiff mehr und auch kein schwimmendes Bordell.«

Eines Morgens trug sie jedoch dem Engländer Reuter auf, die beste Näherin der Insel aufzuspüren. Als die Frau vor ihr stand, kam Celeste ohne Umschweife zur Sache:

»Du bekommst 50 Dublonen, wenn du mir eine Fahne nähst und das Wappen geheimhältst. Aber ich warne dich: Wenn du plauderst, lasse ich dir die Zunge herausreißen.«

Die brave Frau machte tellergroße Augen, zögerte einen Augenblick, doch dann erwiderte sie mit zitternder Stimme:

»Señora, für 50 Dublonen nehme ich nicht nur ein, sondern hundert Geheimnisse mit ins Grab. Wann soll ich anfangen?«

»Jetzt gleich. Du schließt dich in die Kajüte des Ersten Offiziers ein, und da kommst du nicht wieder heraus, bis du fertig bist.«

»Wie sieht das Wappen aus?«

»Morgen wirst du es sehen.«

Vier Tage später bat Laurent de Graaf höchstpersönlich um Erlaubnis, an Bord kommen zu dürfen. Nachdem er die Arbeiten der Schmiede und Zimmerleute kritisch beäugt hatte, nahm er Celeste gegenüber Platz, die unter dem Zeltdach des Achterkastells saß.

»Glückwunsch!« sagte er. »Kein Zweifel, du vollendest

eine große Arbeit. Selbst ich hätte es nicht besser machen können.«

»Hast du vielleicht daran gezweifelt?«

»Natürlich nicht!« erwiderte der Holländer und zeigte das entwaffnende Lächeln eines gewieften Verführers. »Ich habe nur ein einziges Mal mit dir reden müssen, um mir vorstellen zu können, wozu du fähig bist...« Er schenkte ihr seinen verführerischsten Blick. »Schade, daß du so jung bist!«

»Das Problem liegt nicht in meinem Alter, sondern in deinem«, lautete die spöttische Antwort. »Und ich habe dir ja schon gesagt, daß mir schöne Männer nicht gefallen.« Sie schlug ihm herzlich auf die Schulter. »Was wirst du jetzt tun, wo du ehrbar sein mußt?«

»Das weiß ich noch nicht so genau«, antwortete er ehrlich. »Aber nachdem ich jetzt meine Leute ausgezahlt habe, bleibt mir noch gerade soviel, um in Paris ein gutes Bordell zu eröffnen.« Er blinzelte ihr zu. »Ich könnte es ›Port-Royal‹ nennen. Wie findest du das?«

»Gefällt mir gar nicht. Da will ein Kind eine Bonbonfabrik aufmachen.«

»Die Bonbons nutzen sich ab, wenn du sie lutschst«, lachte er. »Die Huren nicht.«

»Sei's drum«, entgegnete das Mädchen. »Es wäre traurig, wenn der letzte große Pirat der Karibik, der Überlebende eines gefürchteten und respektierten Geschlechts, seine Tage als Puffvater beenden würde. Ob du willst oder nicht, du bist immer noch der große Laurent de Graaf, und du bist dir selbst Respekt schuldig.«

»Du redest von Respekt und sitzt mit deinem Hintern auf meiner Flagge? Daß ich nicht lache!«

Sie warf ihm einen schelmischen Blick zu, in dem er lesen konnte, daß sie echte Zuneigung zu einem Menschen gefaßt hatte, der vor dem letzten Abenteuer seines Lebens stand.

»Ich werde dir etwas versprechen, was deine verdorbene Seele wahrscheinlich erfreuen wird«, raunte sie. Obwohl niemand sie hören konnte, flüsterte sie ihm ins Ohr: »An dem Tag, an dem mein Hinterteil nicht mehr ehrbar genug ist, um auf deiner Fahne zu sitzen, werde ich das Kissen ins Meer werfen.«

Der Holländer riß die Augen auf, um in einem tragischkomischen Ton hoffnungsvoll zu fragen:

»Diese Nacht?«

»Nein, tut mir leid«, antwortete sie ruhig. »Nicht diese Nacht und wahrscheinlich auch nicht dieses Jahr.«

»Schade!« beklagte sich der andere. »Mein französisches Kindermädchen hat mir auf sehr überzeugende Weise etwas beigebracht: Im zarten Alter die Jungfräulichkeit zu verlieren regt den Geist an und erweitert den Horizont.«

»Ich glaube, da erweitert sich etwas ganz anderes«, lachte sie. »Und im Augenblick bin ich so zufrieden. Allerdings muß ich zugeben, daß du bislang am nächsten dran bist, meinen Geist ›anzuregen‹. Du bist wirklich ein charmanter Mann, und daran werde ich mich immer gerne erinnern.«

»Du bist aber auch bezaubernd, auch wenn viele Leute behaupten, daß du härter als Kieselstein bist. Weißt du, wie sie dich nennen?« Celeste schüttelte den Kopf, und De Graaf fügte mit übertriebener Gelassenheit hinzu: »Die Silberdame.«

»Die Silberdame?« wiederholte das Mädchen. »Das gefällt mir gar nicht schlecht. Immerhin holt nicht jeder ein Vermögen aus Silberbarren aus dem Meer.«

»Dazu würde ich dich gerne etwas fragen, und ich gebe

dir mein Wort, daß ich das Geheimnis stets hüten werde. Handelt es sich da vielleicht um das Silber, das angeblich Mombars dem Todesengel als Schiffsballast gedient hat?«

Celeste Heredia zuckte lediglich mit den Schultern und entgegnete ausweichend:

»Schon möglich.«

»Und wie ist es auf die *Jacaré* gekommen?«

»Das ist eine lange Geschichte. Eine lange Geschichte voller List und Heldentum.«

»Es ist kaum zu glauben, daß ein Küstensegler wie die *Jacaré,* die man fast hätte übersehen können, als sie neben mir ankerte, das Schiff von Mombars versenken konnte. Es war sogar mir an Feuerkraft überlegen.«

»Kennst du die Geschichte von David und Goliath?« Der Holländer nickte. »Nun, mein Bruder war wie David, aber ohne Schleuder. Er brauchte sie nicht, weil er der gerissenste Pirat war, der je auf diesen Meeren gesegelt ist.« Sie wies hinter sich. »Ich lasse sechs Zweiunddreißigpfünder am Achterschiff aufstellen: drei auf dem Oberdeck und drei unter meiner Kajüte.« Sie sah ihm in die Augen. »Weißt du, warum? Eines Nachts, als wir hier vor Anker lagen, hat mein Bruder auf dein Schiff gezeigt und mir gesagt: ›Es ist das schönste Schiff, das es gibt, aber auch das verwundbarste; es hat einen gläsernen Hintern.‹ «

»Einen gläsernen Hintern?« wiederholte der Pirat sichtlich beleidigt. »Was willst du damit sagen?«

»Daß man zweifellos niemals ein schöneres Achterschiff entworfen hat: ein wahres Kunstwerk. Dummerweise hat es nur zwei läppisch kleine Kanonen. Die *Jacaré* hätte drei Stunden lang deinem Kielwasser folgen und eine Salve nach der anderen auf dich abfeuern können, ohne daß du hättest wenden oder auch nur eine deiner großkalibrigen Kanonen abfeuern können. Du manövrierst so langsam, daß ein guter Kapitän schon Minuten vorher voraussagen kann, ob du steuerbord oder backbord wenden wirst.«

»Ich habe dem Feind niemals mein Achterschiff geboten!« knirschte Laurent de Graaf indigniert. »Flucht ist nicht mein Stil.«

»Mit dem Achterschiff kann es dir gehen wie mit dem Hintern: Den bietest du nicht an, an den packt man dir ohne Erlaubnis«, stellte das freche Mädchen humorvoll klar. »Wie jeder gute Pirat bist du davon überzeugt, daß stets du der Angreifer bist, und das ist dein Problem. Wie war das gleich wieder in Maracaibo …?« fügte sie spitz hinzu. »Als du erkennen mußtest, daß du nicht gewinnen konntest und umkehren mußtest, da hattest du Seitenwind und hast fast eine Stunde gebraucht, um außer Schußweite zu gelangen.« Sie machte eine ausholende Handbewegung. »Das Resultat kann man sehen.«

»Wer hat dir das erzählt?«

Celeste Heredia breitete die Arme aus, als ob man ihr eine stockdumme Frage gestellt hätte.

»Das Schiff natürlich! Schau dir nur die Einschläge an! Fast alle im Achterschiff. Also hattest du die feindlichen Kanonen im Rücken. Dabei hast du noch Glück gehabt, daß dir nur der Besanmast flötengegangen ist. Einen Meter steuerbord, und der Beschuß hätte dir den Großmast gebrochen, und dann wärst du wahrscheinlich kaum mit dem Leben davongekommen.«

Der alte Kapitän De Graaf, ein in hundert Schlachten gestählter Seewolf, der bei jedem Wetter auf den Weltmeeren gesegelt war, betrachtete schweigend und mit kaum verhohlener Bewunderung das verblüffende Mädchen, das auf dem Platz genommen hatte, was einmal seine glorreiche Fahne gewesen war.

»Verdammt noch mal!« rief er schließlich aus. »Aus welchem Schoß bist du eigentlich gekrochen?«

»Aus dem meiner Mutter.«

»Das nehme ich an, aber ich kann kaum glauben, daß du solche Überlegungen anstellst und dabei angeblich noch nicht einmal weißt, was ein Mann ist.«

»Und was hat das Bett mit der Logik zu tun?« wollte sie wissen. »Nach allem, was ich weiß, geht es im Bett ums Gefühl und nicht um den Verstand. Aber sowohl mein Lehrer als auch mein Bruder waren Männer, die denken konnten und mir beigebracht haben, daß der gesunde Menschenverstand die mächtigste Waffe ist, die wir haben. Diese wende ich an, obwohl ich natürlich auch die Kanonen nicht verachte.«

»Potztausend!« lautete die brüske Antwort. »Wir wären wirklich ein unschlagbares Paar geworden.«

»Kein Paar ist unschlagbar, schon deshalb, weil man es teilen kann«, gab sie ihm zu bedenken. »Nur den menschlichen Geist kann man tausendmal niederwerfen, und doch erhebt er sich tausendmal wieder.«

Wieder an Land, lief der übellaunige Laurent De Graaf Miguel Heredia Ximénez über den Weg, der eine Gruppe anführte, die den langen und schweren Mast der *Botafumeiro* trug. Er hielt ihn an und fragte fast aggressiv:

»Sagt mir ... was zum Teufel empfindet Ihr, so eine Tochter zu haben?«

Der Margariteño sah ihn einige Augenblicke lang an, bevor er sehr ernst antwortete:

»Fassungslosigkeit.«

»Ach ja ...«, seufzte der Holländer erleichtert. »Dann geht es ja nicht nur mir so.«

Eine ganze Horde von Leuten machte sich nun über das Schiff her, um es anzustreichen, zu kalfatern, vom Pilz zu befreien und damit die Galeone wieder seetüchtig zu machen. Die Mischung aus Farbe, Teer und stinkenden Kräutern, die man im Kielraum verbrannte, um Ratten und Kakerlaken zu vertreiben, roch so erbärmlich, daß Celeste und Miguel Heredia in ihr Domizil nach Caballos Blancos flüchteten. Dort empfingen sie etwa fünfzig Sklaven, die auf den Plantagen arbeiteten, mit betrübtem Gesichtsausdruck.

»Was ist los?« wollte das Mädchen wissen und wandte sich sofort an den Koch, einen dicken, schwitzenden Senegalesen, der früher stets gelächelt hatte, jetzt aber mit sorgenvoller Miene durch den großen Speisesaal ging. »Was sollen diese Gesichter?«

»Es heißt, die Herrschaft verläßt die Insel und will uns an Mr. Klein verkaufen«, jammerte der Hüne. »Und Mr. Klein handhabt die Peitsche sehr großzügig.«

»Aber was ist das denn für ein Unsinn?« entgegnete Celeste überrascht und blickte fragend ihren Vater an. »Hast du vielleicht durchblicken lassen, daß wir gehen?« Als ihr Vater den Kopf schüttelte, blickte sie den kummervollen Dickwanst an. »Selbst wenn wir die Insel verlassen, kommen wir wieder zurück, denn nur hier besitzen wir ein Haus. Und kein Mensch wird euch verkaufen. Da könnt ihr ganz sicher sein.«

Als wäre der Teufel hinter ihm her, rannte der gute Mann hinaus, um die gute Nachricht auf der ganzen Plantage zu verbreiten. Und als ein Sklave nach dem anderen zu jubeln begann, blickte Miguel Heredia seine Tochter an.

»Wir müssen da etwas unternehmen«, sagte er. »Schließlich werden wir bald aufbrechen. Ob wir jedoch jemals wieder zurückkehren, wissen wir nicht. Was wird mit diesen Leuten passieren, wenn wir zu lange wegbleiben? Es würde mich nicht wundern, wenn sich schließlich Klein oder ein anderer die Sklaven holt. Ein Neger ohne Herr ist hier wie eine Kokosnuß, die auf dem Weg liegt: Sie gehört dem ersten, der vorbeikommt.«

»Wir könnten sie freilassen, allerdings fürchte ich, daß, wenn wir nicht hier sind, um sie zu beschützen, man sie binnen zwei Wochen eines Verbrechens anklagen, ins Gefängnis stecken und an den Erstbesten verkaufen wird, der die Kaution bezahlt.«

Miguel Heredia fiel keine Antwort ein, denn er wußte, daß seine Tochter recht hatte. Auf Jamaika akzeptierten die Weißen nicht, daß ein Schwarzer für sich selbst arbeitete. Der gab nur ein schlechtes Beispiel für die übrigen Sklaven ab. Außerdem hätte das bedeutet, daß Schwarze auf der gleichen Stufe stehen konnten wie Weiße, und das war schlichtweg unannehmbar.

Zwar hatte jeder Sklave laut Gesetz das Recht, sich entweder freizukaufen oder auf ausdrücklichen Wunsch seines Herrn in die Freiheit entlassen zu werden, aber die Praxis sah anders aus. Freigelassene landeten stets auf die eine oder andere Weise hinter Gittern. Dann brauchte ein Zuckerrohrpflanzer nur die läppische Kaution zu bezahlen, die das Gesetz vorsah, und schon war der Schwarze sein Leibeigener.

Und dessen Lebensbedingungen unterschieden sich kaum von denen eines echten Sklaven.

Zur Rechtfertigung dieser so augenfälligen Ungerechtigkeit hatten die Behörden lediglich das Argument parat, man könne »Gewohnheitsverbrecher« schließlich nicht ohne Kontrolle über die Insel vagabundieren und auch nicht auf ewig vom Rest der »Gesellschaft« durchfüttern lassen.

Celeste wußte daher sehr wohl, daß ein von ihr ausgestellter Freiheitsbrief den Sklaven besagte Freiheit nicht garantierte. Also fragte sie wieder einmal Bankier Hafner um Rat. Der kannte zweifellos die juristischen Fallstricke des Kolonialreiches am besten.

»Wenn Ihr Jamaika verlaßt und aus welchem Grund auch immer nicht zurückkehrt, werden Eure Schwarzen unweigerlich in den Händen von Stanley Klein landen, und der ist meiner Meinung nach der brutalste und skrupelloseste Sklavenhändler, der je diese Insel betreten hat.« Der Bankier machte eine Kunstpause, als wolle er sein Gegenüber einige Sekunden länger auf die Folter spannen. »Aber wir können einen juristischen Kniff anwenden.«

»Und wie sieht der aus ...?«

»Verkauft Eure Sklaven einfach an eine Firma.«

»An eine Firma?« fragte Celeste Heredia erstaunt. »Was für eine denn?«

»Eine Zuckerfirma mit Sitz in London. Dann ist Eure persönliche Anwesenheit auf der Insel nicht erforderlich. Es genügt ein juristischer Vertreter, meine Bank zum Beispiel. Wir vertreten übrigens bereits eine Reihe solcher Firmen.«

»Und zu welcher ratet Ihr mir?«

»Zu keiner.« Der ausgekochte Bankier lächelte verschlagen. »Gründet doch einfach Eure eigene. Dann gehen Eure Sklaven im Falle Eures Todes auf Eure rechtlichen Erben über.«

»Wenn mein Vater und ich sterben, dann hinterlassen wir keine Erben.«

»Vor dem Gesetz gibt es stets Erben, solange das Gegenteil nicht bewiesen ist«, lautete die ironische Antwort. »Ein Onkel, ein Neffe, ein entfernter Schwager, wer weiß? Jahre können vergehen, ihn ausfindig zu machen, und zwischenzeitlich stehen Eure Sklaven unter dem Schutz der Bank und sterben vermutlich an Altersschwäche.«

»Das würde die Bank für uns tun?«

»Natürlich! Das gehört zu unserer Arbeit, und ich bin sicher, daß diese Plantage jährlich über achtzig Tonnen Zucker abwerfen kann. Das ist mehr als genug, um Eure Sklaven zu unterhalten, unser Honorar zu bezahlen und sogar ein kleines Kapital anzuhäufen. Ihr braucht lediglich einen absolut vertrauenswürdigen Verwalter, der Eure Schwarzen wie ›fast freie‹ menschliche Wesen behandelt.«

»Würdet Ihr mir einen solchen suchen?«

»Ich glaube, ich habe die geeignete Person schon an der Hand. Es sei denn, es macht Euch etwas aus, daß es sich um eine Frau handelt.«

»Nicht im geringsten.«

»Wenn das so ist, schicke ich sie Euch morgen vorbei. Aber laßt Euch nicht von ihrer äußeren Erscheinung täuschen. Vertraut mir einfach.«

Am Abend des folgenden Tages hielt eine kleine Kutsche vor dem Tor. Eine elegante Dame mit exquisiten Manieren und schlanken, gepflegten Händen stieg aus und stellte sich mit einem sehr leichten gefälligen ausländischen Akzent vor.

»Guten Abend! Ich heiße Dominique Martell. Mr. Hafner schickt mich.«

Sie wurde gebeten, auf dem bequemsten Sofa der Veranda Platz zu nehmen, man servierte ihr Tee, und nach etwas Konversation über die außerordentliche Schönheit des Ortes kam die Dame sehr höflich zur Sache:

»Wie ich gehört habe, seid Ihr eventuell an meinen Diensten interessiert.«

»So ist es«, gab Celeste zu. »Habt Ihr irgendwelche Erfahrung in der Verwaltung einer Zuckerfabrik?«

»Nicht die geringste.«

»Und wie sieht es bei Rumbrennereien aus?«

»Ebensowenig.«

»Worin seid Ihr dann erfahren?«

»Ich habe zwölf Jahre lang, mit außergewöhnlichem Erfolg, wenn ich das in aller Bescheidenheit sagen darf, das renommierte Bordell von Madame Dominique geführt.«

»Ein Bordell?« fragte Miguel Heredia verblüfft. »Das berühmte Madame Dominique?«

»Genau! Das beste in Port-Royal, direkt gegenüber der Schenke der ›Tausend Jakobiner‹. Ihr kennt es?«

»Ich habe es im Vorübergehen gesehen«, wich der Angesprochene aus. »Aber nach allem, was ich gehört habe, war es tatsächlich das beste der Insel.«

»Schade, daß ich Euch nicht zu meinen Kunden zählen durfte. Dann hättet Ihr feststellen können, daß in meinem Haus alles wie am Schnürchen lief. Leider war ich auf Urlaub in Marseille, und als ich zurückkehrte, war von dem, was ich über Jahre hinweg mühevoll aufgebaut hatte, nur noch der Briefkasten übrig.«

»Wie bedauerlich. Und habt Ihr nicht daran gedacht, es wiederaufzubauen?«

Die höchst elegante Madame Dominique sah ihn von der Seite an, und ihr Blick verriet einen Anflug von Ironie.

»Alles hat seine Zeit«, seufzte sie. »Heute gibt diese Goldgrube, aus der ich einst diesen Palast von Bordell erbaute, nicht einmal mehr genug Geld her, um damit eine Hütte zu errichten. Außerdem habe ich in meinem Alter keine Lust mehr, mich mit wildgewordenen Mädchen herumzuschlagen. Dagegen bin ich sehr wohl in der Lage, auf ehrenhafte und erfolgreiche Weise ein Anwesen wie dieses zu verwalten, da könnt Ihr sicher sein.«

»Unser Verwalter«, gab Celeste zu bedenken, »muß in erster Linie die Sklaven mit Respekt und Würde behandeln.«

»Darauf hat mich Ferdinand schon hingewiesen.«

»Wir betrachten unsere Sklaven nämlich als freie Männer, aber ich nehme an, Ihr kennt die Probleme, die ein freier Schwarzer in Jamaika hat.«

»Nur zu gut! Ich hatte einmal ein farbiges Mädchen, das sich mit einer Woche Arbeit die Freiheit hätte verdienen können. Aber es half ihr nichts. Als sie sich selbständig machte, sperrte man sie ein, und ich mußte sie schleunigst freikaufen. Sonst hätte das dieses Schwein Klein oder ein anderer Wüstling besorgt, der sie wahrscheinlich zu Tode mißbraucht hätte. Schwarze haben es in Zeiten wie diesen wahrlich schwer!« schloß sie überzeugt. »Wahrlich verdammt schwer!«

»Und wer garantiert uns, daß Ihr mit unseren Leuten in unserem Sinne umgeht?« wollte die oft zu pragmatisch denkende Celeste wissen.

»Meine Liebe ...!« begann die ehemalige Kupplerin und zeigte den Anflug eines Lächelns. »Das Leben hat mich gelehrt, daß nur auf wenige Dinge Verlaß ist. Nicht einmal auf die Erde unter unseren Füßen. Du paßt einen Augenblick nicht auf und schon bebt sie. Aber wenn ich schon die Chance habe, meine Tage ohne finanzielle Sorgen in diesem Paradies zu beschließen, und das, ohne mich Tag für Tag mit Huren und Saufköpfen herumschlagen zu müssen, und im Gegenzug dafür lediglich Eure Neger als menschliche Wesen behandeln muß, warum sollte ich dann so dumm sein, sie zu schikanieren?«

»Klingt logisch.«

»Ist es auch.« Die elegante Dame fächelte sich Luft zu, musterte ihre Gesprächspartner und fügte in etwas verändertem Ton hinzu: »Wenn Euch das etwas hilft: Ich gehöre zu den wenigen, die wissen, wie man mit Stanley Klein umzugehen hat.«

»Kennt Ihr ihn sehr genau?« interessierte sich Miguel Heredia mit etwas krankhafter Neugier.

»Zu gut! Er ist ein arroganter Pinsel, ehrgeizig und vulgär. Am liebsten würde er es mit der ganzen Welt aufnehmen. Doch unterhalb der Gürtellinie erlahmt seine Energie.« Sichtlich angeekelt schüttelte sie den Kopf. »Genau deshalb ist er so gefährlich: Er weiß, daß er eigentlich nur ein aufgeschwemmter Hüne ist, verbittert und voller Komplexe. Eines meiner Mädchen hat ihm einmal gesagt, er würde die Welt nicht mehr hassen, wenn sein Schwanz nur so groß wäre wie seine Nase.« Sie schnalzte mit der Zunge. »Er verpaßte ihr eine Ohrfeige. Später aber betrank er sich und heulte sich darüber aus, wie schwer es sei, ›viele tausend Sklaven zu haben, aber nicht einmal ein Zehntel der Männlichkeit eines Negers‹. Ganz ehrlich, einen Augenblick lang tat er mir leid, aber er ist wirklich ein Schwein.«

»Könnt Ihr ihn unseren Leuten vom Leib halten?«

Madame Dominique nickte überzeugt.

»Wenn Eure Leute mitmachen.«

Drei Tage später rief Miguel Heredia fast fünfzig Arbeiter der Hacienda zusammen, die sich unter die schattigen Saman-Bäume vor der Seitenveranda des Hauses setzten. Nachdem er sie der Reihe nach gemustert hatte, wobei er versuchte, sich an jeden einzelnen Namen zu erinnern, klärte er sie über ihre Situation und die Entscheidungen auf, die man um ihretwillen getroffen hatte.

»Wenn ihr euch anständig benehmt«, schloß er, »könnt ihr weiter hier leben, arbeiten, ohne zu schuften, und ihr werdet einen gerechten Lohn erhalten, den ihr ausgeben solltet, ohne Verdacht zu erregen. Wenn ihr also etwas braucht, sagt ihr das Madame Dominique, und die wird dafür sorgen, daß man es euch aus Kingston beschafft.« Er richtete drohend den Finger auf sie. »Aber wer hier herumstreunt, den Lohn in Rum umsetzt und damit prahlt, frei zu sein, bringt die übrigen in Gefahr und wird daher als Sklave verkauft.«

»Heißt das, daß wir frei sind, man uns aber in Wirklichkeit verkaufen kann?« wollte ein untersetzter Mann wissen. Die unzähligen kleinen Narben in seinem Gesicht verrieten, aus welchem entlegenen Stamm seiner afrikanischen Heimat er kam.

»Das bedeutet, daß ihr euch eure Freiheit Tag für Tag aufs neue verdienen müßt. Tatsächlich habt ihr nur zwei Feinde: euch selbst und den Rum.«

Diese deutliche Anspielung war beileibe nicht überflüssig. Die meisten Sklaven der jamaikanischen Brennereien pflegten sich tatsächlich immer wieder sinnlos zu betrinken, um für einige Stunden ihre schrecklichen Lebensumstände zu vergessen. Aber Alkohol und Umsicht, das wußte jeder, vertrugen sich nun einmal nicht.

Die durchaus erträglichen Arbeitsbedingungen der Schwarzen auf der Hacienda von Caballos Blancos waren allerdings absolut nicht mit der unmenschlichen Ausbeutung zu vergleichen, unter der die Mehrheit der Sklaven auf der Insel litt. Trotzdem waren auch einige von Celestes Leuten dem Alkohol verfallen.

Zwei von zehn Schwarzen, die Afrika auf Sklavenschiffen verließen, kamen niemals an ihrem Ziel in der Neuen Welt an. Schuld daran waren die fürchterlichen Zustände auf der Überfahrt. Ein weiterer fiel, kaum angekommen, einer Krankheit zum Opfer, zwei weitere pflegten sich das Leben zu nehmen, wenn ihnen klarwurde, daß es keinen Weg zurück in die Heimat gab.

Fast die Hälfte der Millionen von Afrikanern, die in den knapp drei Jahrhunderten des Sklavenhandels nach Amerika verschifft wurden, starb also, bevor man ihre Arbeitskraft ausnutzen konnte.

Dennoch waren Sklaven das beste Geschäft seit vielen Jahrhunderten.

Kein Wunder also, daß einige Tage später, als Celeste die Geschäftsräume von Ferdinand Hafner verließ, ein riesiger, von vier mißmutig dreinblickenden Leibwächtern bewachter Dickwanst sich dem Mädchen in den Weg stellte.

»Nur einen Moment!« bat er fast fordernd. »Wir müssen über eine Angelegenheit reden.«

»Reden?« wunderte sich das Mädchen sichtlich ungehalten. »Über was?«

»Über Eure Hacienda«, gab der Mann zurück. »Ich habe gehört, daß Ihr die Insel verlassen wollt, und ich würde sie Euch gerne abkaufen.«

»Daß wir eine Reise unternehmen, heißt noch lange nicht, daß wir die Insel für immer verlassen wollen«, gab ihm Celeste zu bedenken und zwang sich, Ruhe zu bewahren. »Und natürlich habe ich nicht die geringste Absicht, mein Haus, meine Sklaven oder meine Hacienda zu verkaufen.«

»Nichtsdestotrotz ...«, warf der Riese mit drohender Stimme ein. Sein schmales Gesicht mit Glotzaugen und Hakennase erinnerte an eine Ente. »Ihr solltet Eure Sklaven loswerden. Das wird Euch Probleme ersparen.«

»Was für Probleme, wenn man fragen darf?«

»Probleme, die diese verfluchten Neger zu machen pflegen«, erläuterte der Dickwanst im gleichen Tonfall. »Mir ist zu Ohren gekommen, daß Ihr sie nicht richtig zu behandeln wißt.«

»Wie ich mit meinen Leuten umgehe, ist immer noch meine Sache, findet Ihr nicht?« Immer mühsamer rang Celeste um Ruhe.

»Nein, Señorita, da täuscht Ihr Euch«, erwiderte Stanley Klein und wurde laut. »Wie jemand die Neger behandelt, geht uns alle etwas an, denn jedes schlechte Beispiel schadet uns allen. Ich habe keine Lust, Jäger zu bezahlen, die meine Sklaven in diesen höllischen Bergen suchen.«

»Nun, mir ist jedenfalls noch keiner entflohen«, gab Celeste zurück. »Noch einmal: Was ich tue, ist meine Sache, und es gibt kein Gesetz, das mich daran hindern kann.«

»Nein ...!« erwiderte der andere schroff. »Ein Gesetz vielleicht nicht, aber ich sehr wohl. Daher rate ich Euch, meinen Vorschlag zu bedenken und den Unsinn zu lassen. Ich werde Euch einen gerechten Preis zahlen.«

»Und falls ich ablehne?«

»Dann müßt Ihr die Konsequenzen tragen. Und ich warne Euch, sie könnten unangenehm sein.«

Celeste Heredia dachte einen Augenblick lang nach, betrachtete ihr Gegenüber, dem sie kaum bis zur Brust reichte, und nickte schließlich.

»Einverstanden! Ich werde darüber nachdenken, und ich verspreche Euch, binnen zwei Wochen habt Ihr meine Antwort.«

»Gutes Mädchen!« erwiderte der andere mit triumphierendem Lächeln. »Ich erwarte Eure Nachricht.«

»Ihr bekommt sie«, lautete die orakelhafte Antwort. »Zweifelt nicht daran, Ihr werdet sehr bald meine Nachricht erhalten.«

Als sie auf die bereits fast seetüchtige Galeone zurückgekehrt war, mußte Celeste zu ihrer Überraschung feststellen, daß man die Galionsfigur des Bugs, eine schöne Meerjungfrau mit wallender Mähne und riesigen Brüsten, mit Silberfarbe gestrichen hatte. Noch verblüffter war sie, als man ihr den Grund dafür mitteilte.

»Wenn das Schiff schon *Dama de Plata* heißen soll, dann ist es doch logisch, eine Galionsfigur aus Silber zu haben«, fand der mutige Maler.

»Und wer hat bestimmt, daß sie so heißen soll?«

»Das drängt sich doch auf... Oder vielleicht nicht?«

»Ich hatte entschieden, daß sie *Sebastián* heißen wird!«

»*Dama de Plata* paßt besser.«

»Wo sie recht haben, haben sie recht«, räumte Miguel Heredia überzeugt ein. »*Dama de Plata* paßt wie angegossen. Und du mußt zugeben, daß die Galionsfigur einfach großartig geworden ist.«

»Schön ist sie ja!« gab seine Tochter fast zähneknirschend zu. »Aber wenn ich diesen Namen akzeptiere, dann muß ich auch den Spitznamen akzeptieren.«

»Spitznamen akzeptiert man gewöhnlich nicht, Kleine«, lautete die Antwort. »Im allgemeinen kriegt man sie einfach.«

Sie vertagten die Entscheidung darüber, denn am nächsten Morgen wartete die schwere Aufgabe auf sie, die Besatzung auszuwählen. Daher riefen sie zunächst einmal den Venezianer Arrigo Buenarrivo zu sich, um ihn über die wahre Mission des mächtigen Schiffs aufzuklären.

»Dem Sklavenhandel Einhalt zu gebieten...?« wiederholte der kleine Mann absolut fassungslos. »Darauf wäre ich nie im Leben gekommen.« Er musterte Vater und Tochter, als kämen sie vom Mond. »Und was hofft Ihr damit zu erreichen?«

»Nur das: dem Sklavenhandel Einhalt zu gebieten.«

»Und wieviel zahlen diese Sklaven für ihre Freiheit?«

»Nichts. Sklaven haben kein Geld.«

»Nichts?« wiederholte der andere noch verwirrter. »Und wo liegt dann der Profit?«

»Mein Vater und ich, wir streben nicht nach Profit«, klärte ihn Celeste auf. »Wir sind schon reich genug.«

Der kleine Kapitän schien Zeit zu brauchen, bis diese absurde Idee in seine kleinen grauen Zellen gedrungen war. Dann stand er auf, wanderte mit den Händen auf dem Rücken durch die geräumige, schwül dekorierte Kajüte und fragte noch einmal nach:

»Wir müssen also nur Sklavenschiffe abfangen und die Sklaven befreien?«

»Das erscheint Euch wenig?«

»Bizarr auf jeden Fall. Jedes Schiff hat seinen Auftrag, aber auf hoher See sein Leben zu riskieren, nur um einigen Negern, die man nicht einmal kennt, die Freiheit zu schenken, erscheint mir schon etwas verrückt.«

»Schon möglich«, gab das Mädchen unbefangen zu.

»Aber Ihr werdet verstehen, daß wir Euch nicht den Befehl über ein Schiff anvertrauen wollten, ohne Euch über seine Mission zu informieren.«

»Das verstehe ich, und ich danke Euch dafür.«

»Und nun?«

Arrigo Buenarrivo nahm wieder Platz und betrachtete lange Zeit die zierliche Frau, die ihm die Frage gestellt hatte, als würde ihm jeden Augenblick eine verborgene Macht auf wundersame Weise enthüllen, ob sie völlig verrückt war oder nicht.

Schließlich stieß er einen kellertiefen Seufzer aus und rief mit rauher Stimme aus:

»Bei allen Dämonen! Ich bin ein guter Seemann, der gewohnt ist, dorthin zu fahren, wohin ihn sein Ausrüster schickt, solange er nicht das Gesetz brechen muß. Aber ich bin nicht sicher, ob es ein Gesetz gibt, das es verbietet, Sklaven auf hoher See zu befreien.«

»Vermutlich nicht«, lautete die Antwort. »Der Sklavenhandel wird zwar seit jeher stillschweigend geduldet, ›offiziell‹ ist er aber von keinem zivilisierten Land akzeptiert worden.«

»In diesem Fall ist wohl anzunehmen, daß man uns nicht der Seeräuberei anklagen kann ...«

»Anzunehmen schon«, räumte Miguel Heredia ein.

»Aber sicher seid Ihr da nicht?«

»Nein.«

»Komisch, findet Ihr nicht? Steinreiche Leute, die sich in ein Abenteuer stürzen, um Gutes zu tun, ohne zu wissen, ob man sie deshalb aufhängen kann oder nicht.« Er stieß einen neuerlichen Seufzer aus. »Seid Ihr auch bestimmt nicht verrückt?«

»Alles Ansichtssache«, bemerkte Celeste. »Nehmt Ihr Euer Kommando an?«

Der Venezianer dachte erneut nach, doch diesmal brauchte er nicht lange.

»Ich nehme an«, brummte er.

»Dann sollten wir lieber darangehen, die Besatzung auszuwählen. Allerdings werden sie erst auf hoher See über unsere wahren Absichten aufgeklärt. Wer nicht einverstanden ist, den setzen wir auf Margarita an Land.«

»Margarita?« erstaunte sich der Venezianer. »Warum Margarita?«

»Wir haben dort etwas zu erledigen, doch das dauert nur zwei Tage. Probleme damit?«

»Nur eines. Denkt daran, dieses Schiff hat Laurent de Graaf gehört und jeder gute Seemann wird es aus zehn Meilen Entfernung erkennen. Je weniger wir in der Karibik segeln, desto besser.«

»Wir werden daran denken.«

Die endgültige Auswahl der Männer ging mehr als leicht vonstatten, denn auf jeden Posten kamen über zwanzig Kandidaten. Die wenigen Schiffe, die Jamaika ansteuerten, fuhren mit weitgehend kompletter Besatzung, und da die ruhige Bucht bekanntlich keine sichere Zuflucht mehr für Piraten und Korsaren war, fiel es auch kaum jemandem ein, neue Schiffe auszurüsten und damit auf Kaperfahrt zu gehen.

Allen dämmerte es, daß sich die Welt, wie sie die meisten kannten, im Umbruch befand. Die stolze, prächtige *Dama de Plata* schien daher die letzte Chance zu sein, an eine glorreiche Vergangenheit der Heldentaten, Reichtümer und Abenteuer anzuknüpfen. Die wahre Mission oder das endgültige Ziel der mächtigen Galeone kannte allerdings niemand so recht.

Clever, wie sie war, hatte Celeste das Gerücht verbreiten lassen, daß ihre geheime Absicht war, Kurs auf die entlegenen Regionen des Südpazifiks zu nehmen. Dort, so munkelte man, sollten riesige unbekannte Länder existieren, mit mehr Gold und Silber als im alten Mexiko oder Peru.

Voller Illusionen eilten die Seeleute weiterhin herbei wie Motten, die ums Licht schwirren. Einer der ersten, die um Erlaubnis nachsuchten, an Bord kommen und anheuern zu dürfen, war Silvino Peixe, der schüchterne portugiesische Matrose, der sie eines Morgens über das tragische Ende der unglücklichen Mannschaft der *Jacaré* aufgeklärt hatte.

»Auf der *Botafumeiro* gefahren zu sein ist sicher keine Empfehlung«, gab er zu. »Aber schließlich haben wir in unserem Gewerbe oft keine große Auswahl. Ich schwöre Euch, daß ich niemals Pirat, Mörder oder Räuber gewesen bin. Ich bin nur ein einfacher Seemann, der seine Arbeit gut machen will.«

»Du brauchst dich nicht zu entschuldigen«, sagte Celeste. »Du hast viel Mut bewiesen, als du erzählt hast, was du wußtest. Ohne dich hätte ich nie erfahren, welch schreckliches Ende die Männer meines Bruders genommen haben«, lächelte sie schmerzvoll. »Vielleicht wäre es ja besser gewesen, es nicht zu wissen, doch wenigstens hat der Schuldige so seine Strafe erhalten.«

»Ist es Euch gelungen, Kapitän Tiradentes zu finden?« wollte der gute Mann höchst interessiert wissen.

»Es ist mir gelungen.«

»Und ...?«

»Er wird niemandem mehr etwas zuleide tun. Da könnt Ihr sicher sein.«

Der Portugiese konnte sich einen tiefen Seufzer der Erleichterung nicht verkneifen.

»Da fällt mir ein Stein vom Herzen. Entschuldigt den

Ausdruck, aber dieser Hurensohn war für mich stets wie ein Alptraum.« In erneut bescheidenem Ton wollte er wissen: »Werdet Ihr mir diese Arbeit geben?«

»Ihr seid akzeptiert.«

»Ich schwöre Euch, Ihr werdet es niemals bereuen, Señora. Niemals.«

Ähnlich dankbar zeigten sich alle, die Kapitän Buenarrivos Plazet bekamen. Man mußte ihnen nur befehlen, auf die Spitze des Großmasts zu klettern, und schon konnte man beobachten, wie sie sich auf den Strickleitern anstellten und auf einen einzigen Pfiff des Obermaats hin die Segel einholten und setzten.

»Die Auswahl der Segel- und Toppsgasten ist sehr wichtig, denn an ihnen hängt die Sicherheit des Schiffs, wenn es brenzlig wird. Die übrigen Männer könnt Ihr in ihre Aufgabe einweisen, doch wer da hinaufklettern muß, kennt sich entweder aus oder bricht sich den Hals.«

Drei Tage lang wählte er die 190 besten Männer aus. Dazu kamen weitere drei, in denen für Trinkwasser und Proviant gesorgt wurde. Am Vormittag des nächsten Sonntags schien der Venezianer zufrieden zu sein.

»Jetzt fehlt mir noch ein dritter Offizier, ein Geschützkommandant und, vor allem, ein guter Steuermann für diese Gewässer, doch könnten wir auch so in See stechen.« Er ließ sein typisches Schnauben hören. »Was mich betrifft, so erwarte ich nur noch den Befehl, die Anker zu lichten.«

Am nächsten Tag regte sich kein Blatt, und schon in den frühen Morgenstunden herrschte drückende Hitze. Doch am Nachmittag schleppten zwei große Ruderboote mit jeweils zehn Mann Besatzung die riesige Galeone langsam aus der ruhigen Bucht. Bei Sonnenuntergang erhob sich gewöhnlich auf dem offenen Meer eine leichte Brise, die man einfangen konnte.

Kapitän Buenarrivo überwachte jedes Detail des schwierigen Manövers. Einige Meter hinter ihm standen Celeste und Miguel Heredia unter dem Zeltdach des Achterkastells und winkten Madame Dominique, Oberst Buchanan und Ferdinand Hafner, die ihnen von Land aus eine gute Reise wünschten, zum Abschied zu. Als man jedoch die Barriere zwischen der riesigen Lagune und dem offenen Meer passierte, mußte das Mädchen mit Wehmut an jenen anderen, kaum ein Jahr zurückliegenden Tag denken, an dem sie mit ihrem Bruder Sebastián zum ersten Mal die schöne Silhouette von Port-Royal erblickt und die perfekte Lage dieser einzigartigen Stadt bewundert hatte.

Jetzt war ihr Bruder tot, und die Stadt lag in Schutt und Asche.

Zwei Meilen vor der Küste holte man die Ruderboote ein, setzte die Segel und wartete auf Wind. Nachdem der Venezianer überprüft hatte, daß jeder Mann auf seinem Posten war, wandte er sich an Celeste:

»Kurs?«

»Südsüdwest. Ich möchte im Morgengrauen vor Black River ankern.«

Die Nacht war ruhig, und die milde Brise duftete nach feuchter Erde. Die meisten Besatzungsmitglieder waren heilfroh, die Freiheit des Meeres wieder zu spüren. Monatelang hatten sie sich wie Gefangene auf einer Insel gefühlt, die urplötzlich jeglichen Zauber verloren und sich in einen unerträglichen Kerker verwandelt hatte.

Ohne das schamlose Port-Royal mit seinen fröhlichen Huren und Schenken war Jamaika nur noch ein heißer und feuchter Ort. Bemerkenswert waren hier jetzt nur noch die Größe und Angriffslust der Moskitos. Allein die Tatsache, dieser widerwärtigen Plage entronnen zu sein, machte die Mannschaft froh und glücklich. Eilends brachten die Männer ihre Hängematten an Deck und spannten sie zwischen die Masten, um sorglos unter einem Sternenhimmel zu schlafen.

Wahrscheinlich fragten sich die meisten, wie lange ihre Reise dauern, an welch entlegenen Ort sie dieses Wagnis bringen würde. Aber sie lebten schon seit einiger Zeit für das Abenteuer, und die Tatsache, auf einem Schiff zu fahren, dessen Ziel man nicht kannte, war für sich allein schon vielversprechend genug.

Von Zeit zu Zeit musterten sie das – jetzt weite Männerkleidung tragende – Mädchen. In ihren Händen lag das Schicksal der mächtigen Galeone. Manch einem war nicht wohl dabei, auf die Befehle einer zarten Frau hören zu müssen, doch waren die meisten der Auffassung, daß die »Silberdame« genug Beweise geliefert hatte, daß sie mehr Mumm in den Knochen hatte als das größte Schlitzohr unter den alten Piratenkapitänen.

Über ihr kurzes Leben und ihre dunkle Vergangenheit

waren tausend Gerüchte in Umlauf. Sicher wußte man nur, daß sie gemeinsam mit ihrem Bruder gesegelt war, dem schon legendären Kapitän Jacaré Jack, und der hatte sogar Mombars dem Todesengel den Garaus gemacht. Das allein war schon eine hervorragende Empfehlung.

Am nächsten Tag gingen sie eine gute halbe Meile vor Black River vor Anker. Im ersten Morgenlicht zeichnete sich das prunkvolle Herrenhaus von Stanley Klein ab, dessen riesige Plantage bis zum Horizont reichte. Auf einer Anhöhe, lediglich zweihundert Meter vom Strand entfernt, stand die weiße Zuckermühle.

Celeste suchte mit einem großen Fernglas die gesamte Hacienda ab und, ohne sich umzudrehen, befahl sie dem Kapitän, der hinter ihr stand:

»Kanonenschächte öffnen!«

Ein Pfiff ertönte.

»Kanonenschächte öffnen!«

»Warnschuß abfeuern!«

»Warnschuß abfeuern!«

Fünf Kanonen spuckten Feuer. Auf der Stelle liefen zahlreiche Menschen am Strand zusammen und blickten ängstlich bis überrascht auf das mächtige Schiff, das sie von See aus bedrohte.

Das Mädchen betrachtete sie mit dem Fernglas, und als sie die riesige Gestalt des froschgesichtigen Sklavenhändlers ausmachen konnte, huschte ein Lächeln über ihr Gesicht.

»Es ist an der Zeit, Mr. Klein unsere Nachricht zu übermitteln«, murmelte sie und wies auf die Zuckermühle. »Schießt sie in Stücke! Aber daß mir das Haus unversehrt bleibt.«

Die Kanoniere zielten sorgfältig, und als der Pfiff ertönte, zündeten sie die Lunten.

Zehn zweiunddreißigpfündige Kanonenkugeln pfiffen durch die Luft. Sechs von ihnen schlugen mitten in dem weißen Gebäude ein. Was blieb, war ein Trümmerhaufen, den eine Staubwolke einhüllte.

Eine kurze Weile schauten sie zu, wie Schwarze und Weiße außer Atem über den Strand liefen. Dann schob Celeste Heredia seelenruhig das Fernglas zusammen und meinte:

»Das dürfte reichen. Ich nehme an, unser guter Freund Klein hat die Botschaft verstanden. Kurs Margarita.«

Der Venezianer blickte seinen Ersten Offizier an und befahl ihm fast gleichmütig:

»Schächte schließen, Anker lichten, Groß- und Focksegel setzen, Kurs steuerbord.«

Natürlich gab es von vorn nach achtern sofort Gerede. Vom Mastkorb bis herunter in die Küche, in der man gerade das Frühstück zubereitete, fragten sich alle, was diese ungewöhnliche Aktion bedeuten konnte. Was war noch alles von einer Frau zu erwarten, die eine bestimmt nicht billige Zuckermühle so selbstverständlich in Stücke schießen ließ, als würde es sich um Rosenstöcke im Garten handeln, die beschnitten werden müssen.

Als sie mit Kapitän Buenarrivo, dem Ersten Offizier, Miguel Heredia und Gaspar Reuter zu Mittag aß, bemerkte Celeste, die am Kopf der Tafel saß, beiläufig:

»Vier Kanonen haben ein festes und recht nahes Ziel verfehlt. Das darf nicht wieder vorkommen.«

»Wir sorgen dafür.«

Das Mädchen wandte sich an den Venezianer, der links neben ihr saß.

»Ich verlasse mich darauf. Und jetzt ist wohl der Augenblick gekommen, der Besatzung das Ziel unserer Mission zu erklären. Aber eines sollte klar sein: Wer dann nicht mehr an Bord bleiben möchte, erhält die Heuer für einen Monat und kann auf Margarita an Land gehen, ohne daß ihm jemand den geringsten Vorwurf macht.«

Am gleichen Nachmittag ließ der Kapitän die gesamte Besatzung auf Deck antreten, lehnte sich an die Reling des Achterkastells und erläuterte ihnen, so knapp er konnte, die Gründe, warum sie an Bord waren.

Danach herrschte langes Schweigen. Celeste Heredia nutzte die Gelegenheit, um aus ihrer Kajüte zu treten. Alle blickten sie erwartungsvoll an.

»Eins solltet ihr noch wissen«, sagte sie. »Außer eurer jeweiligen Heuer spendiere ich der Mannschaft für jeden befreiten Sklaven eine Golddublone.«

Die Menge murmelte Zustimmung, und eine anonyme Stimme aus den letzten Reihen wollte wissen:

»Wie viele Schwarze sind denn gewöhnlich auf einem Sklavenschiff?«

»Zwischen fünfhundert und tausend.«

»Heißt das, daß Ihr bereit seid, jedes Mal, wenn wir eines dieser Schiffe kapern, fast tausend Dublonen zu verteilen?«

»So ist es.«

»Und was habt Ihr davon?«

Das Mädchen musterte die ungläubigen, von Sonne und Wind gegerbten Gesichter. Ein Lächeln huschte über ihr Gesicht:

»Wer das nicht versteht, dem kann ich es auch nicht erklären. Er soll einfach gehorchen oder auf Margarita an Land gehen.«

Sie drehte sich um und verschwand wieder in ihrer Kajüte. Natürlich brodelte die Gerüchteküche erneut. Auf Deck, im Speiseraum und in den Mannschaftsquartieren sprach man tagelang von kaum etwas anderem: Man fuhr auf dem Schiff einer seltsamen Frau, die wahrscheinlich verrückt war.

»Verrückt oder nicht«, lautete schließlich die fast einmütige Meinung. »Jedenfalls hat sie das Geld, um ihre Versprechen zu halten, und wir fahren auf dem momentan besten Schiff aller sieben Weltmeere.«

Also machten sie ihre Arbeit, so gut sie konnten, und das war viel. So konnte der Ausguck im Mastkorb bereits eine Woche später am Vormittag melden: Land in Sicht!

Am nächsten Tag ankerten sie in der Bucht von Juan Griego, allerdings außer Schußweite der schweren Kanonen der Festung La Galera. Nachdem Celeste befohlen hatte, eine Schaluppe zu Wasser zu lassen, bat sie Gaspar Reuter, an Land zu gehen und Hauptmann Sancho Mendaña zu bitten, er möge an Bord kommen.

»Sagt ihm, daß ich ihn darum bitte: die ›kleine‹ Celeste Heredia.«

Zwei Stunden später kletterte der schnauzbärtige Offizier aus Margarita an Bord und umarmte gerührt Vater und Tochter. Als er erfuhr, daß sein guter Freund Sebastián ums Leben gekommen war, konnte er seine Tränen kaum unterdrücken.

»Es tut mir in der Seele weh«, sagte er. »Ich habe gesehen, wie er geboren wurde, wie er aufgewachsen ist, und ich habe ihn wie einen Sohn geliebt.«

Anschließend erzählten ihm Miguel und Celeste Heredia, was seit dem Tag geschehen war, an dem sie Margarita verlassen hatten. Nachdem er seine alte und schwere Pfeife angezündet hatte, schüttelte der Kommandant der Festung La Galera maßlos verblüfft den Kopf.

»Das Schicksal schlägt mehr Kapriolen als der größte Narr«, murmelte er. »Aus dem kleinen Mädchen, das halbnackt unter meinem Fenster am Strand entlanglief, wird eine steinreiche Frau, und ihr Bruder besiegt den Todesengel, den die Schiffe aller Flotten viele Jahre lang vergeblich gejagt haben. Wie hat er das nur geschafft?«

»Mit List.«

»Das überrascht mich nicht! Er war der größte Fuchs, den ich je kennengelernt habe. Ich werde ihn vermissen!«

»Er sprach immer von dir als bestem Freund, den er je gehabt hat, und deine Drohung, ihn aufzuhängen, falls er je wieder einen Fuß auf die Insel setzen sollte, hat ihn sehr geschmerzt.«

»Er war zum Piraten geworden, und es war stets meine Pflicht, Piraten aufzuknüpfen: Freundschaft hin oder her.«

»Das wußte er, und deshalb war er dir wohl auch nicht böse. Er hat gesagt, daß es reicht, drei Meter Abstand zur Küste zu halten, um dir Probleme zu ersparen. Aber wir sind nicht gekommen, um von Sebastián zu sprechen.« Das Mädchen schenkte ihm ihr bezauberndstes Lächeln. »Wir wollten dich bitten, daß du dich uns anschließt.«

»Ich soll mich euch anschließen?« fragte der stets streng dreinblickende Hauptmann Mendaña verblüfft. »Wozu?«

»Um Sklaven zu befreien.«

»Wie dein Bruder mit der *Four Roses*?«

»Genau!«

»So ein absurder Wahnsinn!«

»Wahnsinn ist fast immer absurd«, mischte sich Miguel Heredia ein. »Tatsache ist, daß wir einen Artilleristen mit deiner Erfahrung benötigen. Die meisten unserer Männer sind erstklassige Seeleute, aber ihre Zielsicherheit läßt viel zu wünschen übrig.«

»Verlangst du von mir, daß ich desertiere?«

»Du sollst lediglich deinen Posten aufgeben«, korrigierte ihn Miguel. »Man wird dich niemals befördern, das weißt du selbst am besten, also mußt du in spätestens zwei Jahren ohnehin deinen Abschied nehmen. Wie sieht deine Zukunft aus mit einer läppischen Pension, die oft nicht einmal bezahlt wird?«

»Natürlich sehr düster. Damit habe ich mich schon abgefunden.«

»Ändere was daran! Laß alles hinter dir und komm zu uns. Schließlich hast du uns immer als deine einzige Familie angesehen.«

»Das stimmt allerdings«, räumte der Offizier ein. »Wenn ich es recht bedenke, dann bin ich weder der Armee noch der Krone Dank schuldig. Seit Jahren haben sie mich schon vergessen.«

»Also?«

Der Hauptmann dachte einige Augenblicke nach. Er blickte durch das breite Achterfenster auf die rötliche Silhouette der plumpen Festung La Galera, in der er die letzten drei Jahrzehnte mehr schlecht als recht zugebracht hatte, ohne daß seine Vorgesetzten je seine Arbeit und seine unbestreitbaren Opfer gewürdigt hätten. Schließlich spuckte er aufs Meer hinunter.

»Teufel noch mal! Hier kann ich nur noch vor Langeweile sterben, und Afrika wollte ich schon immer mal kennenlernen.« Alle blickten ihn erwartungsvoll an, als er begeistert hinzufügte: »Ich brauche zwei Stunden, um meine Sachen zu holen und brieflich meinen Abschied zu erklären.«

»Nimm dir so viel Zeit, wie du brauchst.«

Der Offizier hatte sich entschieden. Voller Tatendrang sprang er mit einem Satz auf die Beine. Er war schon kurz vor der Tür, als ihm etwas einzufallen schien.

»Ein halbes Dutzend absolut vertrauenswürdiger Margariteños käme uns nicht übel zupaß«, sagte er. »Jungs, für die ich meine Hand ins Feuer legen würde, weil sie unter mir gedient haben. Die meisten sind gute Kanoniere, und auf der Insel gibt es schon seit einiger Zeit nicht mehr viel zu beißen.«

»Dann her mit ihnen!«

»In diesem Fall brauche ich sechs Stunden, um sie ausfindig zu machen.«

»Kein Problem.«

Am Nachmittag kehrte der inzwischen Ex-Festungskommandant von La Galera, Hauptmann Sancho Mendaña, mit seinen wenigen Habseligkeiten und fünf jungen Kerlen an Bord zurück. Wie geblendet starrten diese auf die mächtigen Geschütze der riesigen Galeone vom berühmtem Piraten Laurent de Graaf. Von dem hatten sie schon von Kindesbeinen an gehört.

Die meisten von ihnen kannten einen großen Teil der abenteuerlichen Geschichten der Heredias. Miguel war ihr Nachbar oder Freund ihrer Eltern gewesen, und so waren sie bald in ein lebhaftes Gespräch mit ihm vertieft. Inzwischen lichtete man die Anker, setzte die Segel und steuerte die stolze *Dama de Plata* in Richtung Osten. Damit begann die lange abenteuerliche Reise zur fernen, fast mythischen Küste Afrikas.

Aber die Winde waren gegen sie.

Nördlich der Kanarischen Inseln begannen ab Mitte September Passatwinde zu wehen. Bis zu den Kapverdischen Inseln bliesen sie in südlicher Richtung und drehten dort nach Westen, in Richtung Neue Welt. Jeder gute Seemann kannte diese Route nur zu gut.

Der besonders erfahrene Kapitän Buenarrivo wußte daher, daß man ab Mitte November nur noch sehr mühevoll mit einer schwerfälligen Galeone gegen solche

Winde segeln konnte. Doch genau diese Winde suchten die Sklavenschiffe auszunutzen, um ihre schreckliche Überfahrt so schnell wie möglich hinter sich zu bringen.

»Sie kommen uns entgegen«, sagte er. »Um diese Zeit brauchen wir sie nur abzufangen.«

Sein großes Problem war es, bei niemals abflauendem Gegenwind die breite Passage zwischen den Inseln Grenada und Tobago zu überqueren. Er sah sich gezwungen, nach Norden zu segeln und vor Barbados zu wenden, um mit möglichst sparsamer Takelage die Küste von Guyana zu erreichen.

»Ich vermisse die *Jacaré*«, kommentierte Miguel Heredia gelegentlich die gefährlichen Manöver der Toppsgasten. »Die brauchte nur eine leichte Brise, und schon schoß sie unter dem Wind wie ein Pfeil durch die Wellen.«

Der Venezianer, dem nichts entging, was an Bord seines Schiffs geschah, drehte sich einen Augenblick um und sagte mit dem Anflug eines Lächelns:

»Ich erinnere mich an die *Jacaré.* Ein schönes Schiff, schnell und wendig. Dafür gibt es nur wenig Schiffe, die es mit unserem auf hoher See aufnehmen können. Manchmal glaube ich, daß selbst die *Cagafuego,* das Flagschiff der spanischen Flotte, gegen uns den Kürzeren ziehen würde.«

»Ich hoffe, wir müssen das nicht ausprobieren.«

»Ich auch nicht, aber falls doch, setze ich auf die *Dama de Plata.*«

»Ich dachte, Ihr wettet nicht mehr.«

Der andere lachte auf.

»Wenn ich weiß, daß ich gewinne, tue ich das auch nicht. Aber hier liegt der Fall anders. Die Schlacht wäre sicher fürchterlich.«

Um sich gegen eine solche Schlacht zu wappnen, hatten die Männer der Galeone ihre Vorbereitungen begonnen. Hauptmann Mendaña war zwar ein Experte für Landgeschütze, doch bewies er sofort, daß er auch auf See sein Handwerk verstand und daß auch die jungen Männer, die unter ihm gedient hatten, alles über Kanonen wußten.

Den Artilleristen, die an die fast vorsintflutlichen Kanonen des Forts gewohnt waren, kamen die modernen, mächtigen Geschütze der Galeone wie ein Wunderwerk der Technik vor. So verging kaum ein Tag, an dem sie nicht mindestens drei Stunden lang Schießübungen veranstalteten.

Alle an Bord der *Dama de Plata* wußten sehr wohl, daß die eigenen Kanonen in der Stunde der Schlacht ebenso gefährlich sein konnten wie die des Feindes. Wenn man sie nicht nach jedem Schuß sorgfältig reinigte, etwas zuviel Ladung nahm oder sich das Pulver aus Versehen entzündete, ging der Schuß nur zu oft nach hinten los, erledigte den Schützen und entfachte einen heftigen Brand, der um so gefährlicher war, je näher er an der Wasserlinie lag.

»Eine feindliche Kugel kann töten, einen Mast kappen und sogar ein für die Zimmerleute schwer zugängliches Leck schlagen«, pflegte Hauptmann Mendaña seinen Männern einzuschärfen. »Aber ein Brand im Kampfgetümmel kann ein Schiff im Handumdrehen versenken.«

Aus diesem Grund befand sich das Pulvermagazin im tiefsten Inneren des Schiffs, unter dem dritten Deck, in einer mit dicken Kupferplatten ummantelten Kammer. Diese war nur über eine schmale Treppe oder eine winzige Bodenklappe zu erreichen, durch die sich die

Schiffsjungen die Pulversäcke für die entsprechende Kanone hinausreichten.

Atemlos liefen die Schiffsjungen von dort durch die Gänge und über Treppen hinauf bis zum Standort des Geschützes. Dort übergaben sie das Pulver dem verantwortlichen Kanonier und kehrten auf anderem Weg zur Pulverkammer zurück, um nicht mit einem zusammenzustoßen, der in entgegengesetzter Richtung unterwegs war.

Es war ein unaufhörliches Kommen und Gehen, Befehle und Rufe erschallten, während Explosionen zu hören waren, denen ein schwarzer und ockerfarbener Rauch folgte. »Übung macht den Meister«, lautete der Spruch von Sancho Mendaña, und das meinte er so.

Sollte man es tatsächlich, was Gott verhindern mochte, mit der *Cagafuego* oder einem anderen der riesigen englischen, holländischen oder portugiesischen Kriegsschiffe aufnehmen müssen, stand man einer erfahrenen und zahlenmäßig um das Dreifache überlegenen Besatzung gegenüber. Von dieser »Seeinfanterie« geentert zu werden bedeutete die sichere Vernichtung.

Um es gar nicht erst zum Entern kommen zu lassen, mußte man über eine klar überlegene Artillerie verfügen. Da alle Schiffe aber ähnliche Tonnage und Bewaffnung aufwiesen, war diese Überlegenheit nur durch hohe Zielsicherheit zu erreichen.

Mendaña war ein Experte für Küstenartillerie. Daher ließ er seine Männer die sogenannten »Kettenschüsse« üben, die Seekanoniere in der Regel ablehnten. Man feuerte eine große Eisenkugel ab, die beim Austritt aus dem Rohr in zwei Teile zerbarst, die durch eine lange und dicke Kette miteinander verbunden blieben.

Die wild rotierenden Kugelhälften schlugen auf dem

feindlichen Schiff alles entzwei, was sich ihnen in den Weg stellte, oder sie wickelten sich um die Aufbauten, kappten die Masten und zerfetzten die Segel so sehr, daß der Feind binnen kurzer Zeit nahezu manövrierunfähig wurde.

Einem rechten Seewolf, der etwas auf sich hielt, war eine so üble Finte zuwider. Der schnurrbärtige Margariteño führte dagegen – mit Recht – ins Feld, daß man sich im Leben in gewissen Augenblicken abwegige Sentimentalitäten nicht leisten konnte.

»Wenn es hart auf hart kommt, sind die Kettenkugeln vielleicht unsere Rettung, und ich verspreche euch, daß ich sie nur einsetzen werde, wenn es uns wirklich an den Kragen geht«, besänftigte er aufkeimenden Widerstand. »Aber wir brauchen die Sicherheit, daß sie da sind und wir auch damit umgehen können, wenn uns der Feind zahlenmäßig und an Waffen überlegen ist.«

»Das ist Schurkerei«, beschwerte sich der Erste Offizier.

»Eine größere Schurkerei wäre es, wenn vierhundert Männer dein Schiff entern und dir die Kehle durchschneiden«, schallte es gallig zurück.

Aus solchen Diskussionen hielt sich Celeste tunlichst heraus. Allerdings fand auch sie, daß man die Männer ständig auf Trab halten mußte, denn Langeweile und eine laxe Einstellung wurden der Mannschaft auf langen Überfahrten oft zum Verhängnis.

Daher befahl sie den Zimmerleuten, aus einem leeren Wasserfaß ein einfaches Floß mit Segel zu bauen, das man ins Meer warf. Dann schickte sie Segel- und Toppsgasten auf die Masten und ließ das Schiff einen weiten Kreis um das Ziel fahren, auf das sich die Kanoniere einschießen konnten.

Außerdem bestand sie darauf, daß alle Zeitpläne auf den Schlag einer Glocke genau eingehalten wurden. Dabei herrschte die gleiche Strenge wie bei der britischen Kriegsflotte. So hatte jedes Besatzungsmitglied bald eine sehr klare Vorstellung von seiner Aufgabe auf einem Schiff, auf dem alles mit der Präzision eines Uhrwerks ablief. Inzwischen entfernte sich die *Dama de Plata* allmählich von den Küsten der Neuen Welt.

Jeden Tag zeigte sich aufs neue, daß Celeste nicht nur ein standfestes und entschlossenes Mädchen war, das sich in den Kopf gesetzt hatte, eine so schwierige und in den Augen der Mehrheit nutzlose Mission durchzuführen, sondern daß sie außerdem – und vielleicht in erster Linie – eine tüchtige Organisatorin war, die ganz genau wußte, und das auch noch im voraus, wie sie sich zu verhalten hatte.

Diskret hielt sie Abstand zu den Männern, besonders zu den jüngsten. Mit Hochmut hatte das allerdings nichts zu tun, ganz im Gegenteil: Stets war sie für alle zugänglich, die ihre Hilfe oder ihren Rat benötigten.

Zwar trug sie weite, schmucklose Männerkleidung, doch ihre lange, dunkle schöne Mähne ließ sie stets im Wind flattern. Damit machte sie wohl klar, daß sie sich zwar immer noch als Frau ansah, ihr Geschlecht jedoch nichts mit ihren Pflichten zu tun hatte und sie als Ausrüsterin eines Schiffs so erfahren war wie der schmierigste und übelriechendste Kaufmann aus Lissabon oder Liverpool.

Ihr Gerechtigkeitssinn an Bord wurde erstmals in der Woche gefordert, als die Möwen vor der Küste von Guyana nicht mehr zu sehen waren. Da beschwerte sich ein junger Mann, der am Davit als Wachposten eingeteilt war, einer seiner Gefährten im Schlafsaal habe ihm während seiner letzten Wache die Golddublone gestohlen, die jedes Besatzungsmitglied als »Vorschuß« erhalten hatte.

»Na schön, mein Junge«, räumte Kapitän Buenarrivo ein, der gerade neben dem Mädchen auf dem Achterkastell stand. »Man hat dich also bestohlen. Denk aber daran, daß das eine schwere Anschuldigung ist. Hast du eine Ahnung, wer der Schuldige sein könnte?«

»Jeder im Schlafsaal, wie gesagt.« Der Angesprochene war sich seiner Sache sicher. »Kein Außenstehender, denn ich stehe genau vor dem Eingang Wache. Ich hätte also sehen müssen, wenn einer hineingegangen wäre.«

»Und wie viele Männer schlafen in diesem Raum?«

»Sechzehn, mich eingeschlossen.«

»Sollen wir also unter fünfzehn Verdächtigen herausfinden, wer deine Golddublone hat?« murmelte der Venezianer konsterniert. »Das wird sehr schwer sein, findest du nicht? Außerdem wird das viel böses Blut unter deinen Kameraden geben.«

»Daran habe ich schon gedacht, Kapitän«, gab der Bestohlene zu, der sein Geld offenbar unbedingt zurückhaben wollte. »Aber es gibt noch viel böseres Blut, wenn sie erfahren, daß ein Dieb unter ihnen ist, aber keine Ahnung haben, wer es ist.«

»Da hast du natürlich recht, aber wie soll ich das bloß anstellen? Schließlich kann ich ja nicht fünfzehn Männer foltern, bis einer gesteht.«

»Das ist mir schon klar«, entgegnete der andere mit bewundernswertem Selbstvertrauen. »Aber sie brauchen mir nur ihr Geld zu zeigen. Ich erkenne das meine.«

»Hast du es etwa markiert?«

»Nicht direkt. Aber ich erkenne es.«

»Bist du sicher?« mischte sich Celeste ein, die sich bis

dahin aus der Diskussion herausgehalten hatte. »Ich habe keine Lust, wegen einer läppischen Dublone eine unangenehme Situation heraufzubeschwören, aber die Vorstellung, einen Dieb an Bord zu haben, gefällt mir noch weniger.«

»Ich denke, ich bin sicher, Señora«, kam es zurück. »Aber falls ich mich täusche, nehme ich jede Strafe auf mich, die Ihr über mich verhängen wollt.«

»Also einverstanden«, gab sich das Mädchen geschlagen. »Die Männer sollen an Deck kommen.«

Eine halbe Stunde später standen die fünfzehn Zimmergenossen des Schlafsaals in Reih und Glied auf dem Achterdeck und wurden vom größten Teil der Mannschaft kritisch beäugt. Nun befahl ihnen der Obermaat, die Taschen zu leeren und alles Geld, was sie besaßen, vor sich hinzulegen.

Alle gehorchten ohne Widerspruch. Der bestohlene Wachmann nahm eine Dublone nach der anderen in die Hand, untersuchte sie und roch schließlich daran.

Beim achten Versuch mußte er niesen.

»Das ist sie!« kam es wie aus der Pistole geschossen.

Kapitän Buenarrivo nahm die Dublone in die Hand, untersuchte sie akribisch und mußte schließlich zugeben:

»Ich kann nicht den geringsten Unterschied zu den anderen feststellen.«

»Riecht daran!«

Der Venezianer tat es und mußte sofort niesen.

»Seht Ihr?«

»Was hat das damit zu tun?«

»Ihr müßt niesen. Ich bewahre mein Geld stets in einem Beutel mit gemahlenem Pfeffer auf, und wenn nicht zu sehr daran gerieben worden ist, muß jeder niesen, der daran riecht.« Der Wachmann wies auf die Dublone und fügte in einem Ton, der keinen Widerspruch duldete, hinzu: »Die gehört mir!«

Celeste Heredia nahm die Münze in die Hand, roch daran und mußte sofort niesen. Darauf entwischte ihr ein Lächeln:

»Sehr gerissen, in der Tat!« kommentierte sie belustigt. »Wie heißt du?«

»Jeremías, Señora. Jeremías Centeno.«

»Und hast du noch mehr solcher Tricks auf Lager?«

»Einige, Señora. Mein Großvater war ein sehr schlauer Mann.«

»Wir werden darauf zurückkommen«, erwiderte sie und wandte sich dem mutmaßlichen Dieb zu. Der war leichenblaß geworden und hatte die Augen weit aufgerissen. »Hast du etwas dazu zu sagen?«

»Nichts, Señora«, hauchte er.

»Du gibst also zu, daß du ihn bestohlen hast?«

»Ja, Señora.«

Mit strenger Stimme fragte Celeste Heredia den Kapitän:

»Was für eine Strafe steht gewöhnlich darauf?«

»Fünf Peitschenhiebe und fünfzehn Tage bei Wasser und Brot im untersten Kielraum.«

Das Mädchen dachte lange nach, musterte den Angeklagten kritisch und verkündete schließlich laut und deutlich, damit auch jeder sie verstehen konnte:

»Ich dulde keine Diebe auf meinem Schiff. Weil er der erste war, bekommt er zehn Peitschenhiebe und einen Monat bei Wasser und Brot im Kielraum.« Drohend hob sie den Finger. »Aber beim nächsten Übeltäter wird die Strafe verdoppelt, beim dritten verdreifacht, und falls es wirklich einen vierten geben sollte, lasse ich ihn aufhängen. Ist das klar?«

»Absolut klar!« erwiderte der riesige Obermaat, ein blonder, über zwei Meter langer Schwede, im Namen aller. »Wirklich absolut klar!«

»Dann führt die Strafe aus. Hoffentlich müssen wir nicht noch einmal eine so traurige Erfahrung machen!«

Der Schuldige nahm die zehn Peitschenhiebe ohne den geringsten Schmerzenslaut entgegen. Anschließend führte man ihn in den tiefsten Kielraum, wo er einen Monat im Dunkeln bleiben würde, mit Ratten und Kakerlaken als einziger Gesellschaft. Auf dem Schiff kehrte wieder Routine ein, und in den folgenden Tagen rühmte die Besatzung die konsequente Haltung, mit der die scheinbar so zarte Silberdame die heikle Angelegenheit geregelt hatte.

»Die hat Mumm!« lautete der allgemeine Kommentar. »Verdammt viel Mumm!«

Eine Woche später, an einem grauen, bleiernen Morgen, ließ der Ausguck im Mastkorb schließlich den langersehnten Ausruf erschallen: »Schiff in Sicht!« Sofort stürzten sich alle, die in diesem Augenblick dienstfrei hatten, an die Reling, um den Horizont abzusuchen. Erwartungsvoll sah man den Kapitän an, um zu erfahren, was für ein Schiff sich näherte.

»Ein Pott mit gut sechshundert Tonnen«, meinte dieser schließlich. »Völlig überladen, aber nur armselig bewaffnet.« Er machte eine kurze Pause und nickte schließlich. »Ein Sklavenschiff, kein Zweifel.«

Es war tatsächlich ein Sklavenschiff, und zwar die *María Bernarda.* Dieser stinkende, schmutzige Pott war wohl einmal ein Schiff der spanischen Flotte gewesen. Schon beim ersten Warnschuß hißte er die weiße Flagge und drehte bei, denn mit seinen wenigen rostigen und minderwertigen Kanonen konnte er der vor Feuerkraft strotzenden stolzen Galeone natürlich keinerlei Widerstand leisten.

Bevor das heikle Entermanöver begann, verschwand Celeste in ihrer Kajüte und kehrte mit der Fahne zurück, die sie auf Jamaika hatte sticken lassen. Man hißte sie auf der Spitze des Großmasts, wo sie unter den erwartungsvollen Blicken von zweihundert Augenpaaren zu flattern begann.

Sie war riesengroß, hellgrün, und in der Mitte war in Schwarz eine dicke zerbrochene Kette gestickt.

Dann gelang es der *Dama de Plata,* längsseits des Sklavenschiffs zu gehen. Dessen Kapitän war ein halbnackter Marseiller, der sich völlig kahlgeschoren hatte, um sich auf diese Weise – wie fast alle seine Männer – die Heerscharen von Läusen, Flöhen und Zecken vom Leib zu halten, die offenbar das erbärmliche Schiff geradezu verseucht hatten. Verächtlich wies er auf die seltsame Fahne.

»Was zum Teufel soll das bedeuten?«

»Das heißt, alle Sklaven an Bord sind frei«, erwiderte der Venezianer in fast perfektem Französisch.

»Mit welchem Recht?«

Arrigo Buenarrivo wies vielsagend auf seine Kanonen.

»Reicht das?« fragte er sarkastisch.

»Vollkommen ...«

»Dann kommt an Bord.«

Man legte ihm eine Planke hinüber, und geschickt balancierte der glatzköpfige Kapitän auf die *Dama de Plata.* Buenarrivo führte ihn in die Offiziersmesse, wo ihn Celeste, ihr Vater, Gaspar Reuter und Sancho Mendaña erwarteten.

»Potzblitz!« grinste der Marseiller fast spöttisch. »Eine schöne weiße Frau! Was für ein Luxus!«

Ein strenger Blick aus Celestes dunklen Augen genügte, um ihm klarzumachen, daß diese »schöne weiße Frau« alles andere als Luxus war, sondern den Ton auf diesem imposanten Schiff, das ihn aufgebracht hatte, angab. Plötzlich klang der Marseiller sehr besorgt:

»Darf man erfahren, was das alles soll und was ihr vorhabt?«

»Die Sklaven zu befreien und dein Schiff zu verbrennen. Gut möglich, daß wir dich auch aufhängen lassen«, entgegnete das Mädchen in einem Ton, an dem es nichts zu deuteln gab. »Letzteres hängt ganz von dir ab.«

»Was habe ich zu tun?« erkundigte sich der glatzköpfige Kapitän. Er war unterwürfig und lammfromm geworden.

»Mit uns zusammenarbeiten.«

»Wie?«

»Zunächst einmal erzählst du uns, wem das Schiff gehört, wo ihr die Sklaven an Bord genommen habt und was euer endgültiges Ziel ist.«

»Die *María Bernarda* gehört Monsieur François Diderot aus Le Havre. Wir sind in Abidjan mit gut 700 Sklaven aufgebrochen, allerdings sind etwa 90 unterwegs gestorben. Unser Zielhafen ist vermutlich Martinique.«

»Wie oft hast du diese Überfahrt schon als Kapitän eines Sklavenschiffs gemacht?«

»Das hier ist die dritte, allerdings hatte ich beschlossen, nicht mehr weiterzumachen, denn die Bedingungen sind einfach infernalisch. Wenn ich Euch einen Rat geben darf, dann haltet Abstand von der *María Bernarda*. Dort wimmelt es vor soviel Ratten, Kakerlaken, Läusen und anderen Parasiten, daß Ihr das Schiff nur zu streifen braucht, um Euch zu infizieren.«

Das Mädchen schaute ihn lange an und nickte schließlich überzeugt:

»Ich werde deinen Rat beherzigen, denn allein der Gestank ist nicht auszuhalten. Kehr an Bord deines Schiffs zurück und rühr dich nicht vom Fleck, bis du weitere Befehle erhältst.« Sie drohte ihm mit dem Finger. »Und laß sofort alle Sklaven frei.«

»Wenn ich sie freilasse, murksen sie uns ab, wenn es sein muß mit den Zähnen. Seit über einem Monat liegen sie in diesen Lagerräumen und sind kurz davor, wahnsinnig zu werden.«

»Ich nehme an, sie werden Ruhe bewahren, wenn sie sehen, daß wir in der Nähe sind und sie versenken können. Sag ihnen, wie die Dinge jetzt stehen, und laß sie etwas frische Luft schöpfen.« Mit verächtlicher Geste setzte sie hinzu: »Und jetzt verschwinde, denn du bist mir einfach zuwider.«

Der Marseiller verließ die Messe und schwang sich auf sein Schiff, während Kapitän Buenarrivo anmerkte:

»Er hat völlig recht. Wir können unsere Männer nicht auf die *María Bernarda* schicken, wenn wir nicht wollen, daß sie voller Läuse, Zecken und vielleicht schlimmerer Parasiten zurückkommen. Das Schiff da ist ein riesiger schwimmender Misthaufen. Was sollen wir mit ihm anstellen?«

»Hat es eine Chance, nach Afrika zurückzukehren?« wollte Celeste wissen.

Der Venezianer blickte sie konsterniert an:

»Nach Afrika, jetzt, wo die Passatwinde blasen, und mit diesem Schrotthaufen? Nicht die geringste! Die Überfahrt kann Monate dauern, und höchstwahrscheinlich kommt es nie an.«

»Am besten, wir machen es wie dein Bruder«, mischte sich Miguel Heredia Ximénez ein, der Tag für Tag weniger Einfluß auf die Entscheidungen seiner Tochter nahm.

»In einer guten Woche würden wir all diese Leute an der Mündung des Orinoco aussetzen. Dort können sie sich mit den freien Schwarzen zusammenschließen, die Sebastián dort an Land gebracht hat.«

»Aber es sind Afrikaner«, protestierte Celeste. »Ich habe mich doch nicht auf dieses Abenteuer eingelassen, um sie in den verlorenen Urwäldern eines fast unbekannten Kontinents auszusetzen, sondern um sie in ihre Heimat zurückzubringen.«

»Schlimmer kann es ihnen nicht gehen«, warf der stets gleichmütige Gaspar Reuter ein. »In Afrika wurden sie versklavt, und wahrscheinlich jagt man sie zu Hause erneut und verkauft sie.«

»Noch einmal: Ein Zurück gibt es nicht«, beharrte der Venezianer. »Tut mir leid, aber dieses Schiff kann nie und nimmer gegen den Wind segeln. Kaum ein Sklavenschiff ist dazu in der Lage.«

Offensichtlich wußte er nur zu gut, wovon er sprach. Jedem noch so unerfahrenen Seemann war sehr wohl bewußt, daß man die Sklavenschiffe eigens für den Transport großer Menschenmassen entworfen oder zumindest umgebaut hatte. Das hieß, soviel Fracht wie irgend möglich und minimale Besatzung.

Trotz fürstlicher Entlohnung war es beileibe nicht leicht, Matrosen zu finden, die bereit waren, sich auf diese infernalischen Sklavenfahrten einzulassen. Daher war es erforderlich, die Manövrierfähigkeit der Schiffe so weit wie möglich zu vereinfachen, und das hieß, sie die meiste Zeit mit Rückenwind segeln zu lassen.

Die klassische Route eines Sklavenschiffs war daher immer die gleiche und von den Jahreszeiten abhängig. Ende August verließ man Europa und segelte nach Süden, bis man einen guten Monat später den Golf von Guinea erreichte. Dort tauschte man die Ladung aus Stoffen, Waffen, Munition, Spiegeln und billigem Tand gegen Sklaven. Mit vollen Laderäumen, in denen man die Schwarzen wie Vieh zusammenpferchte, ging es über den Atlantik in die Karibik. Die Passatwinde trieben das Schiff dabei direkt an die Küsten Guyanas oder der Antillen.

Wenn die menschliche Fracht am Zielort gelöscht war, fegte und schrubbte man die Laderäume wie verrückt, um Erbrochenes, menschliche Exkremente und Heerscharen von Parasiten loszuwerden. Anschließend lud man Kaffee, Zucker, Rum oder Kakao und schlug ab April die Route zu den Küsten Floridas ein, von wo aus man mit Rückenwind nach Europa zurückkehrte.

Diese Rundfahrt bot zwei unschlagbare Vorteile. Zum einen konnte man stets auf günstige Winde zählen, zum anderen machte man gleich dreimal Profit: zunächst mit Tand, dann mit Sklaven und schließlich mit Zucker, Kaffee, Rum und Kakao.

Schon vor über einem halben Jahrhundert war es im alten Europa schick geworden, zum Frühstück Milchkaffee zu trinken und am Nachmittag Schokolade mit Süßigkeiten zu sich zu nehmen. Was heute so alltäglich ist, galt damals als höchste Raffinesse. Exotische Produkte aus Übersee waren in den oberen und mittleren Schichten bald so begehrt, daß sich clevere Kaufleute goldene Nasen verdienten.

Eine einzige erfolgreiche Rundfahrt brachte das Tausendfache des investierten Gelds ein, und da sich die britische Krone bekannterweise sehr direkt an diesem überaus lukrativen Handel beteiligte, fiel es kaum einem Reeder ein, daß solches Tun etwas Illegales oder Verwerfliches an sich haben könnte.

Von Zeit zu Zeit trat zwar einer für die Rechte der Schwarzen ein, doch für den hatte man stets die gleiche Antwort parat. Schließlich konnten diese Menschen auf diese Weise einem Kontinent den Rücken kehren, wo sie in grenzenloser Not lebten und in ständige Stammeskämpfe verwickelt waren, und bekamen dafür einen »zivilisierten« Kolonisten als Herrn, der sie versorgte, beschützte und ihnen den Weg zum Seelenfrieden und zum wahren Glauben wies, den sie ansonsten nicht im Traum gefunden hätten.

Kapitän Buenarrivo hatte daher schon recht: Ein Sklavenschiff war wie ein Maultier mit Ohrenklappen, das nur in eine Richtung laufen konnte und für das es kein Zurück gab.

Zudem war die Küste Guyanas noch recht nahe, während Afrika für die *María Bernarda* am Ende der Welt zu liegen schien.

Am Nachmittag fällte Celeste Heredia schließlich eine Entscheidung, die von der Not diktiert war. Sie ließ dem französischen Kapitän den Befehl übermitteln, er solle seinen ursprünglichen Kurs halten, bis das Festland in Sicht käme.

Die *Dama de Plata* folgte ihr wie ein Schatten.

In der gleichen Nacht lag Celeste wieder einmal in einer Hängematte auf dem Achterdeck, um frische Luft zu schöpfen. Sie pflegte dort viele Stunden zu verbringen und die Sterne zu beobachten. Da ließ sich Hauptmann Sancho Mendaña neben ihr nieder und tätschelte ihr unbefangen die Hand. Immerhin war er bei ihrer Geburt dabeigewesen und hatte gesehen, wie sie aufgewachsen war.

»Nimm dir das nicht zu Herzen«, bat er. »Du kannst nichts anderes tun.«

»Und glaubst du, daß es genug ist?«

»Genug?« fragte der schnauzbärtige Offizier verblüfft, als könne er nicht glauben, was er da hörte. »Nun komm aber, Kleine! Die Sklaverei ist so alt wie die Menschheit, und soweit ich weiß, bist du der erste Mensch, der immer frei gewesen ist und trotzdem sein Leben und sein Vermögen für diese armen Teufel aufs Spiel setzt. Was willst du noch?«

»Es haben sich schon viele andere für die Schwarzen eingesetzt«, wandte sie ein.

»Mit Worten schon! Pfarrer, die schöne Predigten halten, oder Träumer, die eine utopische Welt proklamieren, in der die Hautfarbe nicht zählt und alle Menschen gleich sind. Von denen gibt es viele. Aber von denen, die sagen ›Hier ist mein Geld, und hier stehe ich, und wenn es mich meine Haut kostet‹, von denen kenne ich keinen einzigen.«

»Vielleicht liegt das daran, daß sie kein Geld haben«, protestierte das Mädchen.

»Aber eine Haut haben sie sehr wohl, und nur sehr wenige haben diese für die Schwarzen riskiert.«

»Du tust es doch.«

»Weil du mich dazu gedrängt hast«, erinnerte sie der andere. »Du hast einem alten einsamen Mann, der nur noch Alpträume kannte, einen Traum geboten. Warum hätte ich mich nicht an einen Traum klammern sollen, der mich zwanzig Jahre jünger macht?« Er holte seine alte Pfeife aus dem Beutel und zündete sie an. »Inzwischen bin ich bereit, mein Leben zu geben, um die Schwarzen zu verteidigen. Aber noch vor einem Monat habe ich ihnen nicht einmal einen einzigen Gedanken geschenkt.«

»Rede ich etwa mit einem Bekehrten?« fragte Celeste sichtlich belustigt.

»Jeden in meiner Lage kann man bekehren«, erwiderte

Hauptmann Sancho Mendaña. »Aber wie soll man verstehen, daß ein Mädchen, das eine prachtvolle Zukunft vor sich haben und sich mit ihrem Geld einen Palast am schönsten Ort der Welt kaufen könnte, auf all das verzichtet? Was hat dich zu einem solchen Entschluß getrieben?«

Celeste Heredia dachte lange über ihre Antwort nach, betrachtete das dunkle Meer, auf dem sich schwach die Positionslichter der zwei Seemeilen backbord segelnden *María Bernarda* spiegelten, und fragte schließlich:

»Erinnerst du dich an meinen Lehrer, Bruder Anselmo de Ávila?«

»Natürlich! Ein faszinierender Mensch. Und sehr intelligent.«

»Ein Weiser, ja fast ein Heiliger! Ich war ein trauriges kleines Mädchen, rebellisch und verbittert, das immer wieder an Selbstmord dachte. Das Leben erschien mir so grausam und ungerecht, und deshalb wollte ich es beenden. Aber Bruder Anselmo hat in kurzer Zeit einen anderen Menschen aus mir gemacht. Er hat einen großen Teil seines Lebens auf Kuba verbracht und mir erklärt, wie ungerecht und grausam es auf den Zuckerplantagen zuging. Dort hatte er versucht, den Sklaven zu helfen, bis die Eigentümer beim Gouverneur intervenierten und dieser ihn wegen ›rebellischer Umtriebe‹ deportieren ließ.«

»Ich erinnere mich daran«, räumte der Offizier ein. »Als er nach Margarita kam, haben sie uns vor seinen revolutionären Ideen gewarnt. Allerdings hat er nie Probleme gemacht.«

»Weil es auf Margarita nicht viele Sklaven gibt. Außerdem haben wir sie nie so behandelt wie auf Kuba oder Puerto Rico. Für uns sind sie nur Schwarze, die etwas ärmer sind als die Weißen, die ihr Leben aufs Spiel setzen, um für einen Hungerlohn nach Perlen zu fischen.«

»Und die Schwarzen zwingen, in zu große Tiefen zu tauchen, wodurch viele von ihnen ertrinken«, bemerkte der Artillerist.

»Das stimmt wohl. Aber Bruder Anselmo versicherte, daß die Schwarzen auf Margarita sich gut behandelt fühlen würden, weil sie ihre Arbeit mit den Weißen teilen und in relativer Freiheit leben. Auf Kuba gehen sie mit den Schwarzen dagegen wie mit Vieh um, zwingen sie, achtzehn Stunden täglich zu arbeiten und in Ketten zu schlafen.«

»Achtzehn Stunden täglich!« entsetzte sich der andere. »Das ist doch nicht möglich!«

»Und ob!« bestätigte Celeste, die immer mehr in Zorn geriet. »Irgendwann sind sie völlig erschöpft, und wenn ihnen ihre Herren dann etwas Ruhe gönnen, weil sie ansonsten keinen Profit mehr einbringen, ist es zu spät. Also läßt man sie einfach am Wegrand zurück, damit sie Hungers sterben.«

»Ich kann nicht glauben, daß die Krone so etwas zuläßt. Die Gesetze sehen vor ...«

»Wir wissen alle, daß die Gesetze aus Sevilla in der Neuen Welt nur Schall und Rauch sind. Die Krone führt zugunsten des Sklavenhandels vor allem ins Feld, daß wir einige arme Eingeborene befreien, die unter dem Joch einiger Häuptlinge leben, von denen sie in Sünde und Unwissenheit gehalten werden. Wir dagegen retten ihre Seelen mit einem neuen Leben, in dem wir ihnen den Weg zum wahren Glauben weisen, nicht wahr?«

»So heißt es auf jeden Fall.«

»Wenn das so ist ... warum retten wir dann nur Männer, die in einem Alter sind, in dem sie den größten Profit auf einer Zuckerplantage abwerfen? Von zehn Schwarzen, die auf Kuba an Land gehen, sind neun junge Männer, zwischen fünfzehn und zwanzig Jahre alt, die nicht nur schuften und hungern müssen und der Verzweiflung nahe sind, sondern auch noch auf Frauen verzichten müssen. Die Krone und die Kirche, die das billigt, macht aus jungen und arglosen Männern, die in ihrer Heimat nach klaren und naturgemäßen Bräuchen leben, schmutzige Sodomiten, die kein Recht auf Kinder haben: Das ist nicht einmal dem niedrigsten aller Tiere verwehrt.«

»Niemals hätte ich gedacht, daß sie keine Frauen haben«, gestand der Offizier.

»Aber so ist es«, beharrte sie. »Die Plantagenbesitzer haben herausgefunden, daß es viel kostspieliger ist, ein Negerkind aufzuziehen, bis es arbeiten kann, als schon erwachsene junge Männer aus Afrika einzuführen. Daher sind sie auch nicht daran interessiert, daß die Sklavinnen schwanger werden, wenn sie sie nicht selbst schwängern. Die logische Folge sind Homosexualität, Masturbation und Sodomie unter den jungen Sklaven.«

Hauptmann Sancho Mendaña war beim aufmerksamen Zuhören die Pfeife ausgegangen. Lange dachte er nach und schüttelte schließlich ungläubig den Kopf.

»Wenn ich dich so ansehe, kann ich kaum glauben, daß du jenes kleine Mädchen bist, das am Hosenbein seines Bruders hing und ihm überallhin folgte. Aber noch weniger kann ich fassen, daß ein Dominikanermönch mit einer wohlerzogenen Señorita solche Gespräche führt.«

»Bruder Anselmo hat die Menschen nie nach ihrer gesellschaftlichen Stellung, ihrem Geschlecht oder ihrem Alter beurteilt, sondern immer nach ihrem Verstand, und keiner konnte diesen Verstand besser schärfen als er. Er hat mich als unglückliches kleines Mädchen kennengelernt, das nur darüber nachgrübelte, wie es sich für das Übel rächen konnte, das man ihm angetan hatte. Er konnte mich davon überzeugen, daß ich angesichts dessen, was die meisten Menschen zu leiden hatten, ein privilegiertes Geschöpf war.«

»Aber dir von Homosexualität und Masturbation zu erzählen, das erscheint mir doch etwas übertrieben ...«

»Bestimmt gibt es Tausende frommer Damen, vor denen man diese Worte nicht einmal aussprechen könnte. Aber denen käme es auch nicht in den Sinn, daß es unmoralisch und ungerecht sein könnte, hundert junge Männer das ganze Leben lang in einer winzigen und stinkenden Sklavenhütte aneinanderzuketten. Bruder Anselmo versicherte mir, daß diese scheinheiligen Hexen es als Sünde ansähen, diesen Männern eine Frau zu geben; aber sie Tag für Tag und Jahr für Jahr in dieses üble Laster zu treiben, das hieß, unserer Verpflichtung, sie zu ›christianisieren‹, nachzukommen.«

»Ein seltsamer Mönch, bei Gott!«

»Er war schon in Ordnung. Und wenn ein trauriges und einsames Mädchen einem solchen Mann begegnet, der ihr die Augen öffnet, ihr eine so andere Welt zeigt und mit ihr wie mit einer Erwachsenen spricht, dann reagiert man entweder so wie ich oder man ist aus Stein.« Sie schenkte ihm ein bezauberndes Lächeln. »Beantwortet das deine Frage?«

»Natürlich!« sagte der Margariteño und stand auf, um zu seiner Hängematte zurückzukehren, die er unter freiem Himmel auf dem Achterkastell aufgespannt hatte. »Auch wenn sie mir jetzt ziemlich albern vorkommt.«

Vier Tage folgten sie nun schon mißmutig dem Kielwasser der stinkenden *María Bernarda.* Deren schlaffe Segel konnten den Wind nicht einfangen, und so trieb lediglich eine sanfte Meeresströmung sie nach Westen. Endlich kündigten die ersten Möwen und Tölpel die nahe Küste an. Doch als alle Augen den Horizont nach Land und damit dem Ende der zeitraubenden Fahrt absuchten, rief plötzlich Silvino Peixe vom Mastkorb herab:

»Schiff in Sicht! Backbord!«

Während die *María Bernarda* ihren Kurs um kein Jota änderte, steuerte die *Dama de Plata* auf die im Dunst verschwimmende Silhouette eines düsteren Schiffs zu.

Doch ein Schiff konnte man das eigentlich nicht mehr nennen, was da träge auf dem ruhigen Wasser schaukelte, eher schon den halbverwesten Kadaver von etwas, was lange zuvor einmal ein Sklavenschiff gewesen war: ein wuchtiger, mächtiger Kahn mit fast tausend Tonnen Wasserverdrängung. Jetzt bot er nur noch einen kläglichen Anblick: Die Segel waren zerschlissen, die Masten zersplittert, und die Taue baumelten wie die schlaffen Tentakel eines Riesenkraken an der Bordwand herab. Allein beim Anblick von so viel Verwüstung und Verlassenheit lief es einem schon kalt den Rücken hinunter.

Doch erst als sie das elende Schiff umrundeten und der bescheidene Rest des einstigen Großsegels allmählich den Blick auf einen am Mast flatternden Fetzen freigab, schnürte es allen bis zum letzten Mann buchstäblich die Kehle zu.

Gütiger Himmel!

Eigentlich war es gar keine Fahne, eher ein verblaßter schmutziger Stoffetzen, den man vielleicht aus einem alten Hemd oder dem weiten Rock einer Matrone gerissen hatte. Aber wen interessierte schon, wie groß sie war und woher sie stammte, nur eines zählte ...

Die Fahne war gelb!

Gütiger Gott!

Sie war gelb!

»Madonna, hilf!« flehten hundert Stimmen im Chor. »Sie ist gelb!«

Die Pest!

Die Pest: das absolute Tabuwort an Bord eines Schiffs.

Den mutigsten Kerlen bescherte es kalte Schweißausbrüche.

Ein Schrecken, der nicht greifbar war.

Der unweigerliche Tod.

Die Pest!

»Ruder hart steuerbord!« rief der Venezianer sofort. »Volle Wende!«

»Ruder hart steuerbord!« echote sein Adjutant und blies hysterisch in seine Pfeife. »Volle Wende!«

Schamrot gaben sie Fersengeld. Alle Augen fixierten dabei die schemenhaften Gestalten an Bord des grausigen Schiffs, die mit den Armen ruderten, um von einer mächtigen Galeone Hilfe zu erflehen. Doch die floh wie ein geprügelter Hund vor Menschen, die nicht einmal die Kraft hatten, den Abzug einer Muskete zu drücken.

Celeste blickte durch das stärkste Fernglas an Bord und konnte damit schließlich an die fünfzig Menschen an Deck des sterbenden Schiffs ausmachen, die Zeichen gaben. Dann aber fiel ihr Blick auf eine wabernde graue Masse auf der Reling, den Deckplanken und den Giekbäumen. Lange glaubte sie ihren Augen nicht zu trauen.

Ratten!

»Schaut euch das an!« rief sie fassungslos. »Entweder bin ich verrückt, oder das sind Ratten!«

Buenarrivos Auge klebte als erstes am Sucher, und kurz darauf schallte seine rauhe Stimme so kellertief wie nie zuvor.

»Ihr habt recht! Es sind tatsächlich Ratten! Hunderte, wenn nicht Tausende von Ratten.«

Er dachte einige Augenblicke nach, dann rief er seinem Adjutanten zu:

»Beidrehen!«

Wieder ertönte ein Pfiff, der alle aufhorchen ließ.

»Segel reffen! Schiff beidrehen!«

»Warum das ...«, wollte Miguel Heredia sofort wissen. »Wir sollten uns aus dem Staub machen. Es ist die Pest.«

»Ein Grund mehr, nicht zu fliehen«, erwiderte der Kapitän barsch. »Weil es die Pest ist. Für Panik ist jetzt keine Zeit mehr. Auf diesem Schiff wütet die schlimmste Seuche der Menschheit, das muß uns allen klar sein. Wenn es das Festland erreicht, ist die Verheerung nicht abzusehen.« Er machte eine vielsagende Pause, bevor er fast flüsternd hinzufügte: »Das können wir nicht zulassen.«

»Wollt Ihr etwa damit sagen ...?« Celeste Heredia wagte es nicht, den Satz zu beenden. Allein beim Gedanken daran fuhr ihr der Schreck in die Glieder.

»So ist es, Señora!« versetzte der Venezianer bedauernd. »Wind und Strömung treiben sie in drei, vier Tagen an die Küste. Dann tragen diese Menschen und Ratten Tod und Vernichtung bis in den letzten Winkel des Kontinents.«

»Wollt Ihr sie vielleicht ...?«

»Versenken ...?« Der kleine Mann nickte und runzelte die Stirn. »Als Kapitän würde ich keinen Augenblick lang zögern.« Er hielt kurz inne. »Aber in diesem Fall liegt die Entscheidung bei Euch.«

»Aber es gibt Überlebende ...!«

»Nein, Señora! Keine Überlebenden!« widersprach ihr der andere. »Nur noch ›lebende Tote‹, die nicht sterben wollen. Und sie werden den Pesthauch mitnehmen, wohin sie auch gehen. Auf See gibt es ein ungeschriebenes Gesetz, Señora. Es ist wahrscheinlich das grausamste, das es gibt, vielleicht aber auch das humanste. Jedenfalls für alle, die weit von hier nichts dafür können, daß Sklavenhändler ihre Fracht unter so unmenschlichen Bedingungen transportieren.«

»Und wie lautet dieses Gesetz?«

»Um jeden Preis verhindern, daß ein Schiff, das die Pest an Bord haben könnte, einen Hafen erreicht.«

»Und was bedeutet dieses ›um jeden Preis‹?«

»Es bedeutet alles.«

Sie hatten etwa eine Meile vor dem grauenvollen Todesschiff, von dem weder Namen noch Nationalität auszumachen war, beigedreht, und zwar luvwärts. So konnte die sanfte Brise Leichengestank und Pesthauch nicht herüberwehen. Bald mußten sie feststellen, daß einer der winkend um Hilfe flehenden Unglücklichen plötzlich ins Meer sprang und auf die *Dama de Plata* zuschwamm.

Er war zweifellos ein großartiger Schwimmer. Rhythmisch und kraftvoll kraulte er auf das Schiff zu, denn er wußte, daß dieses sein rettender Strohhalm war. Nicht einmal das halbe Dutzend Haiflossen, das ihn umkreiste, schien ihn zu kümmern, so besessen war er davon, sein Ziel zu erreichen. Fassungslos starrte ihn die Mannschaft an.

»Was sollen wir machen, Señora?« wollte der Venezianer wissen. Er war vor Sorge wie verwandelt.

»Nichts.«

»Ich kann nicht zulassen, daß er an Bord kommt.«

»Das verstehe ich, Kapitän, aber wir werden nichts unternehmen.« Das schöne Antlitz von Celeste Heredia, über das so oft ein Lächeln huschte, war zu einer weißen Maske aus Alabaster erstarrt. Ein bitterer Zug spielte um ihre Lippen.

»Gott möge mir verzeihen!« murmelte sie. »Aber niemals hätte ich mir vorstellen können, daß ich mir eines Tages wünschen würde, ein Hai möge in meiner Gegenwart einen Menschen verschlingen.« Sie blickte Gaspar Reuter an, der die Szene gleichmütig und wortlos verfolgte. »Warum greifen sie ihn nicht an?«

»Vielleicht spüren sie, daß er den Tod in sich trägt. Oft haben die Tiere einen sechsten Sinn, der uns Menschen verwehrt ist.«

»Selbst Fische?«

»Was wissen wir schon über Fische …!«

Bis zum letzten Matrosen lehnte sich alles über die Reling, um zu verfolgen, wie der Schwimmer immer näher kam. Als es der Besatzung dämmerte, daß der Schwimmer durchaus in der Lage war, das Schiff zu erreichen, begann es auf Deck zu rumoren.

»Tötet ihn, Kapitän!« jammerte eine anonyme Stimme. »Tötet ihn, ich bitte Euch!«

»Warnschuß!« befahl der Venezianer.

Eine Feldschlange feuerte. Der Schwimmer verharrte

in gut hundert Meter Entfernung, ruderte erneut mit den Händen und schrie flehend:

»Hilfe! Helft mir bitte!«

»Tut mir leid, mein Sohn!« rief Buenarrivo hinüber, wobei er mit den Händen einen Schalltrichter bildete. »Ich kann dir nicht helfen! Es ist die Pest!«

»Aber ich bin gesund!« jaulte der arme Mann. »Völlig gesund! Seht Ihr das denn nicht?«

»Noch einmal, es tut mir leid, aber wir dürfen kein Risiko eingehen!« Bedauernd befahl er seinem Adjutanten: »Nichts wie weg!«

Diesmal war die Pfeife überflüssig. Der Zweite Offizier mußte nur eine leichte Kopfbewegung machen, und schon riß der Steuermann das Ruder nach steuerbord herum, ein halbes Dutzend Männer zog die Focksegel ein, und langsam nahm die *Dama de Plata* Fahrt auf. Sie floh vor dem Schwimmer, der wieder kräftig zu kraulen begann und wie ein Hund seine Beute verfolgte.

Es mutete schon seltsam an, daß eines der mächtigsten Kriegsschiffe der damaligen Zeit wie ein Hase vor einem einzigen nackten, unbewaffneten Verfolger floh. Doch in fast allen Hirnen der an die zweihundert Mann Besatzung spukten noch zahlreiche Geschichten über die Pest herum, die vor einiger Zeit einen großen Teil der Bewohner Europas ausgelöscht hatte.

Rauhe Kerle, die den Krieg liebten, den Tod nicht fürchteten und eine Menge Hunger aushalten konnten, zitterten wie Kinder bei der bloßen Erwähnung des Wortes ›Pest‹. Mit diesem verzweifelten einsamen Schwimmer wurden die düstersten Alpträume wahr. So machte sich selbst dann keine Erleichterung breit, als in ihrem Kielwasser nicht einmal mehr die kleinste Spur des Verfolgers zu entdecken war. Vielleicht hatten ihn nun doch die Haie verschlungen, oder Verzweiflung und Erschöpfung hatten ihn besiegt.

Erst jetzt wandte sich Buenarrivo an Celeste Heredia.

»Und nun ...?«

Das Mädchen schauderte ein wenig, als sie Dutzende von Augen auf sich gerichtet sah, die nach dem leisesten Anzeichen von Schwäche suchten.

Sie legte die Hände in den Schoß, senkte den Kopf und dachte nach. Schließlich stieß sie einen tiefen Seufzer aus:

»Wir sind nun mal auf See, also müssen wir auch die entsprechenden Gesetze befolgen, auch die ungeschriebenen.« Sie blickte ihren Vater an. »Mit so einer bitteren Situation hätte ich nie gerechnet, aber es kommen wohl noch andere nicht minder schwere, und mit denen muß ich auch fertigwerden.« Sie blickte den Venezianer an, und ihre Stimme zitterte nicht im geringsten: »Versenkt das Schiff!«

Buenarrivo wollte den Befehl weitergeben, aber Hauptmann Sancho Mendaña legte ihm die Hand auf die Schulter und bemerkte gelassen:

»Das ist meine Aufgabe! Ich sorge dafür, daß es sauber und schnell geschieht.«

»Backbord oder steuerbord?«

»Steuerbord.«

Zehn Minuten später fuhr die Galeone sehr langsam und stets luvwärts auf das Sklavenschiff zu. Obwohl vom Deck und sogar von den Strickleitern und Masten eine Handvoll Männer um Mitleid flehten, feuerten vierzig Kanonen gleichzeitig schwere Kugeln ab, die auf dem bereits zerfressenen Rumpf einschlugen. Das Schiff zerbrach sofort, fing Feuer und sank.

Zahlreiche, zum Teil schon halbtote Männer und viele

tausend Ratten stürzten sich sofort ins Meer, und jetzt begann für die Haie, die bis zu diesem Augenblick gleichgültig geblieben waren, ein furioses Festmahl, das sich sehr wahrscheinlich bis in die frühen Nachtstunden fortsetzte.

Ihr Tod hatte viele Namen: die Pest, das Feuer, das Wasser, die Haie und die Verzweiflung, denn sie wußten, daß sie sterben mußten, weil niemand in dieser Welt dulden würde, daß sie am Leben blieben.

Langsam erhob sich Celeste Heredia und ging zur Deckreling des Achterkastells. Als sie sicher war, daß alle Männer sie ansahen, verkündete sie mit zittriger Stimme:

»Wer von euch jemals an etwas geglaubt hat, soll mit mir für das Seelenheil dieser Unglücklichen beten. Gott weiß, daß ich sie lieber gerettet hätte, aber er weiß auch, daß wir das nicht tun konnten.«

Auch der letzte Heide an Bord der *Dama de Plata* neigte die Stirn, und jeder bat in seiner Sprache seinen Gott, sich dort oben derer anzunehmen, die dort langsam im tiefsten Ozean versanken.

Es wurde schon dunkel, als sie wieder auf Höhe der *María Bernarda* ankamen. Bald tauchte der kahlgeschorene Kapitän auf der höchsten Stelle des Achterkastells auf und rief hinüber:

»Was ist passiert?«

Barsch und endgültig kam die Antwort von Kapitän Buenarrivo:

»Die Pest!«

Demonstrativ schlug der Sklavenhändler das Kreuzzeichen und verschwand in seiner Kajüte. Erst drei Tage später zeigte er sich wieder. Da ankerten die beiden Schiffe bereits vor der Mündung des Manamo. Das war einer der unzähligen Arme des Orinoco, der hier in einem Delta in den Golf von Paria mündete.

Nicht weit von hier hatte vor fast zwei Jahren Sebastián Heredia die Sklaven der *Four Roses* an Land gebracht.

Celeste Heredia rief ihren »Stab« in der Offiziersmesse zusammen, um zu besprechen, wie man die Sklaven an Land bringen wollte. Vorher bat sie Gaspar Reuter:

»Geh an Land und versuche, einen Schwarzen namens Moisés aufzutreiben, den mein Bruder zum Anführer der befreiten Sklaven ernannt hat. Wir brauchen seine Unterstützung.« Sie wandte sich Hauptmann Mendaña zu: »Du kümmerst dich darum, daß die Sklaven der *María Bernarda* gesund und heil an den Strand kommen. Danach wird das Schiff versenkt.«

»Und die Besatzung?«

»Es wird ihnen nicht schaden, durch Sümpfe und Urwälder vor der Rache der freigelassenen Sklaven zu fliehen. So erfahren sie am eigenen Leib, wie es ist, gejagt zu werden.«

»Soll ich ihnen Waffen geben?«

»Eine Machete pro Kopf.«

Es war schon ein seltsamer Anblick, wie an die zwanzig völlig kahlgeschorene weiße Männer, nur mit einer groben Hose bekleidet, wie aufgescheuchte Hühner am Strand hin- und herliefen, und nicht glauben konnten, daß sie in den Urwald hineinmußten, um mit viel Glück vielleicht einmal ein winziges, halbwegs zivilisiertes Nest auf diesem unendlichen, unerforschten Kontinent zu erreichen.

Sie wußten nur zu gut, daß ihre Überlebenschancen sehr gering waren, daher hatten sie es nicht eilig, sich auf ein so ungewisses und gefährliches Abenteuer einzulassen. Dann aber mußten sie mit ansehen, wie immer mehr Menschen, die sie über Monate in Ketten auf ihrem einstigen Schiff gehalten hatten, in die Boote stiegen und offenkundig darauf aus waren, gerechte Rache für das ihnen Angetane zu nehmen.

Celeste verfolgte sie vom Achterkastell ihres Schiffes aus mit dem großen Fernglas, bis einer nach dem anderen im Dickicht verschwand.

»Der Teufel möge sie führen!« murmelte sie in sich hinein. »Und hoffentlich läßt er sie wenigstens den zehnten Teil dessen erleiden, was sie diesen vielen Unschuldigen angetan haben.«

Sie verschwendete keinen weiteren Gedanken mehr an sie. So grausam ihr Schicksal sein mochte, sie hatten es mehr als verdient.

Seit dem Tod ihres Bruders hatte sich Celeste sehr verändert. Häufig fragte sie sich selbst, was mit ihr geschehen war, wo ihre ansteckende Fröhlichkeit geblieben war, ihre ewig gute Laune, die sie stets auch in den schwersten Augenblicken ihres Lebens nicht verlassen hatte.

»Die Zeit ist nicht zum Lachen!« sagte sie sich jedes Mal, wenn sie daran dachte. »Und das wird sie auch nicht mehr sein, solange Millionen von Geschöpfen so leiden müssen.«

Sechs Tage später kehrte Gaspar Reuter in Begleitung eines riesenhaften Schwarzen an Bord zurück.

»Ich bin Moisés«, sagte er. »Bist du wirklich die Schwester von Kapitän Jacaré Jack?«

»Sie ist es.«

Der große Mann fiel sofort auf die Knie, küßte ihr respektvoll die Hand und beteuerte mit noch gesenktem Haupt:

»Dein Bruder hat mir die Freiheit geschenkt, aber ich

werde stets sein treuester Diener bleiben, also gehöre ich jetzt dir. Womit kann ich dir dienen?«

»Ich bin nicht gekommen, damit du mir dienst, sondern ich brauche deine Hilfe als freier Mann. Das hier sind deine Brüder. Sorg dafür, daß sie sich in diesem neuen Land zurechtfinden!«

Ohne zu zögern nickte der Riese.

»Das werde ich tun, aber leicht wird das nicht sein. Die Soldaten sind hinter uns her, und auch die Eingeborenen machen Jagd auf uns. Überleben ist hier sehr schwer. Zugegeben, als Sklave wäre es allerdings noch schwerer.«

»Lehre sie, wie man frei ist.«

»Das lernt man schnell«, lautete die Antwort. »Ohne Frauen zu leben, lernt sich weniger leicht. Einige meiner Männer entführen Indianerfrauen. Allerdings versuche ich ihnen klarzumachen, daß wir auf diese Weise selbst Sklavenjäger werden und daher kein Recht mehr haben, unsere eigene Freiheit einzufordern.«

»Eine schwierige Situation, kein Zweifel«, gab sie zu. »Unglücklicherweise habe ich dir keine Lösung anzubieten ... Ich bin nicht in der Lage, euch nach Afrika zurückzubringen.«

»Keiner will nach Afrika zurück. Dort werden sie uns früher oder später wieder versklaven.«

Mit dem Kopf wies das Mädchen auf ein Brandzeichen über der linken Brustwarze des Riesen: eine Art Krone mit dem Buchstaben ›N‹ darunter.

»Was bedeutet das?« wollte sie wissen. »Das habe ich schon bei vielen Gefangenen gesehen.«

»Es ist das Eisen des Königs des Niger«, antwortete der andere unbefangen. »Wenn seine Männer einen Sklaven fangen, läßt er diesem als erstes sein Brandzeichen aufdrücken.«

»Barbarisch!«

»Der König des Niger ist der schlimmste aller Barbaren, Señora. Er ist schuld daran, daß die meisten von uns hier sind.«

»Welchem Stamm gehört er an?«

»Jedem und keinem. Er ist ein schmutziger Mulatte, Sohn einer schwarzen Sklavin und eines weißen Sklavenhändlers. Dieser verfluchte Renegat hat es geschafft, ein wahres Imperium im Herzen des Kontinents zu errichten. Es heißt, wenn es dem Teufel in der Hölle zu langweilig wird, Sünder zu braten, kommt er ihn besuchen, um neue Foltermethoden zu lernen.«

»Sei's drum, er ist weit weg und kann euch nichts mehr anhaben. Ich vertraue dir diese armen Leute an. Sorge dafür, daß man sie so behandelt, wie du gerne selbst behandelt werden würdest, wenn du in eine neue Welt kommst. Sie fühlen sich verloren und sind ängstlich, und du weißt ja schon, was das bedeutet.«

Als der schwarze Mann das Schiff verlassen hatte, wies Gaspar Reuter, der alles schweigend mit angehört hatte, auf den dichten Urwald rund um die stille Bucht. Schwärme roter Ibisse flogen in diesem Augenblick zu ihren Nestern auf dem Festland. Mit seinem typischen, einem fast wütend machenden Gleichmut bemerkte er:

»Langsam habe ich den Eindruck, daß wir kein Problem lösen, wenn wir Sklaven auf einem Kontinent freilassen, den sie nicht kennen. Ich habe gesehen, wie sie leben, mit ihnen gesprochen, und ich kann dir sagen, viele fragen sich, ob sie für diese Freiheit nicht einen zu hohen Preis zahlen.«

»Aber dieser Mann hat doch gesagt ...!«

»Nicht alle sind wie er«, unterbrach sie der Engländer. »Moisés ist stark und entschlossen, und als Häuptling hat er eine Frau, die ihm sogar einen Sohn geschenkt hat. Aber ich habe viele junge Männer gesehen, die am Rande der Verzweiflung sind und sich früher oder später irgendwo Frauen suchen werden, und das gibt einen Krieg, bei dem die Indianer stets im Vorteil sein werden. Nein, wir sollten sie nicht hierherbringen, sondern sie in Afrika lassen.«

»Auch mit dem Risiko, daß man sie wieder einfängt und verkauft?«

»Wir müssen ihnen beibringen, sich zu verteidigen. Dort sind sie wenigstens in ihrem Land.«

Celeste ließ sich mit der Antwort Zeit. Hingebungsvoll betrachtete sie den schönen Sonnenuntergang, der sie, wegen der vielen Ibisse, Tölpel und Pelikane, an die Abendstimmungen ihrer Kindheit auf Margarita erinnerte. Schließlich fragte sie flüsternd, ohne sich dabei umzudrehen:

»Sag mir, Gaspar... Glaubst du, daß ich verrückt bin?«

»Natürlich!«

»Wenn das so ist, warum hast du dich dann auf dieses Abenteuer eingelassen?«

»Weil ich ebenfalls verrückt bin«, erwiderte der andere überzeugt. »Und weil ich mir auf diese Weise vielleicht selbst verzeihen kann.«

»Was verzeihen ...?«

»Meine vielen Sünden.«

Die Silberdame blickte ihn verwirrt an und schüttelte schließlich den Kopf:

»Ich glaube nicht, daß du ein Mann mit vielen Sünden bist«, sagte sie. »Ich glaube eher, daß du nur eine einzige begangen hast, und die ist so groß, daß du ein ganzes Leben damit zu tun hast, sie zu bereuen.«

»Schon möglich...«, räumte der andere ein. Ein Lächeln huschte über sein Gesicht. »Die kleinen Sünden vergißt man. Die großen nicht.«

»Und wie lautet sie?« wollte sie wissen. »Seit ich dich kenne, versprichst du mir, daß du mir eines Tages deine Geschichte erzählen wirst, aber das hast du niemals getan. Warum nicht?«

»Über sich selbst zu sprechen zeugt von sehr schlechter Erziehung. Das lernen wir Engländer schon als kleine Kinder. Vielleicht deshalb.«

»Aber ich bin keine Engländerin, und ich wüßte schon gern, warum jemand, dem ich mein volles Vertrauen schenke, sich so verhält, wie du es tust.«

»Du vertraust mir wirklich voll und ganz?«

»Mein Vater und du, ihr seid die einzigen Zeugen des Todes von Kapitän Tiradentes. Ist das nicht Beweis genug?«

»Wahrscheinlich.«

»Also...?«

Gaspar Reuter schien darüber nachzudenken, ob es gut war, Dinge zu erzählen, die schon vor vielen Jahren geschehen waren. Schließlich nickte er zustimmend, lehnte sich an die Reling und kratzte sich nachdenklich an seinem markanten Kinn, bevor er begann:

»Ich bin ein Einzelkind. Meine Mutter ist kurz nach meiner Geburt gestorben. Mein Vater, Lord Robert Kindersley, war immer gut zu mir, ein aufrechter und strenger Mensch. Er hat sich um meine Erziehung gekümmert, bis ich in die Armee eintrat.« Er machte eine Pause, als müsse er Kraft oder Luft schöpfen, um seine Geschichte fortzusetzen. Im gleichen Tonfall fuhr er fort: »Jahre später, als ich schon Leutnant war, kam ich von einer Italienreise zurück, und kurz bevor ich nach London kam, lernte ich Caroline, eine faszinierende Frau, kennen. Mit ihr erlebte ich einen Monat im siebten Himmel, aber dann verschwand sie plötzlich, als hätte die Erde sie verschluckt ...«

Jetzt schien ihm sein Bericht wirklich zu schaffen zu machen. Er setzte sich auf die Reling und biß sich immer wieder auf die Lippen.

»Ich war verzweifelt!« gestand er beschämt. »Einfach verzweifelt. Überall habe ich nach ihr gesucht, aber es half alles nichts, und schließlich beschloß ich, unglücklich und entmutigt nach Hause zurückzukehren, um meinen Kummer bei meinem Vater zu vergessen.« Er schnalzte mit der Zunge, als könne er diese Tatsache kaum zugeben. »Ich traf ihn glücklicher denn je an, denn er hatte wieder geheiratet ...« Er sah ihr in die Augen. »Und rate mal, wer seine Frau war ...«

»Caroline ...?« fragte Celeste fast ängstlich.

»Genau!« schallte es zurück. »Du kannst dir vorstellen, wie entsetzt und fassungslos ich war. Sie gab vor, mich nicht zu kennen, und aus Respekt vor meinem Vater habe ich ebenfalls geschwiegen.«

»Was für ein Zufall.«

»Von wegen Zufall«, widersprach ihr der Engländer. »Mit der Zeit entdeckte ich, daß alles perfekt geplant gewesen war. Caroline war sich sehr bald klargeworden, daß mein Vater schon zu alt war, um mit ihr ein Kind zu zeugen. Doch wenn sie eine gesicherte Zukunft haben wollte, mußte sie ihm einen Sohn schenken. Also machte sie mich in London ausfindig, verführte mich und blieb so lange bei mir, bis sie sicher war, schwanger zu sein.«

»Aber warum ausgerechnet du?« Celestes Frage drängte sich geradezu auf. »Warum nicht irgendein anderer?«

Gaspar Reuter lächelte ironisch, während er sich immer wieder mit dem Finger auf sein markantes Kinn tippte.

»Deshalb! Zu den besonderen Merkmalen meiner Familie gehören schon seit über drei Jahrhunderten ein vorstehendes Kinn, himmelblaue Augen und rötliche Haut mit Sommersprossen. Mein Vater hätte ernsthaft an seiner jungen Gattin gezweifelt, wenn sie ihm einen Sohn ohne das ›Markenzeichen der Kindersley‹ geschenkt hätte.« Er lächelte bitter. »Und das konnte nur ich ihr verschaffen.«

»So ein Luder ...!«

»Du sagst es. Dieses verdammte Luder hatte die Sache mit mathematischer Präzision kalkuliert. Aber das ist noch nicht alles.«

»Was kommt denn noch?«

»Es passierte ein Jahr später. Der Sohn war schon geboren, und mein Vater hatte nicht den geringsten Zweifel daran, daß sein Blut in dessen Adern floß. Allerdings hätte er nicht im Traum daran gedacht, daß dieses Blut den Umweg über mich genommen hatte. Da ließ mich Caroline eines Tages rufen. Angeblich wollte sie mich um Verzeihung bitten und mit einer Art Abkommen für familiäre Harmonie sorgen. Kaum war ich aber in ihrem Zimmer, da begann sie um Hilfe zu schreien, zerriß sich das Kleid, schlug ihren Kopf gegen die Wand, und als die Diener kamen, beschuldigte sie mich, ich hätte versucht, sie zu vergewaltigen.«

»Verfluchte Hexe! Kaum zu glauben!«

»Glaub wenigstens du mir, mein Vater hat es jedenfalls nicht getan! Er glaubte ihr, ließ mich aus dem Haus werfen, enterbte mich und wollte mich niemals wiedersehen!«

»Gütiger Gott! Diese Frau ist ja ein Monstrum!«

»Du sagst es! Zwei Jahre später starb mein Vater unter seltsamen Umständen, und Caroline bemächtigte sich aller Güter der Familie Kindersley, da ihr Sohn nach dem Gesetz der einzige rechtliche Erbe war.«

»Und du, was hast du getan?«

Gaspar Reuter machte wieder eine lange Pause, bevor er antwortete, und betrachtete den Himmel, wie er immer dunkler wurde. Schließlich murmelte er, als ob er das, was er sagte, nicht wahrhaben wollte, ohne Celeste dabei anzusehen:

»Eines Nachts kehrte ich in das Schloß zurück, wo ich aufgewachsen war und daher alle verwinkelten Gänge kannte. Heimlich drang ich über die Ställe ein, erreichte ihre Gemächer, zerrte sie heraus und knüpfte sie an der alten Eiche auf, unter der mein Vater zu lesen pflegte.«

»Gütiger Himmel! Wie grauenvoll, aber sie hatte es mehr als verdient ...«

»Das will ich meinen ...! Obwohl ich niemals erfahren habe, ob ich recht daran getan habe oder nicht, das Gesetz in meine eigenen Hände zu nehmen. Sie weinte, trat um sich und flehte um ihr Leben, während die Diener zusahen, ohne einzugreifen. Sie haben wohl verstanden, wie berechtigt meine Gründe waren. Als alles vorbei war, bat ich meine alte Amme, sich um das Kind zu kümmern. Trotz allem war es ja mein Sohn und daher ein Kindersley, der ein volles Recht auf den Titel und das Vermögen der Familie hatte. Ich änderte meinen Namen und schiffte mich nach Jamaika ein.« Er stieß einen tiefen Seufzer aus. »Das ist jetzt schon über zwanzig Jahre her.«

»Eine traurige Geschichte«, entgegnete das Mädchen. »Grausam, traurig und bitter. Was ist aus deinem Sohn geworden?«

»Wie ich gehört habe, lebt er reich, glücklich und ohne Sorgen. Allerdings haßt er den ›Stiefbruder‹, der seine Mutter getötet hat, abgrundtief, ohne zu wissen, daß dieser in Wirklichkeit sein Vater ist.«

»Bist du nie auf die Idee gekommen, zurückzukehren und ihm die Wahrheit zu erzählen?«

»Und was hätte ich davon? Daß er statt meiner seine Mutter haßt! Er hält sich für den legitimen Sohn eines adeligen Greises und eines tugendhaften Mädchens, das seine Ehre gegen die lüsternen Angriffe eines verdorbenen Verwandten verteidigt hatte. Glaubst du, daß es recht wäre, wenn er erkennen müßte, daß er eigentlich der Bastard eines geständigen Mörders und einer skrupellosen Verbrecherin ist? Nein, das wäre nicht richtig, und glücklicher würde ihn das auch nicht machen.«

»Und macht es dir nichts aus, daß er dich haßt?«

»Überhaupt nicht. Ich weiß ja, daß die Gründe für seinen Haß auf einem Irrtum beruhen. Und ich liebe ihn. Schließlich ist er mein Sohn.«

»Trotzdem traurig zu wissen, daß dich dein eigener Sohn ohne Grund haßt. Hast du einen weiteren gezeugt?«

»Nicht daß ich wüßte. Du wirst verstehen, nach einer solchen Erfahrung ist mein Interesse an Frauen nicht gerade groß.«

»Nicht alle sind so.«

»Natürlich nicht!« räumte der Engländer ein. »Du bist das beste Gegenbeispiel, und bestimmt gibt es auch andere, die ebenso Respekt verdienen. Aber ich bin nun mal ein gebranntes Kind.«

»Erlaubst du mir eine letzte Frage?« fügte sie hinzu.

»Wenn es wirklich die letzte ist ...!«

»Ganz bestimmt!« Sie machte eine kurze Pause und

fragte sichtlich neugierig: »Hast du sie noch geliebt, als du sie erhängt hast?«

»Gehaßt«, lautete die trockene Antwort. »Trotzdem hätte ich in diesem Augenblick alles, was mir im Leben noch geblieben war, für eine einzige Nacht in ihren Armen hingegeben.«

Damit war für ihn die Unterhaltung beendet. Er murmelte etwas von dringenden Verpflichtungen, und Celeste sah ihm zu, wie er zum Hauptdeck hinunterging. Sie fragte sich, was für Gefühle in der Seele eines Menschen nisten mochten, der sich gezwungen gesehen hatte, eine Frau hinzurichten, die soviel in seinem Leben bedeutet hatte.

Anschließend ließ sie ihre Blicke über die vielen Männer wandern, die das Schiff klar für die Nacht gemacht hatten, die sich bereits auf dunklen Adlerschwingen näherte. Wie viele von ihnen mochten eine ähnlich verfluchte Geschichte mit sich herumschleppen? Schließlich waren Herkunft und Nationalität der Besatzung der *Dama de Plata* höchst unterschiedlich: Menschen aus allen möglichen Ländern, die aus dem einen oder anderen dunklen Grund im größten Sündenpfuhl der Welt gelandet waren, unter dessen Ruinen das meiste, was sie je besessen hatten, begraben lag.

Unter den ehrbaren Seeleuten und schlichten Abenteurern dieser Expedition gab es auch eine bedeutende Anzahl Glücksritter, Zuhälter, Spieler, Verbrecher und den einen oder anderen Piraten, der durch Celestes Sieb geschlüpft war. Von diesen Leuten konnte man alles erwarten – im guten wie im schlechten Sinn –, und man mußte sie unter eiserner Disziplin halten, wenn sich das mächtige Schiff nicht in ein riesiges Tollhaus verwandeln sollte.

Mit über tausend Tonnen Wasserverdrängung und fünf Aufbauten – eigentlich waren es sieben, wenn man Achterkastell und Sonnendach mitrechnete – boten die verschiedenen Freidecks, Deck- und Lagerräume des Schiffs unzählige verschlungene Gänge, Kammern und Verstecke. Die konnte man unmöglich alle kontrollieren, und wer war schon in der Lage, eine unschuldige Würfelpartie von einer Verschwörung zu unterscheiden, die das Ziel hatte, das Schiff an sich zu reißen und damit erneut auf Kaperfahrt zu gehen.

Die »gute alte Zeit« der karibischen Seeräuberei war zusammen mit Port-Royal untergegangen, aber im fast unbekannten Stillen Ozean wartete auf denjenigen, der den Mut hatte, sich in diese riesige Wasserwüste zu wagen, die ein Drittel der Erdoberfläche einnahm, eine verheißungsvolle Zukunft. Dort konnte man die Routen der mit Gold, Silber, Perlen, Seide, Gewürzen und Porzellan beladenen Schiffe kontrollieren, die von Mexiko, Peru und Panama nach China, Japan und zu den Philippinen fuhren: ein neuer, riskanter Warenfluß, der so wichtig war wie vor hundert Jahren die Route zwischen Spanien und den Antillen, vielleicht noch wichtiger.

Der südliche Ozean war für die Seefahrer Ende des 17. Jahrhunderts ein wahres Mysterium. Man munkelte von der Existenz eines ganzen unerforschten Kontinents an den Antipoden, und sicher war mancher Glücksritter der Meinung, mit einem so schönen Schiff wie der *Dama de Plata* diese Gewässer zu befahren, mußte wesentlich einträglicher sein, als Sklaven zu befreien.

»Wir müssen sehr auf der Hut sein«, sagte Kapitän Buenarrivo ein ums andere Mal, wenn man in der geräumigen Offiziersmesse zu Abend aß. »Paßt auf wie die Schießhunde, wenn euch das geringste Gerücht von Rebellion zu Ohren kommt. Diese Galeone ist ein zu verlockender Kuchen, und mehr als einer dieser verfluchten Kerle würde ihn sich nur zu gerne schnappen.«

»Im Augenblick sehe ich kein bißchen Aufruhr«, meinte Hauptmann Sancho Mendaña dazu. Er hatte sehr engen Kontakt mit der Mannschaft, da er stundenlange Schießübungen veranstalten ließ.

»Wirbelstürme kommen aus heiterem Himmel.« Buenarrivos Baß hallte in dem großen Saal wie Donner. »Ein Kapitän muß immer auf der Hut sein, die Disziplin an Bord wahren und den ersten, der aufmuckt, kielholen lassen.« Dann lächelte er auf seine Weise und setzte viel leiser hinzu: »Sosehr wir das Schiff auch ausgeräuchert und desinfiziert haben, es stinkt noch immer nach Pirat.«

Nachdem man alle Sklaven an Land gebracht und die *María Bernarda* mitsamt ihren Flöhen, Wanzen und Läusen auf den Grund des Meeres geschickt hatte, gab es in jenen Gewässern nichts mehr zu tun. Celeste Heredia beriet sich ausgiebig mit den führenden Offizieren ihrer Crew, dann ließ sie die Anker lichten und befahl Kurs Afrika.

Die Überfahrt war ein quälend langes und beschwerliches Unterfangen. Gegenwinde zwangen sie immer wieder zu kreuzen und die Segel zu reffen. Manche lähmende Flaute hielt bis zu einer Woche an. Als sie bereits jedes Zeitgefühl verloren hatten, kam endlich eine schnurgerade flache Küste in Sicht, die sich in Richtung Südosten verlor. Mit ihrem dichten Regenwald unterschied sie sich auf den ersten Blick kaum von der Küste, die jetzt hinter ihnen lag.

Sie schien jedoch fast unbewohnt zu sein, da man vom offenen Meer aus kaum etwas erkennen konnte, was auch nur den Namen Ansiedlung verdient hätte. Die wenigen Hütten, die sich gelegentlich in winzigen Buchten abzeichneten, boten einen traurigen Anblick. Offenbar hatte man sie schon vor geraumer Zeit verlassen.

Als sie aber an einem heißen Nachmittag ein kleines niedriges Kap umrundeten, stießen sie plötzlich auf ein halbes Dutzend Kanus. Etwa zwanzig Eingeborene warfen ihre Netze auf dem ruhigen Wasser aus, flüchteten aber bei ihrem Anblick sofort derart panisch in Richtung Strand, als hätten sie kein Schiff, sondern den Leibhaftigen selbst erblickt.

Ohne ihre primitiven Boote an Land zu ziehen, sprangen sie an Land und verschwanden im Dickicht. Laute Rufe warnten alle, die in der Nähe waren, vor der Gefahr.

»Gütiger Himmel!« rief Miguel Heredia aus. »Diese armen Leute sind ja völlig verängstigt.«

»Wie würde es dir gehen, wenn du wüßtest, daß dich in Gefangenschaft der Weißen ein schlimmeres Schicksal als der Tod erwartet?« gab seine Tochter zurück. »Laut Buenarrivo müssen wir unmittelbar in der Nähe von Kap Palmas sein. Hier beginnt die eigentliche Sklavenküste. Erstaunlich, daß überhaupt noch jemand hier ist.«

Zwei Tage später erreichten sie tatsächlich Kap Palmas. Dort knickte die nach wie vor flache gerade Küste nach Nordwesten ab. Hier begann der Golf von Guinea, der Ende des 17. Jahrhunderts das Zentrum des Sklavenhandels war.

Es dauerte nur einige Tage, bis das erste Sklavenschiff auftauchte: eine schmutzige, etwa vierzig Meter lange Brigg mit jeweils zwölf Kanonen mittleren Kalibers Steuer- und Backbord. Sie ankerte in der Mündung eines kleinen Flusses und wurde gerade beladen. Eine lange Kolonne Männer – einige fast noch Kinder – , die mit schweren Eisenketten aneinandergefesselt waren, ging an Bord.

»Kanonenschächte auf!«

Der Befehl lief vom Achterkastell der *Dama de Plata* zur Galionsfigur. Sofort hißte man die riesige hellgrüne Flagge mit der zerbrochenen Kette, und wenige Minuten später ließ das Schiff eine halbe Meile entfernt den Anker fallen. Gleichzeitig setzte man dem Sklavenschiff einen Warnschuß vor den Bug, damit dieses gar nicht erst auf die Idee kam, Widerstand zu leisten oder die Flucht zu ergreifen.

Celeste Heredia wandte sich an Gaspar Reuter, der alles mit seinem Fernglas beobachtete.

»Was meinst du?« fragte sie.

»Holländer ... So an die dreißig.« Er stand auf und schüttelte entschieden den Kopf. »Sie werden keinen Widerstand leisten.«

»Sie haben drei Stunden Zeit, um die Sklaven zu befreien und sich mit ihren Booten in Sicherheit zu bringen. Bei Anbruch der Nacht versenken wir das Schiff. Sag ihnen das.«

»Das wird ihnen nicht gefallen.«

»Kann ich mir vorstellen. Aber überzeuge dich davon, daß bei Sonnenuntergang keiner mehr an Bord ist. Ich habe keine Lust, hier die Nacht zu verbringen.«

Als der Engländer zurückkam, lächelte er nur:

»Sie sind tatsächlich nicht begeistert und halten das Ganze schlicht für Seeräuberei, daher haben sie geschworen, uns die ganze holländische Flotte auf den Hals zu schicken.« Er wies in Richtung Küste. »Aber sie bringen bereits die Leute an Land.« Er machte eine kurze Pause. »Übrigens tragen fast alle diese Unglücklichen das Brandzeichen des Königs vom Niger.«

»Eines Tages werde ich diesen Hurensohn kastrieren!« meinte Celeste tonlos.

»Da wäre ich gern dabei.«

Um fünf Uhr nachmittags waren die befreiten Gefangenen bereits im Dickicht verschwunden, und drei Schaluppen machten sich in östlicher Richtung die Küste entlang aus dem Staub. Das Schiff war offensichtlich menschenleer. Celeste gab daher Sancho Mendaña, der an den Bordkanonen bereitstand, ein kurzes Zeichen.

»Ab in die Hölle damit!« befahl sie.

Drei Schuß genügten, den schon morschen Kahn auf den Grund des Flusses zu schicken. Kaum war er im Wasser verschwunden, da tauchten Eingeborene aus dem Dickicht auf, tanzten am Ufer, stießen Jubelschreie aus und winkten ihren glücklichen Rettern zu.

»Aufbruch!«

Sie lichteten die Anker. In den folgenden Tagen und Wochen spielte sich diese Szene ein gutes Dutzend Mal nahezu identisch ab. Die Sklavenhändler mußten sich offenbar sehr sicher sein, daß keiner sie zur Rechenschaft ziehen wollte, denn die läppische Bewaffnung ihrer Schiffe – nicht mehr als je ein halbes Dutzend Kanonen mittleren Kalibers steuer- und backbord – schien eher dazu gedacht zu sein, etwaige Angriffe der Eingeborenen abzuwehren, als es mit einem wirklich mächtigen Kriegsschiff aufzunehmen.

Ab und zu befragten sie einen der Kapitäne der Schiffe, und es zeigte sich, daß diese nicht einmal im Traum darauf gekommen wären, daß die *Dama de Plata* nichts weiter wollte, als der Sklaverei den Garaus zu machen. Schwarze waren für diese Leute offensichtlich keine andere Ware als Wein, Korn oder Vieh.

Afrikaner waren an diesen Küsten billig und zahlreich vorhanden, am anderen Ende des Ozeans dagegen knapp und kostbar. Sie machten diesen Händlern nicht mehr Gewissensbisse als Kühe, die ein Viehzüchter zum Schlachthof trieb.

Na schön, der Sklavenhandel war nicht gerade angenehm, doch warf er nun mal einen ungeheuren Profit ab, und nicht einmal die katholische Kirche fand etwas dabei. Warum sollten also ausgerechnet sie dieses Geschäft in Frage stellen?

Wenn da plötzlich einer – mit geladenen Kanonen – auftauchte und behauptete, Schwarze hätten die gleichen Rechte wie die Weißen, dann war das das gleiche wie einen Robbenjäger in der Arktis davon zu überzeugen, daß die Seehunde das gleiche Recht wie die Menschen hatten.

Schließlich genossen in dieser Zeit nicht einmal weiße Christen besonders viele Rechte.

Die *Dama de Plata* entwickelte sich daher zum Schrecken aller Sklavenhändler. Als die ersten Überlebenden dieser Angriffe die Insel Gorée vor Dakar erreichten, die gewissermaßen der »Hauptmarkt« des Kontinents war, beschlossen die dortigen Machthaber zu handeln, bevor die Angst vor der geisterhaften Galeone den blühendsten Handel der Welt ruinierte. Immerhin verschiffte man jedes Jahr an die 20 000 Sklaven über den Atlantik.

Man befahl daher dem Kapitän des schnellsten Schiffs, das gerade im Hafen ankerte, sofort auf Nordkurs zu gehen und den französischen, holländischen, spanischen, portugiesischen und englischen Behörden die Nachricht zu überbringen, daß eine mysteriöse Galeone mit achtzig Kanonen den Zusammenbruch der »Handelsrouten« an der gesamten afrikanischen Küste südlich vom Kap Palmas bewirkt hatte. Gleichzeitig schickten sie Schaluppen aufs Meer hinaus. Diese sollten alle nach Süden segelnden Sklavenschiffe davor warnen, ihren Kurs fortzusetzen, wenn sie nicht als verkohlte Wracks enden wollten.

Mehr als ein halbes Jahr fuhr die *Dama de Plata* im Golf von Guinea Patrouille und ruinierte damit eine Organisation, die man über ein Jahrhundert lang aufgebaut hatte. Oft erlaubte sich das Schiff sogar den Luxus, einige der Festungen der Sklavenhändler auf küstennahen Inselchen zu bombardieren. In jenen Zeiten wagte sich nämlich kaum ein weißer Mann ins Innere des Kontinents vor.

Zwar war Schwarzafrika schon Tausende von Jahren früher als Amerika bekannt, doch wurde es von den Europäern wirklich erst Jahrhunderte später erforscht. Während Francisco de Orellana bereits Mitte des 16. Jahrhunderts vom Pazifik aus dem Amazonas flußabwärts folgte und so den Atlantik erreichte, vergingen noch fast dreihundert Jahre, bis Livingstone Afrika durchquerte.

Die Kapitäne der Sklavenhändler beschränkten sich darauf, die Küste zu beobachten, bis Häuptlinge oder arabische Händler mit ihrer menschlichen Fracht auftauchten. Diese tauschte man dann gegen Stoffe, Halsbänder, Waffen, Munition oder kleine Kauri-Muscheln von den Stränden der Inseln im Indischen Ozean. Diese waren bei den Eingeborenen so begehrt, daß sie südlich der Sahara zu einer Art »Währung« wurden.

In den tiefen Buchten oder vorzugsweise in den Flußmündungen entwickelte sich alsbald ein richtiggehender Markt, auf dem lediglich das menschliche »Ebenholz« zählte. Junge und starke Männer der Aschanti- oder Mandingostämme warfen dabei den größten Profit ab.

Die ständig patrouillierende Galeone hatte allerdings, jedenfalls für den Augenblick, dem Sklavenhandel Einhalt geboten. Das war den örtlichen Eingeborenen keineswegs verborgen geblieben. Wo immer das Schiff auftauchte, wurde es enthusiastisch begrüßt. Man wagte es sogar, sich der Galeone zu nähern, da als sicher galt, daß von dort keine Gefangennahme drohte.

Bald brachten sie Geschenke: Nahrung und kleine Dinge. An einem heißen Morgen, als das Schiff vor dem Kap der Drei Spitzen ankerte, tauchte am Horizont ein riesiges Kanu auf, an dessen Bug ein langer schlanker Mann mit stechenden Augen und buschigem weißen Bart stand. Er trug eine Art ausgebleichte Soutane, die ihm kaum bis zu den Knien reichte. Sein Mund war von einer riesigen, tiefen Narbe auf dem Kinn leicht entstellt.

Er bat unverzüglich um Erlaubnis, an Bord kommen zu dürfen. Überrascht und glücklich stellte er fest, daß die Anführerin des so erfolgreichen Kreuzzugs gegen den Sklavenhandel eine Landsmännin war.

»Ich heiße Pedro Barbas, allerdings nennen mich alle hier nur ›Pater Barbas‹, und ich stamme aus Pamplona«, stellte er sich vor. »Ihr könnt Euch nicht ausmalen, wie es mich freut, nach so vielen Jahren wieder einmal Spanisch zu sprechen.«

»Und was treibt Ihr in dieser Gegend?« wollte Celeste wissen. Diese seltsame Erscheinung glich eher einem Wilden als einem Pfarrer aus Navarra und verblüffte sie ein wenig.

»Das gleiche wie Ihr, aber wesentlich weniger erfolgreich«, kam es wie aus der Pistole geschossen. »Jahrelang bin ich auf den Spuren des verehrten ›Apostels der Negersklaven‹, des seligen Pater Pedro María Claver, gewandelt, doch schließlich wurde mir klar, daß es nicht genug ist, Sklaven bei der Einschiffung Trost zu spenden. Daher entschied ich mich, meine Soutane an den Nagel zu hängen und das Übel an der Wurzel zu bekämpfen. Ich konnte es nicht mehr mit meinem Gewissen vereinbaren, einer Kirche zu gehorchen, die diesen Handel nicht kompromißlos verurteilt und alle exkommuniziert, die auch nur das Geringste mit der Sklaverei zu tun haben.«

»Und habt Ihr etwas erreicht?«

»Ich habe überlebt, das ist schon genug«, entgegnete der andere mit bitterem Lächeln. »Ich bin gezwungen, durch diese Urwälder zu irren. Nur einige getreue Eingeborene begleiten mich. Allerdings sind wir, ehrlich gesagt, zumeist auf der Flucht vor meinen Feinden. Um uns Freunde zu machen, bleibt wenig Zeit.«

»Und wer sind Eure Feinde?« wollte Hauptmann Sancho Mendaña wissen.

»Fragt lieber, wer nicht, dann fällt die Antwort kürzer aus«, versetzte der Pater. Er konnte es gar nicht fassen, in der luxuriösen Messe einer riesigen Galeone zu sitzen, wo man ihm richtigen Wein in einem Silberkrug einschenkte. »Kapitäne, Sklavenhändler, arabische Händler und Negerhäuptlinge würden mich nur zu gern am höchsten Baum aufknüpfen. Aber mein hartnäckigster Verfolger ist der König vom Niger. Er hat hundert Guineen auf meinen Kopf ausgesetzt.«

»Warum das?«

»Meine Leute und ich haben ein besonderes Geschick entwickelt, uns nachts in die Lager der Sklavenhändler zu stehlen und Sklaven zu befreien«, erklärte er sichtlich stolz. »Ich denke, wir haben über tausend von ihnen zur Flucht verholfen.«

Anschließend erzählte er, wie er die letzten acht Jahre lang die Küsten des Golfs von Guinea unsicher gemacht hatte und dabei nur auf das Häuflein entschlossener Eingeborener im Kanu zählen konnte. Allerdings verschwendete er nur eine Minute darauf, zu berichten, wie ein Krieger aus Benin mit dem Leben dafür bezahlt hatte, daß er ihm das Gesicht mit einem Machetenschlag entstellt hatte.

»Das sind Wilde«, murmelte er. »Überzeugte Kannibalen. Benin nennen sie die ›Stadt des Blutes‹, und ich schwöre, ich fand nicht das geringste dabei, diesem Kerl die Gurgel durchzuschneiden.«

»Wie ist denn das Innere Afrikas?« fragte Celeste.

»Ein Paradies und eine Hölle«, lautete die lapidare Antwort. »Ein Paradies der Tiere, aus dem die Menschen den ersten Kreis der Hölle gemacht haben. So schön, daß man dem Schöpfer auf Knien dafür danken möchte, und so grausam, daß man vor Wut heulen könnte.«

»Gedenkt Ihr lange hierzubleiben?«

»Bis sie mich umbringen, denn nur hier werde ich wirklich gebraucht. Es gibt schon Gläubige genug, die den Herrn zu allen Stunden preisen, da kann es ihm nicht schaden, wenn jemand wie ich ihn von Zeit zu Zeit dafür verflucht, daß er Dinge wie diese hier zuläßt.« Er sah die Tischrunde der Reihe nach an: »Habt Ihr eine Vorstellung davon, wie viele dieser Unglücklichen sterben, weil sich die Brandwunden infizieren, die man ihnen beibringt, wenn man ihnen das glühende Eisen aufdrückt? Einer von zwanzig, und trotzdem läßt der König vom Niger nicht davon ab, weil er glaubt, nur so seine Sklaven identifizieren zu können.«

»Kennt Ihr ihn persönlich?«

»Ich habe ihn einmal gesehen, da ritt er auf einem Schimmel unter einem riesigen roten Sonnenschirm und hatte soviel Gold um den Hals, daß es einen blendete. Etwa eine Minute lang hatte ich ihn im Visier, aber leider außer Schußweite.« Er stieß einen tiefen Seufzer aus. »An diesem Tag habe ich den Herrn am heftigsten verflucht, weil er meine Bitte, mich hundert Meter näher heranzubringen, nicht erhört hatte.«

»Vielleicht dachte er daran, daß Euch seine Eskorte getötet hätte, wenn Ihr auf ihn geschossen hättet.«

»Was zählt schon mein Leben, wo Abertausende so schrecklich leiden? Erst wenn Ihr seht, wie ein Krieger der Aschanti so lange die Luft anhält, bis er tot ist, weil er nur so wieder frei werden kann, dann werdet Ihr verstehen, welch unerträgliche Heimsuchung die Sklaverei ist.«

»Sie halten die Luft an, bis sie tot sind?« fragte Gaspar Reuter erstaunt. »Unmöglich!«

»Nicht für einen Aschanti«, erwiderte der Navarrese, der wußte, wovon er redete. »Plötzlich sind sie ganz still, schließen die Augen und konzentrieren sich, und wenn du sie nicht heftig schlägst, lassen sie bald den Kopf auf die Brust sinken und sind tot.«

»Gütiger Himmel!«

»Kraft und Widerstandsfähigkeit machen sie zu den wertvollsten Sklaven, aber wenn sie sich entscheiden zu sterben, kann kein Mensch sie daran hindern. Daher muß man sie sehr jung ›einfangen‹, wenn sie weder Frau noch Kinder haben, dann fügen sie sich. Aber wenn einer von ihnen bereits eine Familie gegründet hat, riskiert er entweder sein Leben, um zu fliehen, oder er bringt sich um.«

»Wie seid Ihr bis zum König vom Niger vorgedrungen?« wollte Celeste wissen. Der Mann, von dem sie schon vor Monaten gehört hatte, ging ihr nicht mehr aus dem Kopf.

»Mein Verdienst war das nicht«, gab der ehemalige Priester zu. »Gewöhnlich lebt er in einer Art Festung, in deren Nähe niemand kommt. Ich habe ihn zufällig auf einem seiner seltenen Ausflüge in der Nähe von Okene gesehen. Weiter bin ich nie gekommen.«

»Stimmt es, wie man sagt, daß der Niger ein Arm des Nils ist, der nach Süden fließt?«

»Das weiß ich nicht, aber ich bezweifle es. Man hat

mir erzählt, daß der Niger weiter flußabwärts die Wüste durchquert, aber einmal habe ich einen Händler getroffen, der schwor, von Timbuktu aus flußabwärts die Küste erreicht zu haben, und soweit ich weiß, liegt Timbuktu im Westen, der Nil dagegen im Osten.« Er zuckte mit den Schultern. »Wahrscheinlich ist dieser Kontinent viel größer, als wir ahnen.«

»Und wer könnte mehr über ihn wissen?«

»Die Araber, aber fast alle, die hierherkommen, sind Sklavenhändler. Und wenn die überhaupt etwas sagen, dann ist das fast immer falsch.«

Alle Anwesenden in der prunkvollen Messe hätten gern noch mehr Fragen zu Afrika gestellt, aber in diesem Augenblick klopfte es leise an die Tür, und der Obermaat meldete sehr ernst:

»Schiffe im Westen.«

»Segel setzen und Anker lichten!« befahl Kapitän Buenarrivo sofort. »Kurs auf offene See.« Er wandte sich an Celeste. »Wir erwarten sie lieber weit weg von der Küste.«

Das Mädchen nickte, und während der Venezianer die Messe verließ, sah sie Pater Barbas an.

»Ich bitte Euch, von Bord zu gehen. Wenn es keine Probleme gibt, kehren wir in einigen Tagen zurück. Braucht Ihr etwas? Waffen, Munition, Lebensmittel ...?«

»Das alles wäre wunderbar«, sagte er. »Und anständige Kleidung, wenn das nicht zuviel verlangt ist. Mit dieser alten Soutane sehe ich doch wie eine Vogelscheuche aus.«

Er kletterte schleunigst zum Kanu hinunter und stieß sofort ab, damit die *Dama de Plata* aufs offene Meer hinausfahren konnte. Aufmerksam verfolgte man vom Achterkastell aus die zwei Punkte am Horizont, die rasch näher kamen.

Der kleine Kapitän stieß einen tiefen Seufzer aus.

»Die sind uns auf der Spur«, sagte er. »Und sie scheinen gut bewaffnet zu sein.«

»Wie viele Kanonen?«

»Jedes Schiff fünfzig, schätze ich.«

»Können wir es mit ihnen aufnehmen?« fragte Celeste.

»Das hängt vom Wind, vom Meer, von ihren Irrtümern und unserem eigenen Geschick ab. Den einzelnen Schiffen sind wir an Feuerkraft überlegen, und wahrscheinlich schießen wir auch weiter, aber wenn sie uns gemeinsam angreifen, ziehen wir den Kürzeren.«

»Könnten wir fliehen?«

»Nicht mehr lange«, befand der Venezianer. »Um diesen Abstand zu halten, müssen wir ständig mit dem Wind segeln, und wenn sich, wie es fast täglich passiert, der Wind am Nachmittag dreht und uns zur Küste treibt, sind wir ihnen ausgeliefert.«

»Wozu ratet Ihr also?«

»Tiefe Gewässer aufzusuchen. Wenn uns schon der Wind nicht helfen kann, dann wenigstens das Meer. Je höher die Wellen, um so besser. Schließlich sind sie die Jäger und wir die Beute.«

Er rief seine Offiziere zusammen und wies sie über eine halbe Stunde lang präzise an, welche Manöver sie von nun an auszuführen hätten. Dann schloß er sich mit Hauptmann Sancho Mendaña in seiner Kajüte ein, um mit ihm die Gefechtsstrategie für den Fall auszuarbeiten, daß man ihnen eine Schlacht aufzwang.

Inzwischen kamen die zwei Schiffe – über hundert Meter lange Fregatten englischen Typs – immer näher, bis man ihre Fahnen ausmachen konnte: ein Holländer steuerbord, ein Franzose backbord.

»Das hilft uns«, brummte Arrigo Buenarrivo. »Das

heißt, sie stehen nicht unter gleichem Befehl. Jeder Kapitän wird uns als erster angreifen wollen, um seinen Mut zu beweisen. Wie mein Großvater immer sagte: Durch Rivalität unter Verbündeten wurden mehr Schlachten verloren als durch die Verdienste des Feinds.« Aufmerksam beobachtete er sie durch sein Fernglas, von dem er sich nie trennte: »Der Holländer ist offensichtlich schneller und besser bewaffnet. Er wird in die Falle gehen.«

In der folgenden Stunde täuschte die Galeone vor, mit aller Kraft den Abstand zu ihren Verfolgern halten zu wollen. Dabei fuhr sie immer weiter aufs offene Meer hinaus. Schon war das schützende Kap der Drei Spitzen nur noch ein Punkt am Horizont, und immer mächtigere Wellen, die von Westen heranrollten, wühlten die See auf. Bald verschwand das Schiff, wenn es in ein tiefes Wellental tauchte, völlig aus dem Blickfeld seiner Verfolger.

Dann stieg es erneut zum nächsten Wellenkamm auf. In diesen Augenblicken konnten sie sich genau ausrechnen, wieviel Abstand sie zu den Fregatten verloren hatten. Diese trennten sich allmählich, obwohl sich das hintere Schiff sehr bemühte, nicht zurückzufallen.

An Bord der *Dama de Plata,* die bereits demonstrativ ihre riesige, weithin sichtbare Kriegsflagge gehißt hatte, herrschte enorme Betriebsamkeit. Vom Offizier bis zum letzten Schiffsjungen strengten sich alle an, als ginge es um ihr Leben, und genau darum ging es auch.

Am frühen Nachmittag konnten sie den Namen des holländischen Schiffs, *Cuxhaven,* erkennen, und bald darauf schemenhaft die Besatzung, die neugierig auf die Masten geklettert war. Die *Cuxhaven* folgte dem Kielwasser der *Dama de Plata* durch ein dunkles Meer, an dessen Horizont bereits keine Küste mehr auszumachen war.

Kurze Zeit darauf donnerte der rauhe Baß des Venezianers über die Köpfe der Seeleute hinweg:

»Fünf Minuten bis zum Manöver!«

Ein Pfiff ertönte.

Eine Glocke läutete, um alle an den unteren Geschützen zu warnen.

Es war heiß, und obwohl eine Seebrise die Hitze linderte, waren alle Männer in Schweiß gebadet.

»Drei Minuten!«

Ein Pfiff ertönte.

Eine Glocke läutete.

Nur drei Meter von ihrem Vater entfernt klammerte sich Celeste Heredia an die Reling und musterte die Mannschaft auf dem Hauptdeck. Beruhigt stellte sie fest, daß alle zwar höchst angespannt waren, aber doch genau wußten, was sie taten. Sie war stolz darauf, die Männer mit ausgewählt zu haben.

»Eine Minute!«

Ein Pfiff ertönte.

Eine Glocke läutete.

Eine riesige Welle, der Hand Neptuns gleich, hob sie in die Höhe, und jetzt erkannten sie die stolze Galionsfigur der *Cuxhaven,* ein aufgerichteter, roter Löwe, der ihnen aus einer knappen Viertelmeile Entfernung drohte, bevor sie wieder ins tiefe Tal der nächsten Welle hinabglitten.

»Jetzt!«

Ein Piff ertönte.

Eine Glocke läutete.

In Windeseile refften Segel- und Toppsgasten nun die Segel, während zwei Männer dem Steuermann dabei zur Hand gingen, das Ruder hart steuerbord herumzureißen.

Ziel war es, einen fast rechtwinkligen Kurs zu ihren Verfolgern einzuschlagen.

Das schwere Schiff kam heftig ins Schlingern, und einige Augenblicke drohte es gar entzweizubrechen oder zu kentern. Als es jedoch wieder in die Höhe stieg, befand es sich seitlich zum nächsten Wellenkamm.

Kurz darauf lag es völlig gegen den Wind. Lediglich zwei Focksegel, deren Taue man gelockert hatte, flatterten ohnmächtig im Wind.

Der Kapitän der holländischen Fregatte wollte seinen Augen nicht trauen. Statt des Achterschiffs einer schweren Galeone auf der Flucht blickte er auf die kanonengespickte Steuerbordseite einer mächtigen Kriegsmaschine, die ihm nur ihre Aufbauten und drei kahle Masten als Ziel bot.

Dagegen standen der *Cuxhaven* für einen Angriff in diesem Augenblick nur zwei kleine Feldschlangen am Bug zur Verfügung, gleichzeitig bot sie den vierzig Sechsunddreißigpfündern des Feinds eine riesige Takelage dar.

»Feuer!«

Die Stimme von Hauptmann Sancho Mendaña klang vollkommen gefaßt. Und so feuerte die Deckbatterie unisono eine Salve verketteter Kugeln ab. Diese rotierten durch die Luft und rissen bereits mit der ersten Salve das voll entfaltete Segelwerk des Feinds in Fetzen.

Es kam die nächste Welle, die Galeone stieg empor, und in diesem Augenblick schickte die Batterie des mittleren Decks die gleiche Botschaft.

Segel, Taue, Wanten, Männer und sogar der Fockmast der *Cuxhaven* flogen in die Luft. Als dann noch das rote Haupt des riesigen Löwen wie ein Stein ins Meer fiel, war jedem klar, daß die stolze, schnelle holländische Fregatte nur noch ein Trümmerhaufen war. Sie war nun den Launen des Ozeans völlig ausgeliefert und in der Gewalt derjenigen, die sie vernichten wollte.

»Focksegel festmachen, Steuer backbord, Großsegel los und Besansegel hissen!«

Ein Pfiff ertönte.

Eine Glocke läutete.

Der Befehl wurde ausgeführt, bevor jemand Amen sagen konnte. Dann nahm die *Dama de Plata* ihren alten Kurs wieder auf, entfernte sich Richtung Osten und ließ die traurigen Reste von Feind Nummer eins hinter sich.

Das französische Schiff wußte, daß es waffentechnisch unterlegen war. Von der unerwarteten Wende binnen weniger Minuten beeindruckt, schien es für einen Augenblick vor einer Schlacht zurückzuschrecken und fuhr dann auf seinen Verbündeten zu, um Hilfe anzubieten.

Daraufhin wandte sich Celeste Heredia an Kapitän Buenarrivo.

»Großartig!« jubelte sie. »Das war ein perfektes Manöver. Ich gratuliere Euch.«

»Gratuliert nicht mir. Gratuliert den Männern. So ein Manöver funktioniert nur, wenn alle einen kühlen Kopf bewahren.« Er lächelte zufrieden. »Sie sind gut! Sehr gut!«

»Und was habt Ihr jetzt vor?« wollte das Mädchen wissen.

»Wir haben zwei Möglichkeiten ...«, befand der Venezianer. »Entweder machen wir uns aus dem Staub und geben ihnen damit die Chance, ihre Schäden zu beheben und uns später wieder zu verfolgen, oder wir machen kehrt und schicken sie ein für allemal auf den Meeresboden.«

»Was werden die Franzosen in diesem Fall machen?«

»Dreierlei. Entweder kämpfen sie, was ich nicht

glaube, weil wir mit unserer Feuerkraft binnen Minuten aus ihnen Fischfutter machen. Falls sie nicht fliehen, werden sie um Waffenstillstand bitten. So können sie die holländischen Seeleute aufnehmen, bevor wir deren Schiff versenken.«

»Haben wir Signalfahnen?«

»Selbstverständlich.«

»Laßt sie holen. Wir werden ihnen signalisieren, daß sie eine Stunde Zeit haben, um ihre Freunde zu retten. Bei Anbruch der Nacht versenken wir die *Cuxhaven.*«

»Aber das ist ein gutes Schiff!« protestierte der andere. »Warum es versenken? In zwei Wochen ist es wieder wie neu.«

»Wir sind doch keine Piraten.«

»Aber wenn sie ihr Schiff aufgeben, gilt es nicht als Seeräuberei, es zu übernehmen«, wandte der Venezianer ein. »Ein Schiff ohne Besatzung, das keine Anker geworfen und keine Flagge gehißt hat, geht bei Anbruch des folgenden Tages in den Besitz des ersten über, der den Fuß auf sein Deck setzt und es für sich in Anspruch nimmt. So lautet das Gesetz.«

»Seid Ihr da sicher?«

»Mehr oder weniger«, lachte der andere. »Das ist von Land zu Land verschieden, aber wenn ich mich recht erinnere, lauten die venezianischen Gesetze so. Und schließlich bin ich der Kapitän, und ich bin Venezianer.«

»Und gilt dieses Gesetz auch, wenn derselbe, der mit Versenkung droht und die Evakuierung befiehlt, am folgenden Tag den Fuß auf das Deck setzt ...?«

»Das ist wohl Ansichtssache«, erwiderte Buenarrivo seelenruhig und wandte sich an Miguel Heredia, der schweigend zuhörte. »Was meint Ihr? Sollen wir es versenken oder behalten?«

»Zerstören können wir es immer noch«, lautete die ehrliche Antwort. »Und oft werfen wir Dinge zu rasch weg, die wir später wieder brauchen.« Er blickte seine Tochter an und sagte im gleichen Ton: »Das ist ein prächtiges Schiff, behalt es doch, mach es wieder flott, und du hast zwei für deinen Kampf.«

»Und woher nehmen wir eine Besatzung?« fragte das Mädchen. »An Bord haben wir keinen einzigen Mann zuviel, und der nächste Hafen ist einen Monat entfernt.«

Miguel Heredia wies in Richtung des aus dem Blickfeld verschwundenen Kap der Drei Spitzen.

»Dort wirst du die Männer finden, die du brauchst«, erwiderte er mit dem Anflug eines Lächelns.

Celeste schaute ihn an, als könne sie nicht glauben, was sie da hörte.

»Dort ...?« stotterte sie schließlich. »In Afrika?«

»Genau!«

»Ich soll also ein solches Schiff einer Besatzung aus Eingeborenen übergeben?«

»Ja warum denn nicht?« wollte ihr Vater wissen. »Du setzt dein Leben aufs Spiel, um ihnen die Freiheit zu schenken, weil du willst, daß sie die gleichen Rechte wie die Weißen haben, aber du verweigerst ihnen das Recht, ein einfaches Schiff zu steuern, weil du daran zweifelst, daß sie das so gut können wie der dümmste Weiße. Warum?«

»Weil sie nichts von Navigation verstehen.«

»Aber das können sie doch lernen ... Oder nicht?«

»Ja, doch«, räumte seine Tochter verblüfft ein. »Das könnten sie wohl.«

»Na dann ...?« beharrte der Margariteño, den Kapitän Buenarrivo sichtlich perplex ansah. »Wenn sie mit winzigen Kanus eine ganze Nacht lang draußen auf hoher See fischen können, dann sind sie mutige Seeleute, die das Meer nicht fürchten. Der Rest läßt sich lernen.«

»Er hat recht.«

Celeste wandte sich dem Venezianer zu, der diese Behauptung gemacht hatte.

»Seid Ihr sicher?«

»Nein«, antwortete er aufrichtig. »Aber um dieses Schiff nicht zu verlieren, würde ich einer Herde Ziegen die Kunst der Navigation beibringen.« Er zeigte ein breites Lächeln. »Vielleicht hat Euer Vater wirklich recht; die Ruderer, die mit diesem bärtigen Verrückten gekommen sind, scheinen sehr geschickt zu sein. Gib mir hundert von ihnen, dazu einige unserer Männer, und wir bringen diese Fregatte zum Segeln.«

Das Mädchen dachte ein wenig nach, betrachtete dann die zwei Schiffe, die bereits zwei Meilen Abstand gewonnen hatten, und nickte schließlich.

»Einverstanden!« sagte sie. »Wir behalten das Schiff.«

»Klar zum Manöver!« brüllte der Venezianer sofort los. »Ruder hart backbord! Volle Wende!«

Ein Pfiff ertönte, und der erste Offizier wiederholte den Befehl: »Klar zum Manöver! Ruder hart backbord! Volle Wende!«

»Signalisiert Waffenstillstand!«

»Signalisiert Waffenstillstand!«

Sie brauchten eine gute Stunde, um eine weite Wende zu vollführen und sich von Westen her den Schiffen zu nähern, die beigedreht hatten.

Sobald diese das Manöver und die Waffenstillstandsflagge erkannten, hißten sie sofort die ihre und streckten die Waffen.

Kapitän Buenarrivo ließ ein Boot zu Wasser, das den Fregatten folgende Nachricht überbringen sollte: Die Besatzung müsse das holländische Schiff verlassen, wobei die bloße Absicht, es zu versenken, als feindlicher Akt ausgelegt und das Ende der Waffenruhe bedeuten würde. Damit wäre es um die französische Fregatte geschehen.

Bei ihrer Rückkehr hatte die Schaluppe den holländischen Kapitän an Bord. Dieser Milchbart erinnerte eher an einen Zweiten Leutnant, der gerade angeheuert hatte, als an einen Kapitän, auf dessen Schultern die schwere Verantwortung für ein mächtiges Kriegsschiff lastete.

»Eigentlich war ich nur der Erste Offizier«, erklärte er. »Aber vor drei Tagen ist mein Kapitän an der Ruhr gestorben, und ich hatte nun einmal den Befehl, Piraten zu versenken.«

»Aber wir sind keine Piraten«, klärte ihn Celeste Heredia auf. »Und das ist schon bodenloser Leichtsinn, sich ohne Erfahrung auf ein wesentlich besser bewaffnetes Schiff zu stürzen.«

»Jetzt, wo ich sehe, was dabei herausgekommen ist, kann ich da nur zustimmen, und ich werde mich dafür vor meinen Vorgesetzten verantworten müssen«, pflichtete der Junge bei. »Wahrscheinlich verbringe ich den Rest meines Lebens im Kerker, aber ich habe nun einmal das getan, was ich glaubte, tun zu müssen.« Nacheinander sah er Kapitän Buenarrivo, Sancho Mendaña, Miguel Heredia und Gaspar Reuter an, die ihn ihrerseits musterten, und schließlich sah er mit unverhohlener Verblüffung wieder Celeste an. »Klärt mich lediglich darüber auf, was Ihr hier tut, wenn Ihr angeblich keine Piraten seid.«

»Wir sind gegen die Sklaverei.«

»Entschuldigung! Was habt Ihr da gesagt?«

»Daß wir gegen den Sklavenhandel sind«, erwiderte Celeste, die sich mit Geduld wappnete. »Wir werden jegliches Sklavenschiff versenken, das unseren Weg kreuzt, ohne Ansehen der Nationalität.«

»Aber das ist doch absurd!« protestierte der rosige Jüngling. »Das ist illegal! Alle zivilisierten Nationen akzeptieren den Sklavenhandel. Es heißt, daß sogar der Heilige Vater ...«

»Hat Euch jemand um Eure Meinung zu den Sklaven gebeten?« fuhr ihm Gaspar Reuter in die Parade. »Was zählt, ist, was die Betroffenen davon halten.«

»Die Schwarzen sind mit ihrem Los zufrieden«, lautete die einfältige Antwort. »Sie befinden sich nicht mehr länger unter der Fuchtel grausamer Häuptlinge und können den Weg zum wahren Glauben finden.«

»Wenn das so ist, warum muß man sie dann in Ketten legen, oder warum bringen sie sich bei der geringsten Gelegenheit um?« wollte der Engländer wissen. »Wenn sie so glücklich wären, wie man sagt, dann würden sie singend auf die Schiffe gehen, aber so etwas hat bis heute noch niemand gesehen.«

»Das liegt daran, daß sie am Anfang nicht wissen, daß sie ein besseres Leben erwartet.«

»Nichtsdestotrotz«, beharrte der andere, »ich habe Hunderte von ihnen durch die Urwälder Jamaikas gehetzt und gesehen, daß sie sich an den Bäumen aufgehängt haben, wenn ihnen klarwurde, daß man sie wieder ergreifen würde. Das beweist doch wohl, daß sie mit diesem ›besseren Leben‹ absolut nicht glücklich waren.« Er kratzte sich genüßlich den roten Bart seines markanten Kinns: »Und das Schlimme ist nicht, daß es Scheißkerle gibt, die mit Schwarzen handeln, sondern daß andere sie unterstützen, daß angeblich ›zivilisierte‹ Länder ihre Schiffe schicken, um so niedere Interessen zu verteidigen.«

»Ich gestatte Euch, nach Europa zurückzukehren ...«, mischte sich Celeste ein. »Ich lasse Euch am Leben unter der Bedingung, daß Ihr Eure Regierung darüber aufklärt, daß wir keine schwarze Fahne hissen und nicht auf Beute aus sind. Wir wollen lediglich, daß dieser Handel aufhört. Er ist Menschen nicht würdig, die sich für das Abbild des Schöpfers halten.«

»Niemand wird mir glauben«, versicherte er. »Man wird mich für verrückt halten, wenn ich mit so einer Geschichte komme, und sagen, daß Ihr lediglich darauf aus seid, den Preis der Sklaven in die Höhe zu treiben, indem Ihr den normalen Handel unterbrecht. Auf Gorée heißt es, daß Ihr wahrscheinlich in den Diensten von Mulay-Ali steht, der sich auf diese Weise die Konkurrenz vom Halse schaffen und den Handel monopolisieren will: von der Gefangennahme im Inneren des Kontinents bis zum Verkauf am anderen Ende des Ozeans.«

»Wer ist Mulay-Ali?« wollte Hauptmann Sancho Mendaña wissen.

Der Holländer sah ihn etwas mißtrauisch an, als wüßten seine Zuhörer nicht längst, wovon er sprach.

»Mulay-Ali ist der König vom Niger. Der größte Händler Afrikas.«

»Er soll Mulatte sein«, kommentierte Celeste. »Warum heißt er Mulay-Ali?«

»Weil er schon vor Jahren zum Islam übergetreten ist. Sein wahrer Name ist Jean-Claude Barrière, aber wer es wagt, ihn so anzureden, dem läßt er bei lebendigem Leib die Haut abziehen.«

»Und wer ist auf die idiotische Idee gekommen, daß wir für ihn arbeiten?« fragte Miguel Heredia.

»Wahrscheinlich derselbe, der die idiotische Idee hatte,

daß Ihr lediglich die Schwarzen befreien wollt«, erwiderte der Holländer recht selbstsicher. »Die erste Version macht zumindest etwas Sinn, während die zweite mir völlig verrückt erscheint.«

Alle Anwesenden blickten ihn an. Gaspar Reuter zuckte schließlich mit den Schultern, als hätte der bartlose Jüngling im Prinzip völlig recht.

»An seiner Stelle würde ich das gleiche denken«, gab er mit seinem typischen britischen Gleichmut zu. »Wenn man mir diese Frage vor einem Jahr gestellt hätte, dann hätte ich mir die Antwort keine Sekunde lang überlegt. Vielleicht erreichen wir mit all dem wirklich nur, daß die Preise für die Sklaven steigen, woran in gewisser Weise die Händler profitieren.«

»Und die Schiffe, die wir versenkt haben?« wollte Celeste wissen.

»Man wird sie durch andere ersetzen«, erwiderte der andere bestimmt.

»Und die Sklaven, die wir befreit haben?«

»Man wird sie wieder einfangen«, erwiderte der Engländer. »Mir ist keiner entkommen.«

»Willst du mich wieder einmal davon überzeugen, daß wir uns in einen unnützen Kampf gestürzt haben?« wollte das Mädchen sichtlich entmutigt wissen.

»Was man mit Überzeugung tut, ist niemals unnütz. Jedenfalls fühle ich mich wesentlich glücklicher dabei, Schwarze zu befreien, anstatt sie einzufangen.« Der Mann mit dem markanten Kinn wurde plötzlich ganz ernst. »Wenn wir wirklich glauben, daß unsere Sache gerecht ist, dann sollte es uns nicht stören, daß andere unser Tun mißbrauchen. Das gibt es schon seit Anbeginn der Welt. Selbst Jesus wußte, daß die Kirche, die er als Zeichen der höchsten Liebe und Erkenntnis gegründet hatte, schließlich Ketzer verbrennen würde, und doch hat ihn das nicht abgehalten.«

»Wir sollen also weitermachen?«

»Natürlich! Mit etwas Glück treiben wir vielleicht die Preise für Sklaven in so astronomische Höhen, daß es für die Pflanzer billiger wird, einem freien Mann einen guten Lohn zu zahlen. Letztendlich ist der Sklavenhandel lediglich eine Frage des Markts: die Händler gibt es, weil Käufer da sind, aber wenn die Ware nicht mehr rentabel ist, werden die Käufer bald ausbleiben und die Händler schließlich verschwinden.«

»Ihr seid verrückt!« rief plötzlich der Holländer aus, der alles mit angehört hatte, als wäre er auf dem Mond. »Glaubt Ihr wirklich, daß Ihr den lukrativsten Handel beenden könnt, der jemals auf der Welt existiert hat?« Er schüttelte entschieden den Kopf. »Er hat ja gerade erst begonnen! Man hat noch nicht einmal die Küsten des Kontinents erforscht. In seinem Inneren leben Millionen untätiger Eingeborener. In der Neuen Welt sind gute Arbeitskräfte dagegen rar und bringen ein Vermögen ein.« Er musterte sie einen nach dem anderen, als hätte er eine Bande Irrer vor sich. »Ihr wollt gegen die Geschichte ankämpfen, aber die Geschichte geht über den hinweg, der sich gegen sie stellt.«

»Es sind die Menschen, die Geschichte machen«, befand Celeste Heredia ruhig. »Und wenn sich niemand gegen die Tyranneien erhoben hätte, dann wären wir heute noch alle Sklaven. Wenn meine Vorfahren dafür gekämpft haben, damit ich frei zur Welt kommen konnte, dann ist es meine Pflicht, dafür zu kämpfen, daß andere ebenfalls frei geboren werden können, egal welche Hautfarbe sie haben.«

»Ihr seid wahnsinnig!«

»Jetzt schau dir mal den an!« Celeste mußte sich sichtlich beherrschen. »Das von einem Wahnsinnigen, der zum ersten Mal ein Schiff befehligt und sich auf ein anderes stürzt, das ihm an Tonnage, Feuerkraft und Erfahrung um das Doppelte überlegen ist.« Sie machte eine wegwerfende Handbewegung. »Schickt ihn auf das französische Schiff zurück, und laßt nicht zu, daß er seines noch einmal betritt.« Dann zeigte sie mit dem Finger auf ihn, und an ihrer Drohung war kein Zweifel möglich: »Falls sie bei Anbruch der Nacht noch in Reichweite unserer Kanonen sind, dann schicke ich sie ohne das geringste Bedauern auf den Grund des Meeres.«

Die letzten Sonnenstrahlen leuchteten auf der entfalteten Takelage der französischen Fregatte, die sich in Richtung Nordwesten entfernte. Die *Cuxhaven* schaukelte dagegen weiter auf den hohen Wellen, die von Westen heranrollten. Kapitän Buenarrivo entschied sich daher dafür, eine Patrouille an Bord zu schicken. Der Holländer konnte schließlich eine Falle gestellt haben, die das Schiff in Gefahr brachte.

»Offiziell können wir das Schiff erst am nächsten Morgen in Besitz nehmen, wenn wir uns an die Gesetze halten wollen, aber was zum Teufel bedeuten hier schon die Gesetze der ›zivilisierten‹ Welt.« Er wandte sich dem Zweiten Offizier zu. »Aber das Logbuch muß unmißverständlich verzeichnen, daß wir die *Cuxhaven* heute nur inspizieren, sie aber mit dem Datum von morgen in Besitz nehmen.« Er blickte Celeste an, die aufmerksam zuhörte: »Morgen gehört das Schiff Euch, allerdings müßt Ihr ein Drittel seines geschätzten Werts unter der Besatzung verteilen. So lautet das Gesetz«, lächelte er belustigt. »Wie wollt Ihr es nennen?«

»Sebastián.«

»Einverstanden! Der Zimmermann soll Schilder mit dem neuen Namen fertigen und der Ausguck nach dem Löwenkopf suchen. Es bringt Unglück, wenn ein Schiff mit geköpfter Galionsfigur segelt.«

»Spart Euch das«, unterbrach ihn das Mädchen. »Der Zimmermann soll einen Krokodilskopf schnitzen.«

»Wollt Ihr etwa einen krokodilsköpfigen Löwen als Galionsfigur haben?« fragte der Venezianer verblüfft. »Das wäre ganz schön kurios!«

»Ist das Wappentier Venedigs vielleicht kein geflügelter Löwe?« fragte sie. »Wo ist da der Unterschied ...?«

»Auch wieder wahr!«

Bei Tagesanbruch warfen sie die Taue zum Bugspriet der Fregatte hinüber, um sie abzuschleppen. Schließlich ankerten sie die *Cuxhaven* in der Mündung eines Flüßchens gut zehn Meilen vom Kap der Drei Spitzen entfernt. Es dauerte keine zwei Stunden, da bat Pater Barbas erneut um Erlaubnis, an Bord kommen zu dürfen.

Kaum war er an Deck, schüttelte er allen, die seinen Weg kreuzten, herzlich die Hand.

»Phantastisch!« rief er immer wieder aus wie ein begeisterter kleiner Junge. »Phantastisch! Diesen Hundesöhnen habt ihr es aber gezeigt. Bei Gott, was für ein Sieg! Was für ein Sieg! Was wollt Ihr mit dem Schiff machen?«

»Es ausrüsten, um Sklavenschiffe zu versenken, aber dafür brauchen wir eine Besatzung«, klärte ihn Celeste auf. »Könnt Ihr uns eine beschaffen?«

»Eingeborene?«

»Wen sonst?«

Ein breites Lächeln zeigte sich auf dem entstellten Gesicht und machte aus der tiefen Narbe fast ein Grübchen. Unerhört genüßlich küßte der Navarrese die Hand des Mädchens.

»Danke!« sagte er. »Tausend Dank! Ich schwöre, Ihr werdet es niemals bereuen. Ich verschaffe Euch die beste Besatzung, die jemals existiert hat, und wir werden der Welt beweisen, was eine Handvoll gut ausgebildeter Schwarzer vermag.«

Nur waren es keine jungen, tatkräftigen schwarzen Männer, die, bereit, für ihre eigene Freiheit und die ihrer Stammesbrüder zu kämpfen, Pater Barbas' Aufruf gefolgt waren, an Bord der ehemaligen Fregatte *Cuxhaven,* jetzt das stolze Antisklavenschiff *Sebastián,* zu dienen. Das stellte die Besatzung der *Dama de Plata* bald fest. Nein, es waren junge, tatkräftige schwarze Frauen, die ihr Leben einsetzen wollten, um dem schrecklichen Blutvergießen Einhalt zu gebieten, das sie seit über einem Jahrhundert zur Ehelosigkeit zwang oder aus ihnen junge Witwen machte.

Im späten 17. Jahrhundert fing man an der leidgeprüften Sklavenküste die meisten Männer ein, wenn sie noch keine 14 Jahre alt waren, um sie an den Höchstbietenden zu verkaufen. Erst ein halbes Jahrhundert später waren die westindischen Pflanzer bereit, fünf Guineen für eine Frau zu zahlen. Wenn es sich um eine wahre Schönheit handelte, konnte man sie in den Bordellen ausbeuten.

Da jeder Kapitän eines Sklavenschiffs die absolute Sicherheit hatte, daß er für einen Knaben, der den ganzen Tag lang Zuckerrohr schneiden konnte, locker das Dreifache dieses Preises erzielte, zögerte er nicht bei der Auswahl der Ware, die er in seine überladenen Schiffe pferchte, denn jedes Kilo Menschenfleisch, das den Ozean überquerte, mußte den größtmöglichen Profit einbringen.

Das Resultat lag auf der Hand: Von Kap Palmas bis zu den Küsten von Calabar kamen in jener Zeit zwanzig Frauen auf einen Mann, und die wenigen Männer, die noch geblieben waren, waren zum größten Teil Alte, Kranke oder Krüppel.

Als auf Initiative des entschlossenen Navarresen schließlich die Trommeln der Küstendörfer vermeldeten, daß Freiwillige für den Kampf gegen die Sklavenhändler gesucht wurden, tauchten zahlreiche Frauen aus den Wäldern auf, denen man Vater, Ehemann oder Söhne geraubt hatte. Zum ersten Mal sahen sie eine winzige Chance, das schreckliche Übel zu bekämpfen, das ihren Dörfern die Söhne und das Lachen genommen hatte.

Auf Deck musterte Celeste verblüfft die lange Reihe halbnackter schwarzer Frauen, die geduldig an der Mündung des Flusses warteten.

»Was hat das zu bedeuten?« wollte sie wissen. »Wie sollen wir ein Schiff mit einer solchen Besatzung zum Segeln bringen?«

»Sie wollen es versuchen«, lautete die rasche Antwort von Padre Barbas. »Sie sehen keinen anderen Ausweg mehr. Wir sollten ihnen wenigstens die Chance bieten, ihr Können zu zeigen.«

Das Mädchen schaute zu den sabbernden Seeleuten an Deck hinüber, die mit Pfiffen und Jubelrufen das großartige Schauspiel kommentierten, das sich ihnen bot.

»Und was wird passieren, wenn sie an Bord kommen?« fragte sie. »Das ist ein Kriegsschiff, kein Bordell.«

»Es wäre naiv, anzunehmen, daß nichts passieren wird«, erwiderte der bärtige Ex-Jesuit. Er hatte inzwischen gebeichtet, welchem Orden er einst angehört hatte. »Und wenn ich ehrlich sein soll, ich habe nichts dagegen, denn ohne Nachfahren sind diese Völker zum Untergang verurteilt. Wir müssen nur die Kontrolle über die Ereignisse behalten.«

»Die Kontrolle über die Ereignisse?« entrüstete sich Kapitän Buenarrivo, der am Besanmast lehnte und die Szene verfolgte. »Wie wollt Ihr eine ganze Besatzung in Schach halten, die seit Monaten keine Frau mehr angerührt hat? Verlangt keine Wunder!«

»Kein Mensch verlangt Wunder!« gab der andere unbefangen zu. »Organisation heißt das Zauberwort. Wenn wir gestatten, daß täglich ein Teil der Besatzung an Land geht und sich dort austobt, dann können wir auch alle bestrafen, die an Bord mit einer Frau anbändeln.«

»Und was schlagt Ihr als Strafe vor?« warf Celeste Heredia mit ironischem Lächeln ein. »Sie zu kastrieren?«

»Das ist nicht nötig«, führte Padre Barbas weiter aus. »Es genügt, ihren Penis in einen Brennesselsud zu tauchen.«

»Den Penis in einen Brennesselsud tauchen?« wiederholte der entsetzte Arrigo Buenarrivo, dem es kalt den Rücken hinunterlief. »Was zum Teufel wollt Ihr damit sagen?«

»Ein gesunder lokaler Brauch«, kam es lapidar zurück. »Wenn ein junger Krieger bei den Mädchen allzu hitzig ist oder verheiratete Frauen bedrängt, dann sorgt der Ältestenrat für Abkühlung, indem er ihm den Penis in einen Sud aus Brennesseln und grünem Pfeffer taucht. Ich kenne das Rezept, und ich garantiere, der Schuldige stellt monatelang keiner Frau mehr nach.«

»Aber das ist doch barbarisch!« protestierte der kleine Mann mit noch tieferer Stimme als sonst. »Was ist das denn für ein wilder Brauch!«

»Noch extremer finde ich es, wenn man einem Sodomiten den Penis abschneidet und ihm in den Mund stopft, bis er daran erstickt. So was habe ich in Europa gesehen«, stellte der Navarrese klar. »Dagegen akzeptieren die meisten dieser Völker das, was wir abscheuliche Sünde nennen, als schlichte Laune der Natur. Und einen Knaben, der ›als Frau geboren wird‹, respektieren sie wie eine richtige Frau.«

»Nun, auf venezianischen Schiffen bestrafte man dieses Laster damit, daß man den Schuldigen ein rotglühendes Eisen an ihr sündiges Körperteil preßte, aber wir wollen jetzt nicht über Moral diskutieren.«

Der kleine Kapitän wies auf das überfüllte Deck: »Wenn wir diese Männer ruhig halten wollen, müssen wir ihnen gewisse ›Freiheiten‹ gestatten. Aber das ist eine Sache. Nackte Frauen an Bord zu bringen und darauf zu vertrauen, daß man sie nicht unter Deck schleppt, eine ganz andere.«

Sie verstrickten sich in eine lange Diskussion, in die sich bald Miguel Heredia, Sancho Mendaña und natürlich der Engländer Gaspar Reuter einmischten. Dabei wurde es gelegentlich recht laut. Schließlich bemerkten sie, daß es an Bord der *Dama de Plata* ganz still geworden war. Fast die gesamte Besatzung starrte auf das Achterkastell, denn dort ging es um eine Entscheidung, die sie alle sehr direkt betraf.

Dann blickte alles auf Celeste Heredia. Weil sie, das war völlig klar, das letzte Wort haben würde.

So musterte das Mädchen der Reihe nach die Gesichter ihrer »Offiziere«, notierte die Sorge in den Augen von beinahe zweihundert, zu absoluter Keuschheit verurteilten armen Teufeln und wandte sich schließlich an den Jesuiten.

»Laßt einen Kessel mit diesem magischen Sud vorbereiten. Jeder Mann soll einen Finger hineinhalten, dann weiß er, was ihn erwartet, wenn er sich nicht an die Regeln hält.« Mit der Hand bat sie sich Ruhe aus. »Aber wir müssen die Frauen warnen, daß ihnen die gleiche Strafe droht, denn es wäre nicht gerecht, wenn nur eine Seite die Schuld träfe. Zwei können es nicht miteinander treiben, wenn einer nicht will, und eines muß ganz klar sein: Wer vergewaltigt, der baumelt.«

Sofort flogen Mützen und Lappen, mit denen man die Decks gescheuert hatte, in die Luft, und man ließ die Frau hochleben, die ein für die Interessen aller so günstiges Urteil gefällt hatte.

Als sich die Gemüter schließlich beruhigt hatten, lächelte Celeste nur und sagte leise:

»Und jetzt wird es Zeit, daß ich diese Frauen kennenlerne.«

Zum ersten Mal betrat sie einen Kontinent, den sie bislang nur vom Deck der Galeone aus betrachtet hatte. Vielleicht hatte sie bislang auf einen Landgang verzichtet, weil sie instinktiv die Gefahr fürchtete, in eine Welt einzutauchen, die sie schließlich verhexen würde.

Als wäre es gestern gewesen, erinnerte sie sich an den Unterricht von Bruder Anselmo de Ávila, ihrem alten Lehrer, der begeistert von den so unterschiedlichen, seltsamen Bräuchen der Afrikaner erzählt hatte, die nach Kuba gelangt waren. Auch die schwierigen Erfahrungen, die Bruder Anselmo mit den Sklaven von Jamaika gemacht hatte, standen ihr noch deutlich vor Augen.

Die Welt der Schwarzen zog sie an und jagte ihr gleichzeitig Furcht ein. Sie wußte von der animalischen Kraft und der überschäumenden Männlichkeit der Afrikaner. Zwar gestanden die Landbesitzer den Sklaven nicht einmal eine Seele zu, und doch hatte jeder einzelne der Knaben, die bei ihrer schweißtreibenden Arbeit unter einer sengenden Sonne immer noch sangen, mehr Energie und Lebenslust in sich als zehn Weiße.

Die süße Wehmut, mit der sich die Schwarzen in den Nächten, in denen sie sich um Lagerfeuer versammeln durften, alte Geschichten erzählten, hatte in Celeste den Glauben geweckt, daß jene fernen Länder schöner und geheimnisvoller als alle anderen der Welt sein mußten.

Die Lieder und Legenden der Schwarzen erzählten von Elefanten, Löwen, Gorillas, Giraffen, Nilpferden und den gefürchteten Leopardenmenschen. Diese Menschen weinten vor Verzweiflung, niemals mehr in das geliebte afrikanische Paradies zurückkehren zu können, in dem sie zur Welt gekommen waren und aus dem man sie so brutal gerissen hatte. Und jetzt war Celeste hier, stand in einer großen Schaluppe, bereit, auf einen schmalen Strand zu springen. Von dort aus betrachteten sie an die fünfzig Frauen, von denen sie so vieles trennte, wie eine allmächtige Göttin, die ihnen die Söhne, Ehemänner oder Väter wieder nach Hause bringen konnte.

Sie sahen sich schweigend an, und Celeste bewunderte die ruhige Würde, mit der die meisten ihren Blick erwiderten. So groß ihr Leiden auch sein mochte, sie waren immer noch freie Wesen. Noch hatte sie die Peitsche nicht gebrochen oder die traumatische Erfahrung, wie Tiere in den Lagerräumen eines stinkenden Schiffs eingepfercht, auf einer nicht enden wollenden Fahrt den Ozean zu überqueren.

Man schleppte eine schöne riesige Bank aus Mahagoni herbei, die gewiß ganz besonderen Anlässen vorbehalten war, stellte sie unter der schattigen Krone eines Mangobaums auf und ließ Celeste Platz nehmen. Lange Zeit blieb es ganz still, als wollten alle Anwesenden ohne Hast ihre Neugier auskosten.

Der ehemalige Jesuit aus Navarra schien dieses Ritual oder Protokoll genau zu kennen. Als ihn Celeste fragend ansah, gab er ihr lediglich den Wink, in aller Ruhe abzuwarten, was passieren würde.

Schließlich erhob eine attraktive Frau mit riesigen und festen Brüsten, die nichts außer einer Halskette mit bunten Glasperlen und einem winzigen Baströckchen trug, das ihr kaum über die Oberschenkel ging, in einem monotonen, aber einigermaßen verständlichen Englisch die Stimme.

»Da ich die Sprache der Weißen kenne, bin ich auserwählt worden, um dir, o große Silberdame, für alles zu danken, was du für uns getan hast. Niemand deines Geschlechts, deines Standes oder deiner Rasse hat sich bis heute um uns gekümmert, um die unendlichen Leiden, die man unserem Volk zufügt, zu lindern, dem man sogar abgesprochen hat, menschlich zu sein.« Zum ersten Mal wurde sie etwas lauter, fast aggressiv: »Und wir sind menschliche Wesen! Wir lieben, hassen, sprechen, denken, leiden und weinen wie die Weißen, und mit den wilden Tieren des Urwalds haben wir so wenig und mit euch so viel gemein, daß wir nicht verstehen können, warum ihr uns schlimmer als die giftigste Natter behandelt. Ihr kämpft gegen unsere Männer nicht wie gegen würdige Feinde; nein, ihr jagt sie, legt sie in Ketten, erniedrigt sie und verschleppt sie ans andere Ende des Meeres, wo ihr sie arbeiten laßt wie den elendesten Büffel, der einen Pflug zieht, bis er zusammenbricht.« Sie stieß einen tiefen Seufzer aus, in den die Mehrheit der Zuhörer einstimmte. »Warum, große Herrin? Warum? Versuch du es uns zu erklären, als Frau, denn der gute Pater Barbas konnte es nicht, sosehr er sich auch anstrengte.«

Auf eine solche Frage fiel die Antwort sehr schwer, denn man mußte sie Menschen geben, die in perfektem Einklang mit der Natur lebten und sich daher einfach nicht vorstellen konnten, daß einer ein Vielfaches von dem haben wollte, als er in hundert Jahren brauchen konnte.

Celeste Heredia wurde klar, daß jener heiße Nachmittag, jener Augenblick, ihre Zukunft für immer prägen konnte. Zum ersten Mal hatte sie es nicht mit der Männerwelt zu tun, in der sie geboren und aufgewachsen war, sondern mit einer neuen Welt, in der die Frauen, zu ihrem Bedauern, die einzigen Herrinnen dieser Zukunft geworden waren.

Von dem, was sie sagen würde, und von ihrer Fähigkeit, den Frauen den Glauben zu vermitteln, den sie an ihre eigene Bestimmung hatte, hing ihr zukünftiger Erfolg ab.

»Du fragst mich, warum der weiße Mann den schwarzen schlimmer als ein wildes Tier behandelt«, raunte sie schließlich. »Glaub mir, über die Jahrhunderte hat der weiße Mann bei jeder Gelegenheit andere weiße Männer ebenso behandelt.« Sie machte eine Pause, damit die Frau ihre Worte übersetzen konnte. »Es geht nicht um die Hautfarbe, es geht um Macht, denn die Europäer sind daran gewöhnt, zu beherrschen, zu erniedrigen und auszubeuten, egal um welche Rasse es sich dabei handelt. So war es immer, und so wird es bleiben. Heute erscheint ihnen einfach die schwarze Rasse am besten dazu, da sie die Hitze und die schwere Arbeit auf den Zuckerrohrfeldern am besten aushält.«

Die Frau, die auf den seltsamen Namen Yadiyadiara hörte, was im örtlichen Dialekt »Mutter der Mütter« bedeutete, übersetzte ihren Gefährtinnen die letzten Worte Celestes.

Celeste betrachtete sie alle fast herausfordernd. »Ihr müßt zeigen, daß ihr nicht nur starke Söhne zur Welt bringen könnt, sondern sie auch vor Räubern zu verteidigen wißt.«

»Wie?«

»Kämpft wie eine Löwin um ihre Kinder. Was nützt es euch, Frauen zu sein, wenn ihr keine Männer haben dürft, die euch Söhne schenken?« Sie sah ihnen nacheinander in die Augen. »Auch ich bin eine Frau, und allein bei dem Gedanken, niemals Söhne zu haben, würde ich lieber sofort sterben.«

»Und was können wir tun?« wollte Yadiyadiara wissen. »Wie können wir es mit bloßen Händen mit den Kriegern von Mulay-Ali oder mit den Kanonen der Schiffe aufnehmen?«

»Nicht eure Hände, euer Wille zählt«, lautete die Antwort. »Eine Waffe taugt nichts, wenn der, der sie ergreift, nicht an seine Sache glaubt. Wenn ihr Glauben habt, dann habt ihr auch Waffen. Ohne Glauben helfen euch alle Kanonen meines Schiffs nichts.«

Die Frau übersetzte wieder, und plötzlich sagte ein aufgeregtes Mädchen mit riesigen leuchtenden Augen und sehnigem Körper etwas in einem leidenschaftlichen Ton. Daher wandte sich die Dolmetscherin erneut an Celeste:

»Maleka erinnert mich daran, daß wir noch immer die Speere haben, mit denen unsere Eltern wilde Tiere jagten. Glaubst du, wir sollten sie schärfen, um sie gegen die Männer von Mulay-Ali einzusetzen?«

»Es ist gut, die Speere zu schärfen«, bedeutete ihnen Celeste. »Aber besser ist es noch, den Geist zu schärfen.

Ich nehme an, Mulay-Ali oder den Kapitänen der Sklavenschiffe würde es nicht im Traum einfallen, daß verängstigte Frauen etwas anderes tun könnten, als davonzulaufen und sich im tiefsten Urwald zu verstecken.«

»Die wenigen Männer, die noch da sind, sind die, die sich im Urwald verstecken«, stellte Yadiyadiara klar.

Celeste machte eine bedeutungsvolle Pause. Dann fuhr sie selbstsicher fort:

»Wenn das so ist, müßt ihr Frauen ihren Platz einnehmen, aber nicht mit Gewalt, sondern mit Verstand. Gemeinsam werden wir herausfinden, wie wir es mit den Räubern eurer Männer und Söhne aufnehmen.«

In der gleichen Nacht, als sie bereits wieder an Bord war, wandte sich Miguel Heredia recht schroff an seine Tochter.

»Glaubst du, daß du gut daran tust, diese Unglücklichen in einen aussichtslosen Krieg zu treiben? Mich erschreckt die Vorstellung, daß du sie geradewegs zur Schlachtbank führst.«

»Eine Frau, die nicht die Kinder haben kann, die sie sich wünscht, mit dem Mann, den sie liebt, ist schon auf dem Weg zur Schlachtbank, Vater«, entgegnete sie erstaunlich ruhig. »Hast du ihre traurigen Gesichter gesehen? Sie wissen, daß ihr Volk aussterben wird, wenn das so weitergeht. Welche Hoffnung bleibt ihnen noch?«

»Es wird immer andere Männer geben. Auch wenn sie von anderen Stämmen oder Rassen sind.«

»Aber sie wollen Söhne von ihren eigenen Männern, ihrem eigenen Stamm und ihrer eigenen Rasse. Warum sollten sie sich gezwungen sehen, von einem schmutzigen Seemann vom anderen Ende der Welt geschwängert zu werden oder von einem Büttel von Mulay-Ali? Sie wollen ihre eigene Identität bewahren, und das so sehr, wie die

Pflanzer auf Kuba mit Rum und Zucker reich werden wollen. Damit haben sie recht.«

»Ich weiß sehr wohl, daß es recht ist«, räumte ihr Vater ein. »Aber ist es richtig, ihnen verrückte Ideen in den Kopf zu setzen? Wie willst du die Heere eines Königs vom Niger in seinem eigenen Revier besiegen?« Er stampfte leicht mit dem Fuß auf die Deckplanken aus massivem Mahagoni. »Dieses Schiff ist großartig. Es segelt kaum ein besseres auf den Meeren und Ozeanen. Aber dort drüben, im Urwald, nützt es uns gar nichts.«

»Das weiß ich.«

»Also?«

»Ich muß nachdenken. Sebastián hat behauptet, daß ihm immer etwas eingefallen ist, wenn er nachdachte. Außerdem war er der Meinung, daß zwei Hirnen mehr einfällt als einem, und zehn mehr als zwei. Also müssen wir uns alle darüber den Kopf zerbrechen, wie wir diesem unglaublichen Hurensohn Mulay-Ali eins auswischen können.«

»Drückt sich so eine Señorita aus?«

»Wahrscheinlich nicht. Aber bestimmt jemand, der ein Schiff ausrüstet, das man wegen Seeräuberei anklagt.«

Miguel Heredia Ximénez schnitt eine Grimasse, denn er wußte aus Erfahrung, was das bedeutete. Er hatte viele leidvolle Ehejahre hinter sich, und offensichtlich hatte Celeste zwei Dinge von ihrer Mutter geerbt: Charakterstärke und heftige Monatsbeschwerden.

Nicht immer, aber sehr häufig, wurde das Mädchen drei Tage vor der Regel fast unausstehlich. Zwar schloß sie sich dann gewöhnlich in ihrer Kajüte ein, um Konflikten aus dem Weg zu gehen, aber falls nicht, hielt man lieber Abstand, denn die Silberdame konnte sich dann als ruppiges »Stahlweib« aufführen.

Vergebens stemmte sie sich gegen ihre Gereiztheit und ihre plötzlichen Wutanfälle. Sie selbst ärgerte sich am meisten über ihre unkontrollierbare Natur, die sie aus dem Gleichgewicht brachte. Denn wie ihr Bruder es sie gelehrt hatte, war sie davon überzeugt, daß das innere Gleichgewicht die Voraussetzung für jede intelligente Handlung war.

»Wer sich von Leidenschaft fortreißen läßt, sollte kein Schiff befehligen«, pflegte Sebastián Heredia zu sagen. »Schon gar nicht ein Piratenschiff. Wenn du in der Klemme steckst, hilft dir nur noch kaltes Blut, ansonsten endest du früher oder später als Fischfutter.«

Genau jetzt hatte Celeste Heredia kaltes Blut nötiger denn je. Sie mußte darüber nachdenken, wie sie es am besten mit den Kriegern des Königs vom Niger aufnehmen konnte, wo ihr nur eine Handvoll Seeleute und ein unerfahrenes »Heer« aus eingeborenen Frauen zur Verfügung standen. Und ausgerechnet jetzt benebelten ihr ein dumpfer Schmerz und ein unbestimmtes Gefühl der Machtlosigkeit in geradezu idiotischer Weise das Hirn.

Trotzdem rief sie am übernächsten Morgen ihre Vertrauten, zu denen jetzt auch der feurige Pater Barbas zählte, in der Offiziersmesse zusammen, um ihnen kurz ihre Befürchtungen und Hoffnungen darzulegen.

»Fast acht Monate lang haben wir es geschafft, den Sklavenhandel in diesem Winkel der Welt zu behindern«, begann sie. »Aber zwei Fregatten haben uns wieder daran erinnert, was wir riskieren. Andere werden kommen und wieder andere, und wir können nun einmal nicht die Flotten aller Länder besiegen, die in den Sklavenhandel verwickelt sind.«

»Das wußten wir bereits von Anfang an«, gab ihr Arrigo Buenarrivo zu bedenken. »Ich hatte Euch längst gewarnt, daß die *Dama de Plata* ein gutes Schiff ist, aber nicht unbesiegbar.«

»Das ist mir klar. Daher haben wir nur zwei Möglichkeiten: Entweder suchen wir für einige Monate das Weite, oder wir nutzen die günstige Gelegenheit aus, dem Sklavenhandel auf eigenem Terrain einen schweren Schlag zu versetzen.«

»Wie soll das gehen?«

»Indem wir ein für allemal die Macht von Mulay-Ali brechen.«

»Des Königs vom Niger?« fragte Gaspar Reuter verblüfft. »Hast du dir vielleicht in den Kopf gesetzt, diese Bestie auf dem Festland anzugreifen?«

»Wo sonst? Er verläßt nur selten seine Festung, und seine Männer kommen nur zur Küste, um Sklaven einzuschiffen. Entweder greifen wir ihn in der Höhle des Löwen an, oder wir werden lediglich bedeutungslose Scharmützel gewinnen, bis wir schließlich in die Hände des Feindes fallen.«

»Es gibt noch eine andere Möglichkeit«, machte Miguel Heredia klar. »Vergessen wir diesen ganzen Wahnsinn und kehren wir nach Hause zurück.«

»Nach Hause? Was für ein Zuhause, Vater? Jamaika vielleicht? Gefällt dir die Vorstellung, auf der Veranda zu sitzen und zuzusehen, wie die Aufseher auf die Sklaven eindreschen? Oder sollen wir uns vielleicht in Spanien niederlassen, wo sie bald herausfinden werden, wer wir sind und woher wir kommen? Dieses Schiff ist jetzt mein einziges Zuhause, und ich habe nur noch einen Traum: für die Freiheit zu kämpfen.«

Alle schwiegen betreten und schienen sich – der ehemalige Jesuit vielleicht ausgenommen – zu schämen, daß sie nicht mit gleicher Begeisterung die Träume dieser allzu leidenschaftlichen Frau teilten.

Schließlich stand Sancho Mendaña auf und zeigte durch das große Achterfenster auf das endlose Meer aus dunklen Baumkronen an der Küste.

»Hast du vielleicht eine Vorstellung davon, wie es in diesen Urwäldern aussieht? Das ist ein ganzer Kontinent, mein Kind, ein unbekannter, geheimnisvoller Kontinent, in dessen Inneres sich bislang noch kein Weißer gewagt hat.« Er stieß einen tiefen Seufzer aus. »Mulay-Ali ist der unangefochtene Herrscher über diese Territorien und Flüsse bis dahin, wo die Wüste anfängt, und du redest davon, ihn in seiner eigenen Höhle anzugreifen. Gütiger Himmel! Selbst ich, wo ich dich nur zu gut kenne, hätte dir mehr Vernunft zugetraut.«

»In einem täuschst du dich«, wandte Celeste ein. »Mulay-Ali ist nur da der Herr, wo seine Krieger sind. Der Rest gehört den dort schon seit Urzeiten ansässigen Völkern. Und in diesen Völkern geben jetzt die Frauen den Ton an.«

»Willst du damit andeuten, daß sich alle Frauen der Region uns anschließen werden?«

»Das ist die einzige Hoffnung, die sie noch haben.«

»Das ist absurd!«

»So absurd nun auch wieder nicht«, mischte sich Pater Barbas sehr ernst ein. »Ich ziehe nun schon seit acht Jahren durch diese Landstriche, und wenn ich bisher meine Haut retten konnte, dann nur deshalb, weil die Frauen mir helfen. Vielleicht sind sie nicht die besten Kämpferinnen der Welt, dafür aber bestimmt die schlausten. In diesen Urwäldern rührt sich kein Blatt, ohne daß sie davon erfahren.«

»Ein Haufen Spione ist noch lange keine Armee.«

»Unterschätz eine Frau nicht, die ihre Söhne verteidigt«, ermahnte Celeste ihn sehr ernst. »Sie ziehen sie auf, und gleichzeitig wissen sie, daß man sie ihnen sehr bald aus den Armen reißen wird, um sie zu versklaven. Ich halte sie sehr wohl für fähig, den Räubern ordentlich zuzusetzen. Es hat bestimmt niemals ein Heer gegeben, das besser für einen Sieg motiviert war.«

»Zehn gute Motive sind vor einer schlechten Kanone nichts wert.«

»Das finde ich nicht. Außerdem haben wir ebenfalls Kanonen. Und sogar gute.«

»Hier. Auf dem Festland nicht.«

»Kanonen sind Kanonen.«

»Willst du vielleicht die Kanonen von der *Dama de Plata* abbauen?«

»Natürlich nicht! Wir könnten die Kanonen der *Cuxhaven* nehmen, aber auch das habe ich nicht vor.« Sie wandte sich an den Ex-Jesuiten. »Wie du mir erzählt hast, liegt die Festung von Mulay-Ali am Ufer des Niger ... Stimmt das wirklich?«

»So heißt es. Er soll flußaufwärts am rechten Ufer eine regelrechte Zitadelle errichtet haben.«

»Ist der Niger schiffbar?«

Lähmendes Schweigen breitete sich aus. Keiner wollte sich ausmalen, was das Mädchen im Schilde führte.

»Verflucht noch mal ...!« rief schließlich jemand aus. »Was ist das denn für eine Idee ...?«

»Ich wiederhole die Frage: Ist der Niger schiffbar?«

Sie hatte den willensstarken Pedro Barbas gefragt, aber der konnte nur mit den Schultern zucken.

»Ich habe nicht die leiseste Ahnung«, murmelte er. »Vor allem dann nicht, wenn du dabei an unsere Schiffe denkst.«

»Natürlich denke ich an unsere Schiffe! Stellt euch mal vor, wir tauchen vor der Festung Mulay-Alis mit fast fünfzig Kanonen großen Kalibers auf und legen sie in Schutt und Asche!«

Wieder sahen sie alle an wie ein Wesen von einem anderen Stern und fragten sich: Wie konnte eine Handvoll erwachsener Männer, die alle fünf Sinne beieinander hatten, nur unter den Befehlen eines so labilen Wesens stehen?

»Redest du davon, eine Galeone und eine Fregatte in einen unbekannten afrikanischen Fluß zu steuern und gegen die Strömung flußaufwärts zu fahren?« fragte schließlich ein fassungsloser venezianischer Kapitän.

»Genau!«

»Bei Gott! Ich hatte schon Angst, dich falsch verstanden zu haben.«

»Spar dir deinen Sarkasmus!« lautete die Antwort. »Welchen Tiefgang hat dieses Schiff mit voller Ladung?«

»Zwischen sechs und acht Meter.«

Celeste wandte sich an den Navarresen.

»Und welche Mindesttiefe hat dieser Fluß?«

»Wie gesagt, ich habe nicht die leiseste Ahnung. Ich weiß nur, daß er in einem riesigen Delta mündet. Einige seiner vielen Arme sind so dicht überwachsen, daß man nicht einmal den Himmel sehen kann. Allerdings soll der Niger weiter flußaufwärts schmal und tief sein.«

»Wer könnte das mit Bestimmtheit wissen?«

»Keiner, den ich kenne, aber das könnte ich herausfinden.«

Celeste Heredia machte eine lange Pause, studierte die nur ungenau gezeichnete Karte, die vor ihr auf dem Tisch lag, und schließlich musterte sie alle Anwesenden der Reihe nach, die sie ihrerseits anstarrten.

»Schön! Mein Vorschlag ist sehr einfach: Wenn es eine Möglichkeit gibt, flußaufwärts zu fahren, um auf die Festung dieses Hurensohns zu treffen und sie zu vernichten, dann werden wir das versuchen. Aber wenn wir zu dem Schluß kommen, daß unsere Schiffe den Fluß nicht passieren können, dann lassen wir diese Küsten hinter uns und suchen uns ein ruhiges Plätzchen, wo wir uns ausruhen können, und wir kehren zurück, wenn man uns vergessen hat. Was haltet ihr davon?«

»Klingt ganz vernünftig, wenn man bedenkt, was du uns sonst so zumutest«, räumte Gaspar Reuter gleichmütig ein. »Zugegeben, es würde mir schon sehr gefallen, das Innere eines Kontinents zu erforschen, von dem ich schon so viel gehört habe, und gleichzeitig die Gelegenheit zu nutzen, dieses üble Schwein abzusengen.«

Das Mädchen wandte sich Hauptmann Mendaña zu:

»Sancho?«

Der Angesprochene zuckte mit den Schultern.

»Was mich angeht, so kann ich folgendes garantieren: Wenn man mich vor diese Festung bringt, dann werde ich keinen Stein auf dem anderen lassen. Wir haben 140 Sechsunddreißigpfünder und 80 Vierundzwanzigpfünder. Und das ist eine Menge Feuerkraft: jedenfalls mehr, als irgendein verfluchter Sklavenhändler sich leisten kann.«

»Buenarrivo?«

»Solange ich acht Meter Wasser unter dem Kiel habe, fahre ich weiter. Werden es weniger, dann kehre ich um, und weder du noch ein anderer wird mich umstimmen. Das Schiff ist viel zu schön, um es in einem verfluchten Fluß am Ende der Welt zu verlieren.«

»Papa?«

»Ich halte mich da raus.«

»Das habe ich mir schon gedacht, aber ich würde gerne deine Meinung erfahren.«

»Meine Meinung? Jahrelang hat alle Welt mich für verrückt gehalten, aber jetzt habe ich den Eindruck, daß ich hier der einzige bin, der klar bei Verstand ist.« Er hob die Arme, als wollte er so das Maß seiner Zweifel zum Ausdruck bringen. »So, wie es jetzt steht, kann ich Gott nur noch darum bitten, mich früher zu sich zu rufen als dich. Das reicht mir.«

»Einverstanden!« sagte seine Tochter, die nur mit Mühe ihre Ruhe bewahrte. »Wir kennen deine Meinung schon, aber da ich weiß, daß du kein Dummkopf bist, solltest du noch etwas sagen, was uns helfen könnte.«

»Eine Sache«, bemerkte der andere in völlig veränderten Ton. »In einer Hinsicht bin ich mit dir einverstanden, aber das soll nicht die Regel werden: Die Frauen können uns wirklich sehr hilfreich sein.«

Das fand auch die Mehrheit der Anwesenden, und so beschloß man, in drei Tagen ein großes »Kennenlernfest« zu veranstalten. Dazu waren alle Frauen eingeladen, die sich mit der Besatzung der *Dama de Plata* einlassen wollten. Dennoch schärfte Kapitän Buenarrivo seinen Männern unmißverständlich ein, daß dieses Fest lediglich einen ersten »gesellschaftlichen Kontakt« bedeutete. Weitergehende Kontakte waren ausgeschlossen, jedenfalls für den Augenblick.

»Ihr dürft die Mädchen kennenlernen, ihre Sympathie wecken, aber ihre Partner suchen sie sich selbst aus. Ich will keine Probleme haben, und daher warne ich euch: Wer meine Befehle nicht befolgt, wandert eine Woche in den Kielraum und kann künftige Landgänge vergessen.«

»Eine Frage noch«, meinte Jeremías Centeno, der schlaue Wachposten am Davit, der seine Münzen in einer Börse mit gemahlenem Pfeffer aufbewahrte. »Stimmt es, daß die Negerinnen bei der Liebe unersättlich sind?«

»Das mußt du schon selber herausfinden, Söhnchen«, lautete die ironische Antwort. »Bei deinem Alter würde ich mir darum keine Gedanken machen.« Der Venezianer lachte. »Wenn Not am Mann ist, sag mir Bescheid, und ich werde sehen, ob ich dir helfen kann.«

»Und wenn zwei Männern die gleiche gefällt?« fragte ein Toppsgast, der mehr von einem Affen als von einem Menschen hatte. »Was machen wir dann?«

»Ob zwei Männern die gleiche Frau gefällt, ist unerheblich. Ein Problem gibt es lediglich, wenn zwei Frauen den gleichen Mann haben wollen.« Er zwinkerte ihm zu. »Aber ich habe den Eindruck, bei dir wird das nicht passieren.«

»Das weiß man nie! Es heißt, daß die Neger nicht behaart sind und ihre Frauen daher dicht behaarte Männer attraktiv finden.«

»Dann bist du ja fein raus, allerdings empfehle ich dir ein gutes Bad, denn Behaarung ist eines, Schmutz etwas anderes.«

An diesem Morgen wurde tatsächlich viel gebadet. Man schnitt sich die Haare, parfümierte sich mit billigen Wässerchen und zog saubere Kleidung an. Als sich die Männer schließlich auf Deck zur üblichen Inspektion vor dem Landgang einfanden, konnte sich Celeste Heredia ein Lächeln nicht verkneifen: Statt einer Besatzung rauher Seeleute hatte sie eine Gruppe ungeduldiger Knaben vor sich, die sich auf den Tanz bei einem großen Fest freuten.

Kurz darauf schritt der Obermaat ihre Reihen ab und ließ sie die Fingerspitze in einen Topf mit Brennesselsud tauchen. Wer sah, wie sie zurückzuckten, laute Schreie ausstießen und sich sofort auf die brennende Stelle pusteten, hatte keine Zweifel, daß sie es sich zweimal überlegen würden, die Regeln zu überschreiten.

»Das wird für uns alle ein sehr bedeutender Tag, und ihr wißt ja schon, was euch erwartet, wenn ihr meine Anweisungen nicht haargenau befolgt«, sagte Celeste schließlich. »Wir wollen diesen Menschen, denen wir soviel Leid zugefügt haben, zeigen, daß nicht alle Weißen Teufel sind, die sie nur versklaven wollen. Sie sollen verstehen, daß wir ihre Freunde sein können, ihre Brüder, ihre Liebhaber, ja sogar die Väter ihrer Kinder, und daß wir nichts mit den Kanaillen gemein haben, die sie peitschen und in Lagerräume pferchen, um sie fern ihrer Heimat zu verschleppen. Ich möchte, daß zwei Rassen eine neue Form des Zusammenlebens finden. Jeder von euch soll ein Botschafter des guten Willens sein, auf den ich stolz sein kann.« Sie machte eine kurze Pause, ihre Augen schossen Blitze ab, und schließlich herrschte sie die Männer an: »Und ich schwöre bei Gott, wer mich enttäuscht, den kastriere ich.«

Sofort breitete sich zustimmendes Murmeln auf Deck aus. Selbst der letzte sexuell ausgehungerte Kerl wußte, daß das zarte Mädchen sehr wohl in der Lage war, diese Drohung wahr zu machen. Um so stärker waren sie motiviert, sich so zu verhalten, wie man es erwartete.

Als sie in die Schaluppen stiegen, waren sie sehr nervös, da sie wußten, daß ihnen eine neue und völlig andere Erfahrung bevorstand. Je näher sie dem Festland kamen, desto deutlicher zeichneten sich die festen Brüste und glatten Schenkel ab, die sie erwarteten, und sie wurden immer aufgeregter.

»Schau dir die an ...!« riefen sie aus. »Die unter dem Baum! Was für Brüste!«

»Bei allen Teufeln!« jaulte ein anderer. »Und was für einen Hintern die Dünne mit den Halsketten hat! Die gehört mir! Ich habe sie zuerst gesehen.«

»Nichts da, Kleiner!« protestierten seine Gefährten im Chor. »Denk an die Befehle: Die Frauen treffen die Wahl.«

»Mist!«

»Mach dir keine Sorgen; auf jeden von uns kommen drei.«

»Ja, aber ich kenne mehr als einen, der sich sechs schnappen wird ...«

Celeste Heredia konnte von ihrem Posten auf dem Achterkastell die nahezu infantilen Bemerkungen und lauten Einwürfe genau hören, und so mußte sie sich fragen, ob der gute Pater Anselmo, der so ernst und streng, aber gleichzeitig auch so menschlich gewesen war, ihre Initiative gutgeheißen oder ihr vielmehr vorgeworfen hätte, daß sie offen eine so sündhafte schamlose Promiskuität förderte.

»Es geht nicht um Promiskuität«, beruhigte sie ihr Gewissen. »Es ist eher eine Frage des Überlebens.«

Eine Woche später begann es zu regnen: ein klassischer afrikanischer Herbstregen, traurig und monoton, der nicht aufhören wollte. Dieser Regen durchnäßte die Seele noch schlimmer als den Körper, denn die dampfende Feuchtigkeit schien nicht vom Himmel zu kommen, sondern aus jeder Pore der Erde, der Luft und sogar des Meeres zu dringen und von Bäumen, Pflanzen, Tieren und Menschen Besitz zu ergreifen. Es gab nur noch eines: eine Pause einzulegen und alle Arbeiten einzustellen.

Alle, die eben noch fieberhafte Aktivität gezeigt hatten, schauten jetzt nur noch dem Regen zu, als wäre dies das Wichtigste auf der Welt. In diesem Winkel der Erde ließ der Regen nicht nur die Pflanzen sprießen, er weckte auch nostalgische Gefühle, die in allen Herzen schlummerten.

Nichts stimmt nachdenklicher als ein Regenschleier, kein Geräusch macht trauriger, als wenn dicke Tropfen auf die Blätter der Bäume klatschen.

Jeder Mann und jede Frau an Bord der Galeone oder auf dem Festland hing plötzlich längst vergangenen Zeiten nach. Auch Celeste Heredia blieb davon nicht verschont, denn sie mußte an die fernen Tage denken, an denen sie auf dem Schoß ihrer Mutter gesessen und im Regen nach dem weißen Boot Ausschau gehalten hatte, in dem ihr Vater und ihr Bruder vom Perlentauchen zurückkamen.

»Die großen Perlen gibt das Meer nur an Regentagen her«, versicherte ein örtliches Sprichwort. Der alte Abelardo Chirino hatte nämlich das »Licht der Karibik«, das später eine Königskrone schmückte, an einem grauen Morgen gefunden. Daher fuhren die Fischer, wenn am Morgen Regen drohte, sofort aufs Meer hinaus. Alle hofften, daß ihnen das Glück die Riesenauster bescheren würde, in deren Innerem sich ein neues »Licht der Karibik« verbarg.

An solchen Tagen war es Tradition, daß sich die Frauen auf die Veranda setzten, um nach einem roten Wimpel Ausschau zu halten, den ihre Männer auf dem Mast hissen würden, falls es eine gute Nachricht zu verkünden gab. Wehmütig erinnerte sich Celeste Heredia an jenes lange Warten, obwohl sie inzwischen wußte, daß es stets vergebens gewesen war.

Dann betrachtete sie schweigend die Männer, die sich mühten, die Schäden der neben der Galeone ankernden Fregatte zu reparieren, sowie das Kommen und Gehen tatkräftiger Frauen, die sich anstrengten, alles zu verstehen, was man ihnen sagte. Sie zeigten beim Lernen so viel Eifer, daß Celeste Stolz empfand, weil sie persönlich die Entscheidung getroffen hatte, ihnen zu vertrauen.

Jeder Mann an Bord hatte ein Hemd oder eine Hose spendiert, um nicht ständig durch splitternackte Frauenkörper in Versuchung zu kommen. Männer wie Frauen schienen fest entschlossen, an Bord jegliche »Fraternisierung« zu vermeiden, die über reine Kameradschaft hinausging.

Später, auf dem Festland, verstaute man Hemden und Hosen in einer winzigen Hütte. Die schwarzen Körper präsentierten sich in all ihrer Pracht, und die Paare verschwanden im Dickicht, um ungehindert ihre Begierden auszuleben, die sie den ganzen harten Arbeitstag über in Zaum gehalten hatten.

»Was soll bloß aus all dem werden?«

Celeste Heredia blickte ihren Vater an. Er hatte das ausgedrückt, was sie sich selbst schon mehr als einmal gefragt hatte.

»Im Augenblick funktioniert es«, entgegnete sie lapidar.

»Aber was wird aus den Kindern werden? Werden die auch dazu verdammt sein, Sklaven zu werden?«

»Machst du dir vielleicht mehr Sorgen um sie, weil sie halbe Weiße sein werden? Werden sie vielleicht ein größeres Recht auf Freiheit haben als ihre Brüder, die schwarze Väter haben? Falls das so ist, dann sollten wir uns überlegen, wie hoch der Anteil an weißem Blut sein muß, damit ein Kind nicht versklavt wird.«

»Warum machst du alles so kompliziert?« beklagte sich Miguel Heredia etwas bitter. »Das war doch nur eine einfache Frage.«

»So einfach nun auch wieder nicht, denn damit legst du den Finger in die Wunde«, gab sie zu bedenken. »In den heutigen Zeiten ist der Unterschied zwischen freien Menschen und Sklaven fast so groß wie der zwischen Leben und Tod, und vom Farbton der Haut hängt wohl für Millionen von Menschen sehr viel ab. Wie weiß müssen wir sie machen und über wie viele Generationen hinweg, bis wir endlich so gnädig sind, sie als unseresgleichen anzusehen? Sag mir, glaubst du, daß zehn Generationen genügen werden?«

»Das nehme ich an.«

»Wir halten uns also für zehnmal besser als die Schwarzen. Findest du wirklich, daß einer dieser Matrosen, der weder lesen noch schreiben kann und nur deshalb nicht schreit wie ein Esel, weil er es nicht gelernt hat, zehnmal menschlicher ist als ein so liebenswertes Geschöpf wie Yadiyadiara?«

»Ich finde gar nichts«, verteidigte sich ihr Vater. »Aber ich sehe doch, daß einige Jungs sich Sorgen machen, ob ihre Söhne eines schönen Morgens nicht versklavt werden können.«

»Dagegen gibt es nur ein Rezept«, meinte sie gallig. »Auf Beischlaf verzichten, denn keiner kann verhindern, daß eines schönen Tages ein Mulatte nicht ebenso brutal gejagt wird wie ein Schwarzer.« Celeste drückte die Hand ihres Vaters und fuhr mit sanfterer Stimme fort: »Glaube nicht, daß ich nicht daran gedacht habe. Aber ich darf nun mal keine Unterschiede zwischen Schwarzen, dunklen und hellen Mulatten machen, sonst hätte meine Mission keinen Sinn.«

»Glaubst du vielleicht immer noch, daß sie einen Sinn hat?«

»Übermorgen wirst du es sehen, ob oder ob nicht.«

»Willst du vielleicht an dieser entsetzlichen Zeremonie teilnehmen?« fragte Miguel Heredia entgeistert.

»Natürlich!« versicherte sie. »Und nicht nur ich. Ich werde befehlen, daß alle bis zum letzten Mann anwesend sind.«

»Gütiger Gott!« klagte ihr Vater. »Wir sollten sie vielmehr daran hindern, statt sie mit unserer Anwesenheit auch noch zu beflügeln. Kein Mensch hat sich jemals etwas Bestialischeres ausgedacht.«

»Und wer hat schuld daran?« wollte Celeste wissen. »Glaubst du vielleicht, daß sie das gerne tun? Wir haben sie dazu getrieben. Wie verzweifelt müssen diese Mütter sein, wenn sie zu solch extremen Maßnahmen greifen…«

In den Gesichtern der Mütter war tatsächlich abgrundtiefe Verzweiflung zu lesen.

Schmerz und Verzweiflung.

Und Angst in den Gesichtern der Kinder.

Panik wäre der richtigere Ausdruck gewesen!

Aber was konnten sie anderes tun?

Sich ewig verstecken?

Jedesmal in den tiefsten Urwald flüchten, wenn die Krieger Mulay-Alis auftauchten?

Selbst das nützte inzwischen nichts mehr, denn die Bluthunde der Krieger konnten jeder Spur im Urwald folgen.

Wenn ein Sohn zwölf Jahre alt geworden war, hing die Hoffnung der Mutter nur noch an einem seidenen Faden. Jeden Augenblick konnten mitten in der Nacht die Händler auftauchen und ihr den Sohn für immer entreißen.

Es gab kein Versteck für ihn.

Nicht einmal Verwandte, zu denen man ihn schicken konnte.

An keinem Ort war er sicher, weil Afrika, ganz Afrika, nur ein riesiges Jagdrevier war, in dem man Knaben einfing, die kräftig genug waren, um Zuckerrohr zu schneiden.

Es gab nur eine einzige Lösung.

Daß sie nicht in der Lage waren, in Amerika Zuckerrohr zu schneiden.

Daher fand einmal im Jahr an der Sklavenküste eine grausame Verstümmelungszeremonie statt.

Daher unterwarfen sich einmal im Jahr die meisten Knaben, die wegen ihres Alters oder ihres kräftigen Körpers Gefahr liefen, geraubt zu werden, freiwillig oder gezwungenermaßen dem schrecklichen Ritus, sich die rechte Hand abhacken zu lassen.

Und keiner zahlte dann noch einen roten Heller für sie.

Ein Schwarzer, der keine Machete schwingen konnte, brachte keinen Profit. Kein Pflanzer in Kuba, Jamaika oder Brasilien würde etwas für ihn bezahlen.

Und wenn kein Pflanzer sein Geld investierte, dann würde kein Kapitän eines Sklavenschiffs seinen wertvollen Stauraum an Bord an so minderwertige Ware verschwenden.

Aus diesem Grund bestand Celeste Heredia darauf, daß alle, bis zum letzten Schiffsjungen, an der so grausamen Zeremonie teilnehmen sollten.

»Ihr sollt mit eigenen Augen ansehen, in welch abgrundtiefe Verzweiflung wir diese Menschen getrieben haben, und ihr sollt ein für allemal verstehen, warum ich das alles tue«, sagte sie mit leicht zitternder Stimme. »Ich möchte, daß ihr euch vorstellt, wie es euch gehen würde, wenn ihr euch dazu gezwungen sehen würdet, euren Söhnen eine Hand abzuschlagen. Ihr sollt lernen, die Sklavenhändler so zu hassen wie diese bedauernswerten Mütter.«

Sie waren harte Männer: Zuhälter, Räuber, Piraten und vielleicht sogar Mörder, aber da war kaum einer, der nicht entsetzt das Gesicht abwandte, wenn sie sahen, wie eine Kinderhand in den Sand fiel, oder den es nicht schauderte, als er den Schmerzensschrei hörte, wenn man den blutenden Stumpf in kochendes Öl tauchte.

»Verdammte Hurensöhne!«

»Jawohl, verdammte Hurensöhne«, bekräftigte das Mädchen. »Die größten Hurensöhne, die es jemals gegeben hat, und mit diesen haben wir es tagtäglich zu tun.« Sie schaute sie herausfordernd an, und in ihren Augen war so viel Feuer und Zorn, daß manch einer eine Gänsehaut bekam. »Haltet ihr mich immer noch für verrückt?« fragte sie. »Ist dieser Schmerz nicht viel verrückter?«

Die meisten Männer der *Dama de Plata* sahen das nicht anders, denn zu jenen Zeiten war die Verstümmelungszeremonie der afrikanischen Kinder zweifellos mit das grauenvollste Schauspiel, von dem man im Lauf der Geschichte gehört hatte.

Es dauerte nicht lange, da gewöhnten sich die Sklavenhändler den barbarischen Brauch an, allen kleinen Jungen, die sie ohne rechte Hand aufgriffen, den Kopf abzuschlagen und ihnen diesen auf den Armstumpf zu nageln: als unmißverständliche Warnung, daß sie keine Lust hatten, sich ihr »Geschäft« mit solch absurden Tricks verderben zu lassen. Damit hoffte man wohl, daß mit der Zeit die barbarischen Verstümmelungen ihren Sinn verlieren würden.

Trotzdem lebt in den alten Urwaldlegenden der Sklavenküste noch immer die Erinnerung an jene düsteren Jahrhunderte fort, in denen die Frauen ihre Söhne weniger vor Krankheiten oder wilden Tieren schützen mußten, sondern besonders vor anderen Menschen, die sich gegen alle Gesetze der Natur in die schlimmste Geißel ihres Geschlechts verwandelt hatten.

Ebenso leben Riten und Erinnerungen an mysteriöse Geheimgesellschaften fort, denen nur Frauen angehörten: die »Bundú« oder die »Sondé«. Sie entstanden aus der Notwendigkeit, Kinder beschützen zu müssen, während die Männer entweder am anderen Ende der Welt waren oder die »Feinde« darstellten.

Und wie das so ist, wenn Frauen sich zum Töten gezwungen sehen, entstand der Kult des Gifts. Als den Afrikanerinnen klarwurde, daß sie es mit der Macht der Waffen nicht aufnehmen konnten, griffen sie auf eine List zurück. Sie suchten Verbündete und baten ihre alte Freundin, die Schlange, ihnen Mittel zur Verfügung zu stellen, um die Räuber ihrer Söhne zu vernichten.

Aus diesem Grund findet man in dieser Region auch 300 Jahre später immer noch die meisten Giftsorten. Man stellte Gifte her, die beim Beischlaf töteten, aber auch solche, die erst nach Monaten Wirkung zeigten und das Opfer immer schwächer werden ließen, bis es nur noch Haut und Knochen war.

In Quidah, das etwa 200 Meilen vom damaligen Ankerplatz der *Dama de Plata* am Meer liegt, steht der einzige Tempel, der dem Kult der Schlangen aus allen Winkeln des Kontinents geweiht ist. Dieser Tempel hat die Jahrhunderte überdauert und erinnert als stummer Zeuge daran, daß die Frauen der Yoruba noch immer entschlossen sind, ihre mörderischen Künste anzuwenden, wenn man neuerdings versucht, ihnen die Söhne zu rauben.

»Wehe dem, der vergißt, daß eine Frau, egal welcher Rasse, zuerst einmal eine Mutter ist!« sagte eine überzeugte Celeste Heredia in der Nacht, in der sie die grausame Zeremonie verfolgte. »Und wehe dem, der ihre Kraft unterschätzt! Heute bin ich sicherer denn je, daß wir im Kampf gegen Mulay-Ali auf sie zählen können.«

»Hältst du noch immer an der absurden Idee fest, ihn in seinem eigenen Reich anzugreifen?« wollte Arrigo Buenarrivo wissen.

»Mehr denn je«, gab sie zu. »Sobald wir bereit sind, nehmen wir Kurs auf das Nigerdelta.«

Pater Barbas war bereits mit seinem Kanu aufgebrochen, um jeden Flußarm kritisch unter die Lupe zu nehmen. Zwar war der Venezianer immer noch skeptisch, was die Chancen betraf, in das Innere des Kontinents vorzudringen. Doch als die *Sebastián* klar zum Segeln war, befahl Celeste Heredia, den Aufbruch vorzubereiten.

»Wir werden etwa vierzig der tapfersten Frauen mitnehmen«, sagte sie. »Sie werden an Bord der Fregatte gehen, in Begleitung einiger Männer, denen wir voll vertrauen können. Wenn wir das Delta erreicht haben, werden wir sehen, was der Priester herausgefunden hat, und dementsprechend handeln.«

»Und wenn wir unterwegs eine etwas unangenehme Begegnung haben?« wollte der Venezianer wissen. »Wir segeln mit einem wehrlosen und einem schlecht bemannten Schiff.«

»Dann heißt es beten«, kam es ironisch zurück. Aber eilig fügte das Mädchen hinzu: »Ich glaube nicht, daß den Franzosen genug Zeit geblieben ist, Gorée zu erreichen und mit Verstärkung zurückzukehren.«

Am folgenden Morgen wählten Celeste und die engagierte Yadiyadiara die Frauen aus, die sie begleiten sollten. Allen gestand sie eine Nacht zu, um sich von ihren Angehörigen zu verabschieden, denn alle waren überzeugt davon, daß sie niemals mehr an den Ort ihrer Geburt zurückkehren würden.

Sie wußten, daß sie es mit den Ibos zu tun bekommen würden, einem Stamm, den sie am meisten haßten und fürchteten. Sie würden in fernen Regionen am anderen Ende der Urwälder bis hin zu den Grenzen der Wüste kämpfen, in einem Gebiet, dessen absoluter Herrscher der wilde Mulay-Ali war.

In dieser Nacht schlugen die Trommeln.

Viele unterschiedliche Trommeln, denn fast jedes Dorf und jede Hütte schickte ein herzliches Lebwohl an die Frauen, die einem sicheren Tod entgegengingen. Während Celeste den riesigen Mond betrachtete, der sich hinter den Wolken versteckte, um leuchtender denn je wieder hervorzutreten, fragte sie sich zum x-ten Mal, ob sie gut daran tat, so unschuldige Geschöpfe in ein ungewisses Abenteuer zu schicken.

»Vielleicht bin ich zu stolz«, sagte sie sich. »Vielleicht bin ich dem allen in Wahrheit nicht gewachsen, und ich habe meine Kräfte nicht richtig eingeschätzt.«

Was erwartete sie wirklich an den Ufern des Niger?

Wer war dieser Mulay-Ali, der über so viele Krieger verfügte, auf so viele Gewehre und Kanonen zählen konnte, und inwieweit waren seine Spione über alle ihre Schritte auf dem laufenden?

Oft fragte sie sich, ob sie es nicht noch bitter bereuen würde, nur wie ihr Bruder auf die Macht des Schicksals vertraut zu haben. Schließlich waren ihre Männer, von einem knappen Dutzend abgesehen, nur einfache Seeleute. Keiner konnte sagen, bis zu welchem Punkt sie bereit waren, ihr Leben auf dem Festland zu riskieren.

Was kümmerten diese Männer schließlich die Sklaven?

Tag für Tag und Nacht für Nacht plagten sie Millionen Zweifel, doch je verwirrter sie sich fühlte, um so verzweifelter klammerte sie sich an eine Idee: Wenn ein einziges Schiff mit einer Besatzung aus entschlossenen Menschen in der Lage war, der widerwärtigsten aller menschlichen Aktivitäten Einhalt zu gebieten, dann würden sich vielleicht andere Männer, die dieser ekelhafte Handel ebenso abstieß, ebenfalls entschließen, sich zu engagieren.

»Es darf nicht sein!« redete sie sich immer wieder ein. »Es darf nicht sein, daß die gesamte Menschheit Zeuge und Komplize solchen Unrechts ist. Irgendwo muß es doch Menschen voller Mitleid geben, die diese Barbarei ebenso wie ich verabscheuen.«

Aber wie kam man mit denen in Kontakt?

Seit fast anderthalb Jahrhunderten überquerten Sklavenschiffe mit ihrer grausigen Fracht die Ozeane, und niemand hatte bisher auch nur einen Finger gerührt, um das zu verhindern.

Anderthalb Jahrhunderte!

Millionen von Opfern waren das Ergebnis dieses grauenvollen Handels, und nicht ein einziger Mensch mit Sinn für Gerechtigkeit schien darauf zu reagieren!

Warum?

Warum waren nur Bruder Pedro María Claver, Bruder Anselmo de Ávila, Pater Barbas und der eine oder andere Rebell Rufer in der Wüste eines Meeres versteinerter Herzen?

Waren die Schwarzen wirklich so andere Menschen?

Sie dachte an ihre langen Gespräche mit Yadiyadiara im Schatten eines Mangobaums, und sie fragte sich, worin sich die Gefühle der leidenden Yoruba von denen so vieler Frauen unterschieden, die sie auf Jamaika oder Margarita kennengelernt hatte, oder von denen der Frauen im alten Europa, von dem man sich soviel erzählte. Schließlich und endlich liebte Yadiyadiara ihre Söhne und sehnte sich ebenso wie jede andere Margariteña nach ihrem Ehemann, und sie betete zu ihren Göttern mit dem gleichen Glauben und der gleichen Hoffnung wie die Gläubigen in der Kathedrale von La Asunción.

Wo war also der Unterschied?

Nur in der Hautfarbe.

War die Hautfarbe so wichtig?

Wenn die Seele von Yadiyadiara ein so erlesenes und zartes Juwel war wie ihre eigene, warum war dann die Leibesfrucht der Afrikanerin weniger wert, als es eines Tages Celestes eigene sein würde?

Einmal mehr lauschte sie den Trommeln. Deren Sinn blieb ihr verborgen, und doch wußte sie, was sie sagen wollten, denn ihr Widerhall in den Wipfeln der Bäume erinnerte an das Weinen eines Neugeborenen, das die schreckliche Gewißheit hatte, eines Tages ans andere Ufer des Meers verschleppt zu werden, wo man ihm den Rücken mit Peitschenhieben zerschlagen würde, bis es schließlich starb.

Die Trommeln Afrikas stöhnten, und Celeste Heredia hörte ihnen schweigend zu, bis sie im ersten Morgengrauen alle auf einmal verstummten.

Und es breitete sich Schweigen aus: die Stille vor dem Tod.

Ein Schweigen, das mehr sagte als das innigste Wort.

Der leidenschaftlichste Abschied.

Eine halbe Stunde später läutete eine Glocke.

»Segel setzen ...! Wir brechen auf!«

Segel- und Toppsgasten kletterten flink die Strickleitern hinauf und an den Haltetauen entlang, um zunächst die unteren und oberen Segel des Masten zu fieren und das Schiff auf den Augenblick vorzubereiten, in dem der Kapitän befahl, die Anker zu lichten. Dann würde man das Rahsegel setzen, damit die Schiffe ungehindert Fahrt aufnehmen konnten.

Die Yorubafrauen gingen an Bord der Fregatte, die Schaluppen wurden an ihrem Platz vertäut, und langsam, sehr langsam brachen die beiden Schiffe auf zu ihrem neuen Abenteuer an der fernen und geheimnisvollen Mündung des Niger.

Während die Galeone draußen auf offener See segelte und stets auf der Lauer lag, blieb die *Sebastián* stets in unmittelbarer Nähe der Küste. Beim leisesten Anzeichen von Gefahr hätte sie Zuflucht in einer stillen Bucht suchen können. So segelte man voran, die besten Männer saßen im Auslug und suchten in den folgenden drei Tagen und drei langen Nächten unermüdlich den Horizont im Westen ab, bis ihnen schließlich das lange schlanke Kanu des stets vor Begeisterung glühenden Pater Barbas entgegenkam.

»Es gibt eine Passage!« rief er aus vollem Halse, bevor er das Deck betrat. »Es gibt eine Passage!«

»Seid Ihr sicher?« fragte gleich der mißtrauische Buenarrivo. »Wie tief?«

»Im Schnitt acht Meter«, entgegnete der Ex-Jesuit und grinste von einem Ohr zum anderen. »Um die Tiefe brauchen wir uns weniger Gedanken zu machen als um die Enge.«

»Was wollt Ihr damit sagen?«

»Daß uns die Äste einiger Bäume an den Ohren kratzen werden«, gab der Pater belustigt zurück.

»Seid Ihr vielleicht verrückt geworden?«

»Natürlich nicht!« verneinte der andere. »Das bin ich schon seit vielen Jahren.« Aufmunternd klopfte er seinem Gegenüber auf die Schulter. »Macht Euch keine Sorgen. Wenn wir die Masten abmontieren, können wir passieren.«

»Und wie soll ich mit einem Schiff ohne Masten manövrieren?« wollte der Venezianer wissen. Er wollte immer noch nicht glauben, was er da hörte.

»Manövrieren ist überflüssig!« lautete die rasche Antwort. »Wir werden auf unserem Weg durch das Delta rudern.«

»Wie viele Meilen?«

»Etwa fünfzig.«

»Gott steh uns bei!«

Diesmal hatte der Venezianer alles Recht, sich zu beklagen, und als er am folgenden Tag den schmutzigen Flußarm erblickte, durch den der Navarrese die Schiffe lotsen wollte, schossen ihm fast die Tränen in die Augen.

»Nicht möglich!« schluckte er. »Dieser Irre kann mich doch nicht zwingen, hineinzufahren! Sagt mir, daß das nicht wahr ist, Señora!«

Celeste Heredia begriff, daß sie wieder einmal eine sehr schwere Entscheidung zu treffen hatte. Wie der Ex-Jesuit gescherzt hatte, würden ihnen »die Äste einiger Bäume an den Ohren kratzen«, und niemand konnte garantieren, daß ihnen nicht einer dieser Äste oder eine dicke Wurzel den Rumpf durchlöchern würde.

Sie nahm sich daher fast eine Stunde Zeit, um gründlich darüber nachzudenken. Dann gab sie ihre Meinung kund.

»Die Fregatte wird den Weg frei machen. Und wenn wir sie verlieren, dann haben wir eben Pech gehabt. Die Galeone dagegen fährt nur weiter, wenn wir absolut sicher sein können, daß keine Gefahr für sie besteht.«

»Das hilft mir gar nichts!« protestierte der Venezianer sofort und nicht ohne guten Grund. »Die *Dama de Plata* hat viel mehr Tiefgang, und sie ist breiter.«

»Wir werden Ballast abwerfen und einen Teil ihrer Ladung auf die *Sebastián* schaffen«, lautete die Antwort. »Der Fluß ist ruhig, und wenn wir keine Segel setzen, brauchen wir keinen Ballast ... Oder täusche ich mich da?«

»Nein, natürlich nicht!« räumte Buenarrivo zähneknirschend ein. »In ruhigen Gewässern und ohne Segel im Wind spielt der Tiefgang keine Rolle. Wir werden schaukeln wie Verbrecher am Galgen, aber ich glaube nicht, daß wir Gefahr laufen, zu kentern.«

»Na dann, frisch ans Werk!«

Schweißüberströmt schufteten die Männer Seite an Seite, wobei sie der dichte Regen nicht erfrischte. Sie stapelten das meiste, was die Galeone geladen hatte, in die überquellenden Laderäume der Fregatte. Den Kies, den die *Dama de Plata* als Ballast nutzte, warf man ins Wasser. Allerdings mußte man nun die Wasserfässer im untersten Laderaum neu verstauen, da die dicken Fässer gewöhnlich in dem beweglichen Kies steckten und so bei hohem Seegang oder Sturm nicht ins Rollen kamen.

Die weite trübe Lagune, in der sie sich versteckt hatten, war vom Meer durch eine enge, mit dichten Mangroven überwachsene Sandbank getrennt. Kein Schiff, das draußen vor der Küste vorbeisegelte, hätte sie entdecken können, und so mußten sie als einzige Vorsichtsmaßnahme lediglich einen Mann in den Auslug der Galeone schicken, der die Wipfel der aufrechten Palmen am Strand kaum überragte.

Stunde für Stunde stieg die *Dama de Plata* langsam weiter aus dem Wasser, bis man am Rumpf ein schmales, mit Algen überzogenes Band sehen konnte. An einer Markierung am Bug erkannte man schließlich, daß der tiefste Punkt des Kiels kaum noch sechs Meter unter Wasser lag.

»Das reicht! Und lehnt euch nicht alle über eine Reling, sonst kentern wir noch!« mahnte Buenarrivo übellaunig. »Montiert die Masten ab!«

Diese Arbeit war nicht minder anstrengend und kniffig. Schließlich sah das vorher so stolze Schiff aus wie das lächerliche stelzbeinige Skelett seiner selbst: ohne Masten, ohne Takelage, fast ohne Taue und so instabil und manövrierunfähig, daß ein paar größere Wellen auf offener See es in schlimmste Nöte gebracht hätten.

Im Gegensatz dazu kam einem die Fregatte jetzt untersetzt, schwer und langsam vor, was den Venezianer dazu veranlaßte, eine lange Litanei von Flüchen in einem bildhaften Dialekt loszulassen, den keiner verstand, obwohl sich die meisten einen Reim darauf machen konnten.

»Ein Verbrechen!« schloß er. »Was man mit diesen armen Schiffen gemacht hat, ist ein Verbrechen, für das man nicht mit dem Leben bezahlen kann!«

Er blieb die ganze Nacht über wach, ging wehmütig auf Deck auf und ab und lehnte sich immer wieder über die Reling, als wollte er ein weiteres Mal die Wasserlinie seines geliebten Schiffs kontrollieren. Als sich hinter den Baumkronen schließlich ein schwacher Schein abzeichnete, läutete er wie wild die Glocke.

»Alles raus aus den Matten! Männer an die Ruder!«

Ein Pfiff ertönte. Die Ruderer hatten kaum Zeit, einen Teller Brei und einige Kekse hinunterzuschlucken, dann sprangen sie schon in die Boote und warfen dicke Taue zum Bug der *Sebastián* hinüber. Nun griff der alte Spottsänger, ein runzliger Malteser, der alle nur erdenklichen Lieder in acht Sprachen improvisieren konnte, in die Saiten seiner verstimmten Mandoline und jaulte aus vollem Hals:

»An die Ruder, an die Ruder!«

»An die Ruder, an die Ruder!« echoten dreißig Stimmen.

»Rudert, Süßwassermatrosen!«

»Rudert, Süßwassermatrosen!«

»Der Kapitän, der regt sich auf!«

Man nahm Fahrt auf.

»Der Kapitän, der regt sich auf!«

»Aber die Hübsche pißt nur drauf!«

Die Taue spannten sich.

»Aber die Hübsche pißt nur drauf!«

Die Fregatte glitt langsam voran.

»Wer nur hat an Bord das Sagen?«

»Der Dünne nicht, der Dicke nicht!«

»Der Dünne nicht, der Dicke nicht!«

»Der Lange nicht, der Kurze nicht!«

»Der Lange nicht, der Kurze nicht!«

»Carajo, wer nur hat dann das Sagen ...?«

Dreißig Stimmen jaulten amüsiert die gleiche Frage, während ihre Ruderschläge allmählich den gleichen Takt fanden.

»Carajo, wer nur hat dann das Sagen ...?«

»Bei der nichts hängt, wie könnt ihr fragen!«

»Bei der nichts hängt, wie könnt ihr fragen!«

Das beißende Spottlied ging stundenlang weiter. Wenn die Arbeit außergewöhnlich hart war und die gemeinsame Anstrengung aller erforderlich machte, dann durfte ein Spottsänger die Männer anfeuern. Wie er das tat, blieb ihm überlassen. So wollte es ein geheiligter Seemannsbrauch, und natürlich hob offene Kritik an den Offizieren und schamloser Spott über die Gepflogenheiten an Bord die Stimmung erheblich.

Ein schweres Schiff in brütender Hitze flußaufwärts zu rudern, so sanft die Strömung auch sein mochte, war in der Tat kein leichtes Unterfangen, und deshalb hatten weder der Kapitän und noch weniger Celeste Heredia das Recht, die beleidigte Leberwurst zu spielen, weil sie der Malteser zur Zielscheibe seines Spotts auserkoren hatte.

Die Yoruba-Frauen waren schon an Land gesprungen, als man in der stillen Bucht vor Anker gegangen war. Jetzt schwärmten sie im dichten Urwald der Umgebung aus, und als die Besatzung der Schiffe sah, wie geschickt und leise sie sich einen Weg durch das Dickicht bahnten, waren sich alle einig, daß man gut daran getan hatte, sie als Verbündete zu akzeptieren.

Die Vorhut bildeten die treuen und schweigsamen Krieger von Padre Barbas, die offensichtlich bereits früher die meisten der unzähligen Kanäle, Seitenarme und Bäche erkundet hatten, durch die der riesige Niger ins Meer mündete. Ihnen folgte die bunt zusammengewürfelte Truppe, die auf die engagierte Yadiyadiara hörte. So zog man langsam über ein gefährliches Gelände: einen schmutzigen, übelriechenden und ungesunden Sumpf. Hierher hatten sich immer diejenigen geflüchtet, die lieber im Schlamm sterben als in die Hände der Sklavenhändler fallen wollten.

Der Flußarm, den Pater Barbas gewählt hatte, war mit einem Teppich aus Seerosen überzogen. Gelegentlich konnte man das Wasser nicht mehr sehen. Keine Menschenseele ließ sich blicken, trotzdem hatte der mißtrauische Kapitän Buenarrivo befohlen, die Kanonen mit Schrapnellen zu laden. Jeder Mann mußte seine Waffen griffbereit haben. Doch je tiefer sie in das Dickicht vordrangen, um so fahler wurde sein Gesicht, denn er mußte sich fragen, was passieren würde, wenn sie plötzlich von einer »Bande nackter Wilder« angegriffen würden.

Die Bordwände der *Dama de Plata* streiften die Ufer und stießen an die Äste einiger Bäume, aus denen die Eier und Küken aller möglichen Vögel auf Deck fielen. Als sich schließlich zwei lärmende, freche Affen mit riesigen Schwänzen von Tau zu Tau der Galeone schwangen, war der Kapitän einem Herzinfarkt nahe.

»Fuori, fuori!« jaulte er in höchster Erregung. *»Andate via, maledetti!«*

Es konnte keinen überraschen, daß ein strenger Kapitän der venezianischen Flotte die Nerven verlor, wenn

Makaken sein Schiff überfielen. Je aufgeregter er wurde, desto mehr mußten alle, die ihm zusahen, lachen, wie er vergebens lärmende Eindringlinge verfolgte, die ihm drohend die Zähne zeigten oder komische Grimassen schnitten.

Die meisten Seeleute empfanden die unerwartete Fahrt auf dem Fluß als neue, eindrucksvolle Erfahrung. Der Dschungel, der dichteste, grünste und undurchdringlichste aller afrikanischen Urwälder, schien unmittelbar vor den Bordwänden der Schiffe zu beginnen: eine Mauer aus Stämmen, Blättern und Lianen, die sich in der Ferne aus dem Blick verlor. Jeden Augenblick konnte er sich über ihnen schließen und sie verschlingen.

Millionen Vögel flogen auf und überzogen den Himmel mit Kreischen und Farben, überrascht, ja fast empört, daß so merkwürdige Kerle es wagten, in ihr Revier einzudringen, das immer unberührt geblieben war.

Was hatten diese schweren Kriegsmaschinen mit den leichten Kanus der Eingeborenen gemein, die sich Jahr für Jahr in die Mündungsarme des Deltas wagten?

Wer hatte ihnen erlaubt, über den Fluß hängende Äste zu brechen und dabei Nester ins Wasser zu stoßen, die sie mit soviel Mühe und Liebe gebaut hatten?

Und aus welch seltsamem Grund störten sie ein Gleichgewicht, das die Natur in Jahrtausenden geschaffen hatte?

Ein Warnruf erschallte.

Der riesige bedächtige baskische Zimmermann nahm zum ersten Mal seit Jahren seinen speckigen Strohhut ab, raste wie ein Irrer davon, machte schließlich einen lächerlichen Sprung und blieb über einem der Bugsporne hängen.

»*Mon Dieu! Mon Dieu!*« kreischte er. »Eine Viper!«

In der Tat war eine schwärzliche, über einen Meter lange Schlange genau auf seinen Hut gefallen und kroch jetzt zwischen Segeln und Tauen hindurch, um Zuflucht unter einer Kanonenlafette zu suchen.

Alles stob in Panik auseinander. Erst nach über zehn Minuten gelang es dem beherzten Obermaat, eine kleine Gruppe furchtsamer Freiwilliger zusammenzustellen, die sich mit großen Enterhaken bewaffneten, um das vorwitzige Reptil aus seinem Versteck zu holen.

»Ist sie giftig?« fragte Celeste. Sie verfolgte das Schauspiel von ihrem Posten auf dem Achterkastell aus.

»Woher sollen wir das wissen, Señora?« jammerte Silvino Peixe, der zur »Expedition« gehörte. »Für mich sind in diesem verfluchten Urwald alle Schlangen giftig.«

Mit Gottes Hilfe gelang es schließlich, nachdem viel gehüpft, gerannt und geflucht worden war, den unerwünschten Gast ins Wasser zu werfen. Während sie zusahen, wie sich die Viper über den Seerosen zum Ufer schlängelte, kommentierte Sancho Mendaña sarkastisch:

»Ich habe den Eindruck, dieses Abenteuer wird viel lustiger, als ich angenommen habe.«

»Lustig?« empörte sich Arrigo Buenarrivo. »Was soll an einer Invasion von Affen und Schlangen lustig sein? Wir sind doch wohl ein Kriegsschiff und keine Arche Noah.«

»Lieber Kapitän«, lautete die Antwort. »Wenn wir unseren Sinn für Humor verlieren, dann sind wir wirklich geliefert... Fasziniert es Euch nicht, daran zu denken, daß wir uns einen neuen Weg ins Herz Afrikas bahnen?«

»Ein anständiger Wasserweg würde mir schon reichen...!« grummelte der Venezianer. »Von Affen und Schlangen war nie die Rede.«

»Dann will ich mir gar nicht vorstellen, was für ein

Gesicht Ihr machen werdet, wenn der erste Gorilla auftaucht«, sagte der andere.

»Was ist ein Gorilla?«

»Ein fast zwei Meter großer Affe.«

»Das soll doch wohl ein Scherz sein?«

»O nein!« lautete die Antwort. »Fragt den Priester. Er behauptet, daß sie hier so zahlreich sind wie die Haie im Meer.«

Der kleine Mann schüttelte fassungslos den Kopf. Er schien das bißchen, was ihm an Haltung geblieben war, zu verlieren, und wandte sich schließlich an Celeste, der er mit dem Finger drohte:

»Ich warne Euch, wenn ein zwei Meter großer Affe auf mein Schiff fällt, dann fahre ich zurück nach Hause.«

»Sieh mal an, ich auch!« tönte es zurück, worauf der Kapitän nun doch lächeln mußte. »Aber keine Sorge«, fügte sie hinzu. »Soweit ich gehört habe, klettern Gorillas nur zum Schlafen auf die Bäume.«

»Und wann schlafen sie?«

»In der Nacht, nehme ich an.«

»Na, hoffen wir's!«

Die Fahrt ging weiter, Meter für Meter bahnte man sich unendlich vorsichtig einen Weg zwischen Ästen und Wasserpflanzen hindurch. Am späten Nachmittag hielt die Fregatte an, und der Zweite Offizier, der den Befehl über die Ruderer der *Sebastián* hatte, kehrte an Bord der Galeone zurück.

»Ich habe befohlen, in einer weiten, freien Schleife des Flusses zu ankern«, sagte er. »Ich halte das für einen guten Platz, um die Nacht zu verbringen.«

»Einverstanden«, nickte der Venezianer. »Je weiter weg von den Bäumen, desto besser.«

»Das habe ich auch geglaubt«, stellte der andere klar.

»Allerdings ist da etwas, was Ihr sehen solltet, bevor Ihr eine Entscheidung trefft.«

»Und das ist ...?«

»Na, das erzähle ich Euch besser nicht!«

Alle blickten erwartungsvoll drein, bis die *Dama de Plata* hinter dem Heck der Fregatte beigedreht hatte. Erst jetzt war der Blick auf die große Sandbucht frei, die sich an der kahlsten Stelle der weiten Biegung gebildet hatte. Sie war völlig bedeckt von über zwanzig riesigen Krokodilen, einige von ihnen weit über vier Meter lang.

»Verflucht noch mal!« rief Sancho Mendaña entgeistert aus. »Was für Ungeheuer!«

Der Venezianer ließ sich länger Zeit.

»Und in Gesellschaft dieser Bestien müssen wir übernachten ...?« wollte er wissen.

»Wenn sie nicht über eine Strickleiter klettern können, gibt es für uns wohl keine Gefahr«, gab Celeste zu bedenken.

»Und wer sagt mir, daß sie es nicht können?«

Gaspar Reuter, der sich der Gruppe angeschlossen hatte und mit gleicher Verblüffung das eindrucksvolle Schauspiel verfolgte, schüttelte ungläubig den Kopf.

»So was habe ich noch nie gesehen«, murmelte er. »Aber ich wünschte, alle unsere Feinde wären so groß!«

»Was wollt Ihr damit sagen?« wollte Sancho Mendaña wissen.

»Ich habe langsam den Eindruck, daß in diesen Sümpfen Gorillas und Riesenkrokodile längst nicht so gefährlich sind wie Fieber und Fäulnis. Die richten letztlich mehr Schaden an als alle wilden Tiere des Urwalds.«

»Trotzdem«, stellte Pater Barbas klar, »bin ich schon vor einiger Zeit zu folgendem Schluß gelangt: Wenn einer das Klima Jamaikas aushält, dann braucht er auch das afrikanische Klima nicht zu fürchten. Hier sterben weiße Europäer wie die Fliegen, nicht die weißen Amerikaner.«

»Und worin unterscheiden sie sich?« wollte Celeste wissen.

»In ihrer Lebensweise, nehme ich an«, erläuterte der Navarrese. »Und ich rede nicht von ihrer Kleidung, sondern von dem, was sie essen und trinken, und vor allem, wie sie Mückenstiche ertragen. Die afrikanischen Mücken, selbst die aus diesen Sümpfen, sind reine Amateure verglichen mit den jamaikanischen Moskitos, von denen selbst Kolumbus sagte, sie seien der grausamste Feind gewesen, mit dem er es jemals zu tun hatte.«

Vielleicht waren die Mücken der Region wirklich, wie Pater Barbas versicherte, »reine Amateure«, aber sie traten in Bataillonsstärke auf, als die Sonne hinter den Baumkronen unterging.

Dennoch war es ein magischer Anblick: Der dichte Urwald schien vor Leben förmlich zu explodieren. Zahllose bunte Vögel verdunkelten den Himmel, während sich Myriaden riesiger Fledermäuse, die bislang kopfunter an den höchsten Ästen gehangen hatten, in die Lüfte stürzten, um Insekten zu jagen.

Kurz darauf stimmte ein lärmendes nächtliches Orchester seine Instrumente: mit Gesängen, Rufen, Quaken und Brüllen. Man hätte glauben können, daß der Urwald tagsüber seine Siesta hielt und jetzt, nachdem die Sonne untergegangen war, die meisten Tiere beschlossen hätten, ihre Verstecke zu verlassen.

Die riesigen Krokodile glitten träge ins Wasser, große Fische sprangen in die Luft, um nach Libellen zu schnappen, und als es bereits stockfinster geworden war, tauchte ein gefleckter Leopard am Ufer auf, blieb dort ruhig stehen und beobachtete die törichten Eindringlinge.

Eine Stunde später funkelten die Augen der Krokodile im Licht der Bordfackeln wie glühende Kohlestücke, und alles nahm geradezu gespenstische Züge an, denn es war schon nicht mehr überraschend, sondern geradezu absurd, daß zwei Ozeanschiffe in einem schmalen Flußarm inmitten eines nahezu unerforschten Sumpfes ankerten.

Celeste Heredia lag auf dem riesigen Bett aus Ebenholz unter einem dicken Moskitonetz. Stundenlang konnte sie nicht schlafen, lauschte den Stimmen des Urwalds und fragte sich zum x-ten Mal, welch kranke Besessenheit sie dazu trieb, ihr Leben und das all derer, die sich entschlossen hatten, ihr bis ans Ende der Welt zu folgen, aufs Spiel zu setzen.

»Was mache ich hier?« fragte sie sich leise.

Und ein weiteres Mal erhielt sie keine Antwort.

Jean-Claude Barrière, den schon seit vielen Jahren niemand mehr so zu nennen wagte, schnaubte vor Wut.

Und wenn Mulay-Ali wütend war, dann zitterten Tausende Männer, Frauen und Kinder.

Und das Schlimmste daran war: In diesem Fall waren die grausamen, gefürchteten Wutanfälle Mulay-Alis völlig berechtigt, und das kam nicht oft vor.

Er herrschte über ein Imperium, und dieses Reich nährte sich von einem ständigen Warenfluß. Der sah so aus, daß Mulay-Alis Männer im Inneren Afrikas Sklaven einfingen und sie an die Küste trieben, wo gierige Kapitäne sich die wertvolle Ware streitig machten und gelegentlich mehr als das Hundertfache des anfänglich geforderten Preises zahlten.

Mit diesem Geld unterhielt er sein Heer und bezahlte die Kleinkönige. Diese arrangierten Kriege, die für den Nachschub an menschlicher Ware sorgten. Zur gleichen Zeit leistete er sich immer mehr Konkubinen und baute seine schöne Zitadelle aus, die allmählich zur wichtigsten menschlichen Enklave am rechten Ufer des Niger aufstieg.

Doch plötzlich drängelten sich an der früher viel befahrenen Küste keine Schiffe mehr, die auf Sklaven warteten, niemand zahlte für sie, und da man sie nicht in ihre fernen Herkunftsorte zurückschicken konnte, mußte man sie Tag für Tag ernähren. Dabei konnte keiner mit Sicherheit sagen, wann die Käufer wieder in die geschützten Buchten einlaufen würden.

Und ein junger, starker Sklave aß viel.

Und wenn man ihn nicht gut ernährte, dann hatte er bald schon keine Kraft mehr.

Und wenn er keine Kraft mehr hatte, dann zahlte am nächsten Morgen keiner auch nur eine müde Guinee für ihn. Diese Goldmünze hatten die Engländer einst geprägt, um mit ihr den Preis für einen Sklaven aus Guinea zu entrichten.

Monatelang über zweitausend junge Männer durchzufüttern und darauf zu hoffen, daß die Sklavenschiffe vielleicht eines Tages zurückkehren würden, war auf alle Fälle ein ruinöses Geschäft, und Jean-Claude Barrière war an ruinöse Geschäfte nicht gewohnt.

Von seinem Vater, dem kleinwüchsigen, verschlagenen, grausamen Gaston Barrière, hatte er eines gelernt, als er noch fast ein Kind war. Im schwierigen Sklavengeschäft galt nur eine Devise: einen Haufen Geld zu verdienen, auch wenn man dabei über die Leiche seiner eigenen Mutter gehen mußte.

Mulay-Ali hatte seine Mutter nie gekannt, aber stets vermutet, daß sein Vater Gaston Barrière sie als Sklavin verkauft hatte, als er sie satt hatte.

Ehrlich gesagt, Gaston Barrière hatte alle seine Mätressen verscherbelt, und die meisten seiner Söhne gleich dazu.

Er hatte ja so viele!

Im Frühjahr 1642 war Gaston Barrière in das stark befestigte, majestätische Casa-Mar gekommen, als Verwalter mit Generalvollmacht der Compagnie Marseillaise de l'Afrique Occidentale. Schon als er das erste Mal über die glitschige Treppe der Festung stieg, mußte er sich eines in den Kopf gesetzt haben: Lebend würde ihn dort keiner mehr herausschaffen.

Zu dieser Zeit war Casa-Mar noch eine moderne, imposante Festung, eine regelrechte mittelalterliche Burg. Man hatte sie auf einer kleinen steilen Insel errichtet, die wie ein natürlicher Wachturm die Sklavenküste beherrschte. An ihre Meerseite donnerten die wütenden Wellen des Atlantiks, zur Landseite hin öffnete sich eine weite stille Bucht.

Ähnliche Festungen hatten Franzosen, Holländer, Engländer und Portugiesen entlang der gesamten afrikanischen Küste errichtet, vom Südrand der Sahara bis zu den dichten Urwäldern Angolas, aber keine war für den Sklavenhandel so gut geeignet wie Casa-Mar, keine besaß eine so perfekte Lage.

Ihre dicken glatten Mauern waren über dreißig Meter hoch und mit über fünfzig großkalibrigen Kanonen gespickt. Nicht einmal eine Armee Lebensmüder hätte es geschafft, auch nur einen Fuß in die unbezwingbare Festung zu setzen, denn Casa-Mar war ein eigenes winziges Königreich.

Der ehrgeizige Mestize Gaston Barrière begriff das sofort. Schon nach einem Jahr kappte er die Bande mit dem Mutterhaus und schwang sich zum unangefochtenen Alleinherrscher auf dem Felsen auf. Wer bereit war, ihm dabei zu helfen, den bestach er mit Geld, wer auch nur den geringsten Widerstand zeigte, den ließ er von den Mauern ins Meer werfen und weidete sich daran, wie er von Haien zerfleischt wurde.

Schließlich schickte er Abgesandte zu den Kleinkönigen und arabischen Händlern im Inneren des Kontinents und machte ihnen folgendes Angebot: Er sei bereit, den bislang bezahlten Preis für einen Sklaven zu verdoppeln.

Außerdem würde er eine schöne Stange Geld für jede schöne Jungfrau drauflegen, die man der Sendung beifügen würde.

In den folgenden Jahren wurden Tausende von jungen Sklaven in den »Warenlagern« der riesigen Kauffahrtei umgeschlagen, und Hunderte zarter junger Mädchen gingen durch das riesige Bett des Korsen und wurden seine bedingungslosen und dankbaren »Untertanen«.

Das waren glorreiche Zeiten.

Die Schiffe aus Europa hatten Wein, Rum, Möbel, Silberteller, Goldguineen, edle Kleidung und alles, was ein Mensch sonst noch begehren konnte, an Bord. Vollgepackt mit »Ebenholz« bester Qualität, segelten sie weiter, nachdem man zwei Wochen lang in den prunkvollen Salons wilde Orgien gefeiert hatte, und das in einer äußerlich so streng wirkenden Festung, die innen allerdings eher einem irrsinnigen Bordell glich.

In dieses sittenlose Umfeld wurde der spätere allmächtige König vom Niger hineingeboren. Hier wuchs er auf: in einer Welt voller Trunkenbolde, nackter Frauen und Paare, die sich in jeder Ecke schamlos der Wollust hingaben. In dieser Welt der Dekadenz, der Korruption und des kollektiven Irrsinns gab es nur zwei Faustregeln: Stets hatten zehn Männer auf der uneinnehmbaren Terrasse Wache zu schieben, und niemals durfte man zulassen, daß die Trinkwasserreserven unter einen bestimmten Pegel fielen.

Beim Trinkwasser nahm es der alte Gaston Barrière sehr genau. Der einzige Zugang zur riesigen Zisterne, die man in den Felssockel der Festung geschlagen hatte, befand sich in der Mitte seines Schlafgemachs, und niemand hatte dort Zutritt, unter keinen Umständen.

Die Rinnen der schrägen Dächer mußten immer sauber

und frei gehalten werden, damit das Regenwasser ungehindert in die Zisterne laufen konnte. Und wenn zu Beginn der Trockenheit der Brunnen nicht bis zum Überlaufen voll war, dann mußten die schwarzen Diener Wasser aus den Küstenflüssen holen. Denn wenn der Korse vor etwas Angst hatte, dann davor, daß ihm eines Tages sein geliebtes Regenwasser fehlen könnte.

»In Afrika verbirgt sich der Tod im Wasser«, wiederholte er ein ums andere Mal geradezu besessen. »Im Wasser lauert der Tod, aber mich wird dieses Wasser niemals umbringen.«

Casa-Mar lag weitab von der Küste und den Moskitos. Eine sanfte Seebrise sorgte für ein recht mildes Klima, und da die Festung mit dicken Mauern und intelligent angelegten Luftschächten errichtet worden war, die einer natürlichen Klimaanlage gleichkamen, hatte das Leben dort nichts mit dem Leben auf dem Festland gemein. Daher war der energische Korse mehr als gerüstet, dafür zu sorgen, daß sein Reich weiterhin das blieb, was es in Wahrheit auch war: eine Insel fernab der Welt.

Wenn in den heißesten Stunden der heißesten Tage nicht einmal mehr das leiseste Lüftchen das Innere seines riesigen »Palasts« kühlte, dann schloß er sich in seinem Schlafzimmer ein, hob die viereckige Falltür, die mit einem dicken Riegel gesichert war und den Zugang zur Zisterne bildete, ließ eine Strickleiter hinunter und tauchte bis zum Hals in eisiges, sauberes Süßwasser ein. Dort blieb er gern so lange, bis ihm die Haut an den Fingern schrumpelig wurde.

»Das ist das Leben!« murmelte er dann, während er mit dem Nacken an die Leiter gelehnt vor sich hin döste. »Das ist das Leben!«

Das Bad war ihm ein doppelter Genuß, denn auf dem

Grund dieser Zisterne hütete er eifersüchtig Tausende von Goldguineen, die er in seinem langen Leben als Menschenhändler angehäuft hatte.

Über ihnen im Wasser zu treiben verschaffte ihm eine krankhafte Befriedigung. Ebenso faszinierend fand er es, eine Fackel bis zur Oberfläche des kristallklaren Wassers hinunterzulassen, so daß die schwarzen Felswände den märchenhaften goldenen Schimmer unzähliger Münzen, die auf dem Grund lagen, tausendfach zurückwarfen.

Anschließend schlief er über Wasser und Gold: seinen am meisten geschätzten Reichtümern. Solange er der Herr über beide Dinge war, davon war er überzeugt, konnte ihm nichts Schlimmes widerfahren.

Sein Sohn Jean-Claude – so viele hatte er gehabt mit so vielen Frauen! – kam eines schönen Tages in die Pubertät, und das mit der Gewißheit, daß sich sein geiziger Erzeuger um keinen einzigen Menschen auch nur einen Deut scherte und er, Jean-Claude, selbst nur einer der vielen verwahrlosten Knaben war, von denen es auf den Innenhöfen und Terrassen nur so wimmelte. Er brauchte nur auf einen der häufigen Augenblicke zu warten, in denen der weinselige Tyrann ihn im Suff an den erstbesten seiner gierigen Sklavenkapitäne verkaufen würde, mit denen er seine langen und lärmenden Orgien feierte.

Er hatte gesehen, wie viele seiner Stiefbrüder die lange Reise ohne Wiederkehr angetreten hatten und wie der Vater manche Stiefschwester, die schon »zu abgenutzt« war, Seeleuten geschenkt oder an der Küste ausgesetzt und ihrem Schicksal überlassen hatte. So machte er sich niemals Illusionen, was seine Zukunft betraf, auch wenn Gaston Barrière versichert hatte, daß er, Jean-Claude, sein »Lieblingssohn« sei, weil er mit etwas hellerer Haut geboren worden war.

Wenn sich der schmutzige Junge gelegentlich traute, danach zu fragen, wo seine Mutter geblieben war, dann sah ihn der verblüffte Korse lediglich an, wie man einen Schimpansen ansieht, der plötzlich das Sprechen gelernt hat.

»Und woher zum Teufel soll ich das wissen?« fuhr er ihn barsch an. »War doch nur eine Negerin.«

Mulatte oder Schwarzer, da gab es eigentlich keinen Unterschied, und wenn doch, dann scherte es die Herren von Casa-Mar wenig. Die waren alle weiß, in der Mehrheit Franzosen und bis zum letzten ungebildeten Kerl davon überzeugt, daß glattes Haar und helle Haut sie in diesem gottverlassenen Winkel eines Kontinents voller stinkender Barbaren zu Halbgöttern machte.

Aus diesem Grund und weil er völlig sicher war, daß er bald in den Laderäumen einer Brigg landen würde, nutzte Jean-Claude Barrière an einem heißen Morgen nach einer besonders wilden Nacht mit viel Rum und Frauen seine Chance. Während Gaston Barrière den rauhen Kapitän verabschiedete, mit dem er die Nacht durchgefeiert hatte, schlich sich der Sohn in das riesige Schlafzimmer und verbarg sich in einer Kiste voller luxuriöser Gewänder, mit denen der Vater während prunkvoller Zeremonien gelegentlich seinen Gästen imponierte.

Geduldig wartete er darauf, bis der erschöpfte Alte zurückkehrte und wie immer die schwere Tür aus Zedernholz hinter sich verriegelte. Dann hielt er den Atem an, bis er schließlich Wasser plätschern hörte.

Er schlüpfte leise aus seinem Versteck, schlich zum Eingang der Zisterne und blickte verstohlen hinunter.

Da war er, der verhaßte Alte, trieb mit geschlossenen Augen auf dem Rücken, den Nacken auf die Strickleiter gestützt, genoß sein Geld und sein Wasser und wartete darauf, daß sein von Alkohol benebeltes Hirn langsam klar wurde.

Ohne ein Geräusch zu machen holte der künftige König vom Niger eine scharfe Machete aus dem Gürtel und schnitt ganz sachte die beiden Enden der Strickleiter durch.

Als diese ins Leere fiel, blickte Gaston Barrière auf. Plötzlich war er hellwach.

»Was ist los?« fragte er aufgeschreckt, und als er sah, wie ihn der Junge von oben betrachtete, fügte er barsch hinzu: »Was zum Teufel machst du da?«

»Ich sorge dafür, daß du mich nicht verkaufst«, lautete die Antwort.

»Wer hat dir denn weisgemacht, daß ich dich verkaufen werde?« wollte der andere wissen.

»Niemand«, räumte sein Sohn ein. »Und das braucht mir auch keiner zu sagen, denn du springst mit deinen Leuten um, wie du willst.« Er blinzelte ihn schelmisch an, während er nach dem anderen Ende der Strickleiter griff. »Aber damit ist Schluß.«

»Was hast du vor?«

»Dich da unten zu lassen, bis du ersäufst. Und dabei bedeutet das Wasser für dich doch Leben.«

»Du könntest deinen eigenen Vater umbringen?« heuchelte Gaston Barrière Empörung. Es war ein verzweifelter Versuch, sich aus seiner überaus mißlichen Lage zu befreien.

»Natürlich!« lautete die ehrliche Antwort. »Und ich schwöre dir, niemals mehr werde ich einen Menschen mit soviel Genuß töten.«

»Wir sehen uns in der Hölle!«

»Da kannst du sicher sein.«

Er schloß die Falltür, ließ ihn in der Finsternis zurück,

schob den schweren Bolzen vor, verriegelte das Schloß und verbarg den Schlüssel in einem Krug.

Dann ging er seelenruhig zu einem schweren Tisch aus Mahagoni, öffnete eine kleine Schublade und nahm zwei schwere Pistolen mit Perlmuttgriff heraus. Mit denen hatte sich der Tyrann gerne geschmückt, wenn er die Größe seiner Macht demonstrieren wollte.

Mit den Waffen in der Hand ging er in das Zimmer, in dem der stellvertretende Kommandeur der Casa schnarchte, ein lüsterner Türke mit einem Kranichgesicht. Er drückte ihm ein Kissen aufs Gesicht und schoß ihm das Hirn in Stücke.

In einem engen Gang traf er auf einen fetten schmierigen Dänen, dem er wortlos mit der Machete den Bauch aufschlitzte. Zwei Griechen, die kurz darauf seinen Weg kreuzten, schnitt er hinterrücks die Kehle durch, bevor sie auch nur Piep sagen konnten.

Danach schlich er auf Zehenspitzen die steile Steintreppe hinunter, um von innen die schwere Eisentür zu blockieren, die zur Dachterrasse hinausführte. Schließlich versammelte er ein Dutzend seiner Stiefbrüder und führte sie zur Waffenkammer, wo er jedem von ihnen ein Gewehr in die Hand drückte.

»Jetzt sind wir die Herren«, sagte er. »Massakriert die Weißen!«

Keiner blieb am Leben. Zwar verbarrikadierten sich die zehn Wachposten auf der Terrasse, doch am dritten Tag zwang sie der Durst, sich ins Meer zu stürzen, um schwimmend die ferne Küste zu erreichen.

Erschöpfung und Haie machten ihnen den Garaus.

So endete die Tyrannei des Königs von Casa-Mar, und es begann die seines Sohnes, des künftigen Königs vom Niger, denn die Tatsache, daß die Brüder Barrière ihre

Herren vernichtet hatten, bedeutete keineswegs, daß sie auch nur im entferntesten daran gedacht hätten, den lukrativen Sklavenhandel zu beenden.

Zwar waren sie Mulatten, die sich in der Hautfarbe nicht übermäßig von ihren Nachbarn an der Küste unterschieden, doch auch für sie waren die »Schwarzen« nach wie vor eine wertvolle Ware. Weiße Kapitäne zahlten dafür, ohne auf die Hautfarbe des Verkäufers zu achten. So blieb Casa-Mar auch weiterhin ein wichtiges Zentrum dieses Tauschhandels, wie es das schon zu Lebzeiten seines verabscheuten Vaters gewesen war.

Nur die Zahlungsweise änderte sich. Jean-Claude Barrière verlangte für das wertvolle Menschenfleisch keine edlen Weine, luxuriösen Kleider, Silberteller oder schweren Möbel, sondern einzig und allein Goldmünzen oder die modernsten Waffen, die man auf dem Markt finden konnte.

Als er siebzehn Jahre alt geworden war, hatte er weder jemals das Festland betreten noch einen Baum aus der Nähe gesehen, aber er bereitete sich ganz bewußt auf den Tag vor, an dem er sich dazu entscheiden sollte, einen ganzen Kontinent zu erobern.

Er war ein ehrgeiziger und aufgeweckter Junge.

So ehrgeizig und aufgeweckt, daß er eines bald begriff: Der Sklavenhandel lag in der Hand der weißen Kapitäne und der arabischen Kaufleute. Ein weißer Kapitän konnte er nun einmal nicht werden, aber die arabischen Händler sahen die vielen Schwarzen vom Stamm der Fulbe, die zum Islam übergetreten waren, als gleichrangig an, und so sah er den Augenblick für gekommen, sich öffentlich zum glühenden Anhänger Allahs zu erklären.

Von heute auf morgen verlangte er, daß man ihn

Mulay-Ali nennen sollte, Diener Allahs des Großen, Einzigen und Barmherzigen, und Geißel der Ungläubigen.

In seiner leidenschaftlichen Bekehrung riß er die meisten seiner Stiefbrüder, Sbirren, Ehefrauen und Konkubinen mit sich, denn die Weinfässer seines Vaters hatte er gleich nach seiner Machtübernahme ins Meer werfen lassen, dessen Geliebte jedoch mitnichten.

Kurz darauf ließ er aus dem fernen Ibadán einen bekannten Marabut kommen, den er mit Reichtümern überhäufte, damit dieser ihm Weisheit eintrichterte. Schließlich wog er noch die Dienste eines schottischen Oberst in Gold auf, damit dieser einige »Freiwillige« in den Kriegskünsten unterwies. Exerziert werden mußte auf der von Zinnen gesäumten Dachterrasse.

Der Schotte war degradiert worden, weil er für die Soldaten wesentlich mehr übrig hatte als für die Armee. Nach Afrika hatte ihn der Duft jungen Fleisches gelockt: »Appetitliche schwarze Schafe, die nur darauf warteten, verschlungen zu werden.« Nun fühlte er sich wie im siebten Himmel. Jetzt hatte er soviel junges Fleisch und so viele schwarze Schafe zur Verfügung, wie er nur wollte.

Er war ein großer, fast riesiger Dickwanst, der reichlich lächerlich aussah mit seinem karierten Schottenrock, seinem blütenweißen Hemd und seinem riesigen violetten Turban. Oberst MacLean fackelte nicht lange, das erste weiße »Vorbild« der vielen zu werden, die Jahrhunderte später Afrika im Sturm nahmen. Und es zeigte sich schon vom ersten Augenblick an, daß er sein Handwerk verstand. Wenn er nicht auf allen vieren zugange war, sondern aufrecht seine beneidenswerte Statur zeigte, dann war er in der Tat ein richtiger Mann mit Haaren auf der Brust.

Mit seiner Peitsche, dem langen sonnengebleichten Schwanz eines Teufelsrochens, seinen Riesenpranken und seinen polierten Pistolen, die an seinem Gürtel schimmerten und die er mit teuflischer Zielgenauigkeit abfeuerte, setzte er binnen Tagen eine eiserne Disziplin unter den »Soldaten« durch, die Mulay-Ali unter den Sklaven zu »rekrutieren« pflegte. Letztere wurden entweder mit einem Brandzeichen auf der Brust in eine unbekannte Welt verschifft, aus der niemand jemals wiederkehrte, oder hatten die Chance, mit einem Brandmal auf dem Arm zur Elite eines zukünftigen Expeditionskorps zu gehören, das gut bewaffnet und noch besser ernährt wurde. Da fiel die Wahl nicht schwer.

Gleichzeitig hatte der helle Mulatte alle möglichen Informationen über das Festland gesammelt. Er befragte die Sklaven oder zog den arabischen Händlern Auskünfte aus der Nase. Zwei Jahre nach dem schrecklichen Tod von Gaston Barrière war der Sohn dann in der Lage, endlich den kahlen Felsen zu verlassen, auf dem er bis dahin seine schwierige Existenz gefristet hatte.

Er bemannte ein halbes Dutzend Sklavenschiffe, die auf der Suche nach Handelsware gekommen waren, und befahl ihnen, an den offenen Stränden von Cotonou zu landen. Von dort aus fiel er wie ein Falke über die ahnungslose Seestadt Ganvié her. Deren mächtiger König, Kujami-Sawam, hätte sich nicht einmal im Traum vorstellen können, daß tausend bis an die Zähne bewaffnete Männer sich plötzlich auf die angeblich sicherste Stadt des Kontinents stürzen könnten.

Denn Ganvié war ein primitives Venedig, eine Pfahlsiedlung inmitten eines Sees. Dieser war von hohen Schilffeldern umgeben: einem Labyrinth aus Wasserschleifen und Kanälen. Daher galt die Stadt mit Recht als einer der unzugänglichsten Orte der Welt. Kein Feind konnte auch nur so nahe herankommen, daß er aus der Ferne die stolzen Bauten hätte ausmachen können.

Trotzdem überwand eine große Armee langer Kanus mit je zwanzig Sklaven des eigenen Volks, die Kujami-Sawam früher einmal an einen Händler der Haussa verkauft hatte, still und heimlich die tausend Biegungen der riesigen Lagune und erschien vor der schönen Seestadt, als fast alle ihre Einwohner friedlich in der mörderischen Mittagshitze schliefen.

Was folgte, war ein regelrechtes Massaker.

Drei Stunden später färbte das Blut von zweihundert Yoruba-Kriegern die Kanäle der Stadt rot, und der eben noch so stolze und mächtige Kujami-Sawam hing mit dem Kopf nach unten am höchsten Ausguck seines primitiven Palasts und mußte hilflos dabei zusehen, wie eine Bande brutaler Wilder seine dreißig Frauen und 45 Töchter immer wieder schändeten und mißhandelten.

Am nächsten Tag ließ Mulay-Ali ihn in einen großen Käfig knapp über der Wasseroberfläche stecken, in dem an die zwanzig hungrige Schweine grunzten und quiekten.

Kujami-Sawam starb erst nach einer halben Stunde, als ihn die Bestien bereits größtenteils verschlungen hatten, und noch heute, dreihundert Jahre später, lebt sein Tod in der Erinnerung als schlimmste Agonie fort, die jemals ein König der Region erdulden mußte.

Von diesem Tag an war Ganvié die erste Hauptstadt des jungen Reichs von Mulay-Ali. Unter dem Befehl des tatkräftigen und fixen Ian MacLean drangen seine Heere immer tiefer in die angrenzenden Territorien vor. Bei ihrer Rückkehr stießen sie lange Reihen von Schwarzen in Ketten vor sich her.

Die Fähigsten durften ihre Zukunft selbst wählen, der Rest wurde gegen Gold, Gewehre, Pulver und Kanonen eingetauscht. Und sofort startete man eine neue Razzia, die sie schließlich bis ans Ufer des großen Niger führte.

»Hier liegt die Zukunft«, urteilte der schlaue Schotte, als er seinen Blick über die riesige Wasserstraße schweifen ließ. »In Ganvié werden wir immer nur Sklavenjäger sein, aber wenn wir uns hier niederlassen, dann gründen wir ein wahres Imperium. Der Niger ist die Lebensader der Region.«

Mulay-Ali brauchte vier Monate, um sich zu entschließen, die Wasserwelt von Ganvié aufzugeben, in der er sich wohl fühlte. Einen ersten Schritt machte er schließlich, weil er davon überzeugt war, daß ihn andernfalls seine eigenen Leute in seinem zerbrechlichen Seereich seinem Schicksal überlassen würden.

»Wenn ein Sohn heranwächst, müssen wir ihm neue Sandalen geben«, gab ihm der weise Marabut zu bedenken, den er aus Ibadán hatte kommen lassen. »Und wenn er nicht wächst, verknöchert er bald und stirbt. Wenn du wirklich ein König sein willst, dann stell dich an die Spitze deiner Heere und marschiere voran. Wenn du es nicht tust, dann tut es ein anderer.«

»Wer?«

»Was spielt das für eine Rolle?« murmelte der Alte übellaunig. »Wenn jemand so dumm ist, die Macht aus der Hand zu geben, dann gibt es immer einen, der bereit ist, sich ihrer zu bemächtigen, und Verrat begeht nie der, den du verdächtigst, sondern der, von dem du es am wenigsten erwartest.«

»Ich nehme an, mein Alter wäre nie darauf gekommen, daß ihn ausgerechnet sein ›Lieblingssohn‹ in der eigenen

Zisterne einsperren würde«, gab Jean-Claude Barrière mit dem Anflug eines Lächelns zu, was bei ihm selten war. Anschließend fragte er wie beiläufig: »Glaubst du, daß er ertrunken oder an der Kälte gestorben ist?«

»Weder das eine noch das andere«, befand der Alte. »Er ist gestorben, weil Allah entschieden hatte, daß seine Stunde gekommen war.«

»Und wenn ich dir jetzt in diesem Augenblick den Kopf abschlagen würde?«

»Dann würdest du nur Seinen Willen erfüllen, denn das hieße, daß er verfügt hat, daß dies der letzte Tag meines Lebens sein soll.«

»In diesem Fall wäre ich für deinen Tod nicht verantwortlich, denn er wäre mir befohlen worden.«

»Allah befiehlt nicht. Er gibt dir die Freiheit zu handeln, aber da er alles weiß, weiß er auch, wie du dich verhalten wirst.«

»Weiß er also auch, ob ich zum Niger marschieren werde?«

Der Alte nickte überzeugt.

»Das weiß er.«

»Und du? Weißt du es auch?«

»Ich auch.«

»Hat es Allah dir vielleicht enthüllt?«

»Mitnichten. Das warst du selbst. Wenn ich nach so langer Zeit nicht wüßte, wie du reagierst, dann hätte ich keinen Grund, länger an deiner Seite zu bleiben.«

»Die Vorstellung gefällt mir nicht, daß einer, nicht einmal du, im voraus weiß, was ich tun werde«, befand Mulay-Ali. »Das macht mich verwundbar.«

»Mich noch mehr«, entgegnete der andere.

Der Mulatte blickte seinen alten Meister neugierig an, dachte besonders lange über die wahre Bedeutung der

Antwort nach und ließ schließlich ein kurzes Lachen hören.

»Du hast recht!« räumte er ein. »Sehr recht!«

Eine Woche später verließen seine »Bataillone« die Seestadt Ganvié, um ihren langen Marsch durch Urwälder, Flüsse, Sümpfe, Berge und Ebenen zu beginnen. Den gut ausgerüsteten Truppen des mächtigen Königs von Abomey gingen sie dabei aber lieber aus dem Weg. Auf ausdrücklichen Wunsch des Weisen machten sie auch einen Bogen um die bevölkerungsreichen Städte Ibadán und Benin.

An der Spitze der Männer von Mulay-Ali marschierte der Schotte Ian MacLean, gefolgt von einem halben Dutzend eingeborener Dudelsackbläser, die man in Edinburgh wegen »musikalischer Majestätsbeleidigung« aufgehängt hätte. So bahnten sie sich mit Blut und Feuer ihren Weg durch die Territorien der Yoruba, dann der Ibo, wobei sie auf ihrem Marsch so viele Sklaven wie nur möglich ergriffen und die örtlichen Häuptlinge zwangen, dem Mann absolute Treue zu schwören, der zum unangefochtenen Monarchen der Region auserkoren worden war.

Fünftausend bestens ausgerüstete Männer und sechzig Kanonen mittleren Kalibers waren in der Tat eine eindrucksvolle Kriegsmacht, die auf ihrem Marsch nur verwüstete Felder, verbrannte Dörfer und zerstörte Familien zurückließ. Die Jungen legte man sofort in Ketten, während die Alten oder die Kinder entweder starben oder ihrem Schicksal überlassen wurden, je nachdem, mit welchem Fuß der Mulatte am Morgen aufgestanden war.

Wenn der ermüdende Marsch, auf dem man Kanonen oder Munitionskisten auf den Schultern schleppte, die Träger völlig erschöpft zusammenbrechen ließ, ließ ihnen Mulay-Ali scharfe Pfefferschoten in den After stecken. Half dieses schnelle und grausame Mittel nichts und sprangen die Männer nicht sofort wieder auf die Beine, dann ließ er ihnen mit der Machete die Köpfe abschlagen.

Historiker versichern, daß in den drei Jahrhunderten, in denen der Sklavenhandel seine größte Blütezeit erlebte, über hundert Millionen Afrikaner direkt oder indirekt unter den schrecklichen Folgen litten. Zwar ist die Zahl in dieser Höhe nur sehr schwer zu bestätigen, Tatsache ist aber, daß die Brutalität, die der Mulatte Jean-Claude Barrière auf seiner gesamten unseligen Reise durch die Territorien des Golfs von Guinea demonstrierte, den dortigen Einwohnern als trauriger Meilenstein der Grausamkeiten im Gedächtnis blieb.

Eine Welt, die seit Urzeiten vom Schrecken beherrscht wurde, mußte plötzlich erfahren, was es hieß, ohnehin verschreckte Menschen mit geradezu grotesk übertriebener Brutalität zu terrorisieren. Das ging so weit, daß einige Menschen schließlich sogar das Schicksal, auf ein stinkendes Schiff verschleppt und ans andere Ende des Ozeans zum Sterben geschickt zu werden, geradezu als Erlösung ansahen.

In der Ikonographie der Kulturen der Ibo, Fulbe, Bamileke und Yoruba findet man noch Skulpturen und Bilder, die den König vom Niger zeigen, wie er auf einem Sessel thront, der von zwanzig Sklaven auf den Schultern getragen wird. In der einen Hand hält er eine Lanze, in der anderen eine Fackel: die unmißverständlichen Symbole für Zerstörung und Tod, was er beides stets hinter sich zurückließ.

Er war wie ein göttlicher Fluch, ein wahrer Erzengel des Schmerzes. Nachdem er vier Monate später die Stelle erreicht hatte, die der Schotte ausgewählt hatte, zwang er die Sklaven, Tag und Nacht für den Bau der stolzen Festung zu schuften, um schließlich auf den Zinnen seine Kanonen aufzustellen und sich selbst zum unangefochtenen Souverän eines Reichs zu krönen, das in keiner Himmelsrichtung Grenzen zuließ.

Aber jetzt, zwölf Jahre später, als er sich auf dem Höhepunkt seines Ruhms und seiner Macht befand, war ein idiotisches Schiff dabei, seinem Reich ein Ende zu setzen, nur weil es seine wichtigsten Nachschubwege blockierte.

Und der Mulatte wußte besser als jeder andere, daß ohne die gefürchtete, moderne und mächtige europäische Bewaffnung seine Macht wie Wachs in der Sonne dahinschmelzen würde.

»Aber warum tun sie das?« fragte er ein weiteres Mal und wandte sich an den Schotten MacLean, den der Mangel an Munition ebenfalls außerordentlich beunruhigte. »Was wollen die denn?«

»Den Handel mit Sklaven beenden«, lautete die Antwort.

»Aber warum? Es sind doch nicht einmal Schwarze.«

»Offensichtlich gibt es Weiße, denen es nicht paßt, daß andere Menschen Sklaven sind«, kommentierte sein Gegenüber und strich sich den karierten Rock glatt, was er stets zu tun pflegte, wenn er ungeduldig wurde. »Nicht einmal Schwarze.«

»Das gibt's doch nicht«, behauptete der Mulatte überzeugt. »Nur ein Sklave kann vernünftigerweise gegen die Sklaverei sein. Es muß ein anderes Motiv geben.«

Aber sosehr er auch suchte und fragte, er fand keine überzeugende Antwort auf die Tatsache, daß es gewissen Menschen nicht im geringsten gefiel, die Herren über Leben und Freiheit anderer Menschen zu sein.

Schon gar nicht, wenn es Schwarze waren.

Das stimmte nicht mit dem überein, was er als Kind gesehen und gelernt hatte, und die Tatsache, daß er es nicht verstehen konnte, versetzte ihn in Rage.

Yadiyadiara hatte ihren Vater, ihren Ehemann, drei Brüder, drei Söhne und zahllose Verwandte an die Sklavenhändler verloren.

Wenn ein geliebtes Wesen stirbt, hinterläßt es eine große Leere und einen tiefen Schmerz, der nur langsam vergeht. Wenn man aber weiß, daß dieses geliebte Wesen sehr weit fort ist und vielleicht Schlimmeres erdulden muß als den Tod, weil man es alle Qualen der Hölle erleiden läßt, dann wird aus Leere und Schmerz eine dumpfe Wut, ein verzweifeltes Gefühl der Ohnmacht. Am liebsten würde man dem Menschen, der an diesem Unrecht die Schuld trägt, die Augen ausreißen und die Haut in Streifen abziehen.

Als die Sklavenjäger das erste Mal ihr Dorf verwüsteten, um ihren Vater und ihren ältesten Bruder zu verschleppen, da zählte Yadiyadiara sieben Jahre. Beim zweiten Mal war sie kaum zwölf Jahre alt, doch da vergewaltigte man sie schon und ließ sie schwanger zurück. Von nun an verging kaum ein Sommer, in dem nicht die Männer von Mulay-Ali ihrer elenden Siedlung einen routinemäßigen Besuch abstatteten. Ein Dorf war das nicht mehr, denn dort lebten nur noch einige ausgehungerte Greise, erschöpfte Frauen und abgemagerte Kinder, die bei früheren »Routinebesuchen« gezeugt worden waren.

Der jahrhundertelange Sklavenhandel auf dem Schwarzen Kontinent hinterließ nicht nur bittere Erinnerungen im Gedächtnis derer, die ihn erdulden mußten. Schlimmer war noch, daß aus dem grausamen Unrecht langsam Gewohnheit wurde, eine Lebensweise, die Millionen von Menschen zu akzeptieren hatten, so normal und selbstverständlich wie Krankheit und Tod.

Nur Kinder, Alte, Krüppel oder Sieche blieben vom Ebenholzhandel verschont, allerdings nicht von den unendlichen Leiden, die dieses »Geschäft« verursachte. Denn ohne Männer, die jagten, fischten oder das Land bestellten, war der Rest der Gemeinschaft unweigerlich zum Hunger verdammt.

Eine soziale Organisation, deren wichtigste Arbeitskraft immer schneller dahinschmolz, mußte zwangsläufig ins Elend führen. Die Felder, die man in Jahren urbar gemacht hatte, trugen keine Früchte mehr, die Bewässerungskanäle, die man über Generationen hinweg angelegt hatte, verfielen, und die Herden, die von Vater zu Sohn gewachsen waren, weideten nicht mehr. Damit ging die Arbeit von Jahrhunderten verloren.

Die zurückgebliebenen Alten hatten nicht mehr die Kraft, die Felder zu pflügen, gleichzeitig aber auch keine Knaben mehr, denen sie es beibringen konnten. Zur gleichen Zeit ging den Knaben, die man fern ihrer Heimat verschleppt hatte, der weise Rat der Alten verloren: Das tiefe Wissen, das ihr Volk im Lauf der Zeit angesammelt hatte, wurde nicht mehr übermittelt.

Eine Kette zerbrach.

Paradoxerweise sprengten die Ketten der Sklaverei das, was eine Generation mit der nächsten verband. Jahrhunderte unaufhörlicher Razzien schwächten in weiten Teilen Afrikas die traditionellen Kulturen so sehr, daß sie schließlich fast ganz verschwanden.

Fertigkeiten, Erfahrungen und Geheimnisse, die man

in allen Bereichen des menschlichen Wissens hätte weitergeben können, gerieten in Vergessenheit. Ebenso ging die Geschichte der einzelnen Gemeinschaften verloren, ja sogar das Wissen um den tieferen Sinn des Lebens oder die mythische Herkunft der Götter.

Was die »zivilisierten« weißen Nationen den afrikanischen antaten, war nicht so sehr ein »Völkermord«, wie man ihn heute versteht, eher eine systematische Zerstörung der kulturellen Identität, bis nichts mehr einen Sinn machte.

Natürlich dachte eine einfache Frau wie Yadiyadiara nicht in diesen Begriffen, sosehr sie auch alles am eigenen Leib erlitten hatte. Sie war sich jedoch völlig bewußt, daß ein ständiger wie die Seuchen wiederkehrender göttlicher Fluch ihre kleine Welt buchstäblich zermahlte.

Yadiyadiara war es müde anzusehen, wie ihre Brüder und Söhne vor Schmerz aufheulten, wenn ihnen ein rotglühendes Eisen das Fleisch verbrannte.

Der Geruch dieses geliebten Fleisches, das man da verschmorte, würde sie bis ins Grab verfolgen und verstärkte ihre Ohnmacht. Gleichzeitig verlieh er ihrem Leben einen Sinn und hielt ihren Haß lebendig wie jetzt, da sie geräuschlos durch das Dickicht von Dornbüschen, Mangroven und Lianen glitt und nach den verabscheuten Feinden ihrer Rasse suchte.

Ihre Hand klammerte sich um die spitze Lanze, mit der ihr Vater einst Leoparden entgegengetreten war. Yadiyadiara »wußte«, sie würde keinen Augenblick lang zögern, diesen Speer in das Herz des ersten Sklavenjägers zu bohren, der ihren Weg kreuzte.

»Niemand darf erfahren, daß wir im Delta sind«, hatte ihr Celeste Heredia eingeschärft. »Und schon gar keiner darf Mulay-Ali warnen.«

»Keiner wird das tun!« lautete ihre entschlossene Antwort.

Um ihr Versprechen einzulösen, bildeten vierzig Frauen, die in kleine Grüppchen aufgeteilt waren, die Vorhut der Schiffe. Nicht das kleinste Detail, das in den Sümpfen geschah, entging ihnen.

Hinter sich ließen sie alleinstehende Hütten mit bettelarmen Familien. Diese hatten sich im tiefsten Winkel der ungesunden Sümpfe versteckt: ein verzweifelter Versuch, sich vor den Sklavenjägern in Sicherheit zu bringen. Yadiyadiara war felsenfest entschlossen – und dafür sorgte sie auch –, daß keine Menschenseele ihrer Vorhut enteilte. Gleichzeitig ließ sie alle großen Trommeln zerstören, die über weite Entfernungen hin die Nachricht von der Anwesenheit der Schiffe hätten verbreiten können.

Fünf Tage lang zogen sie nun schon durch das Delta, und alles lief wie geplant. Dann stießen sie an einem Vormittag plötzlich auf eine weite Lagune, die aufgrund ihres dichten Seerosenteppichs an eine riesige Wiese erinnerte. Hohe schlanke Palmenstümpfe ragten heraus, die an die dreißig armselige, wackelige Seehütten stützten.

»Was nun?« sorgte sich ihre jüngste Tochter. Ihr war es nicht entgangen, daß sie auf eine recht bedeutende menschliche Siedlung gestoßen waren. »Wollen wir zu den Weißen zurückkehren, damit sie uns helfen?«

»Erst finden wir mal heraus, was das für Menschen sind«, urteilte ihre Mutter. »Geh um die Lagune herum und pirsch dich so nahe heran wie möglich. Wenn sie dich fangen, dann sage lediglich, daß du auf der Flucht vor den Leuten von Mulay-Ali bist.«

Geräuschlos verschwand das Mädchen im Dickicht. Nach einer guten Stunde kam sie außer Atem zurück, sank zu Boden und seufzte:

»Es sind Leprakranke.«

»Leprakranke ...?« wiederholte ihre Mutter. »Das ist doch nicht möglich!«

»O doch!« beharrte die andere. »Die meisten sehen schrecklich aus, und einige sind blind. Was sollen wir tun?«

»Celeste wird es schon wissen.«

»Leprakranke ...?« wiederholte Celeste Heredia entsetzt, als ihr die gute Frau erzählte, was sie entdeckt hatten. »Gott steh uns bei! Was sollen wir jetzt machen?«

»Ich nahm an, das weißt du«, kommentierte die Yoruba-Frau lapidar. »Du weißt doch alles.«

»Ich habe nie behauptet, alles zu wissen«, protestierte sie niedergeschlagen. »Schon gar nicht über Aussätzige! Heiliger Herr im Himmel!« jammerte sie. »Wenn das die Männer erfahren, dann drehen sie um und kehren zum Meer zurück. Mist, verdammter!«

Sie ging in der großen Messe auf und ab. Vergeblich rang sie sich vor ihrer überraschten Besucherin ein gelassenes Gesicht ab. Nach einem ärgerlichen Grunzen reckte sie die Faust gen Himmel, steckte den Kopf aus der Tür und rief so laut, daß es einem fast die Ohren betäubte:

»Alle Offiziere zu mir ...! Sofort!«

Der Offiziersstab an Bord nahm etwas perplex dieses schroffe Benehmen zur Kenntnis. Das war man nicht gewohnt von einer Frau, die ihre Gefühle stets im Zaum hielt. Aber alle reagierten ähnlich, als sie von dem Lepradorf hörten.

»Potzblitz ...!«

»Verdammt ...!«

»Teufel noch mal ...!«

»Erst die Pest und jetzt die Lepra.«

»Und an denen müssen wir unbedingt vorbei?«

Stumm blickte Celeste Yadiyadiara an, die überzeugt nickte.

»Der Fluß bildet einen großen See, aber das Dorf liegt am nördlichen Zufluß. Das macht auch Sinn, denn dort sammeln sich in den Akadjas die Fische, die stromabwärts schwimmen.«

»Was ist eine Akadja?« wollte Miguel Heredia wissen.

»Eine Falle aus großen Ästen, die man spiralförmig in den Seegrund steckt. Die Fische geraten hinein und schwimmen im Kreis, ohne einen Ausgang zu finden. Sind die Fallen voll, dann schließt man sie und zieht sie hoch. Auf diese Weise überleben auch kraftlose Kranke.« Sie stieß einen sorgenvollen Seufzer aus: »Das Problem liegt darin, daß wir einige der Hütten zerstören werden, wenn wir mit unseren riesigen Schiffen daran vorbeifahren.«

»So nahe liegen sie am Wasser?«

»Sie liegen nicht am Wasser, sondern im Wasser. So vermeidet man die Angriffe wilder Tiere.« Die Eingeborene sah sie der Reihe nach an und fügte hinzu: »Die Leprakranken wissen sehr wohl, daß sie von den Menschen nichts zu fürchten haben, aber Krokodile und Löwen fressen sie ebenso leicht wie alle übrigen Sterblichen.«

»Und werden die nicht krank?«

Etwas perplex schaute die gute Frau Hauptmann Sancho Mendaña an, der diese absurde Frage gestellt hatte. Einige Augenblicke lang schienen ihr die Worte zu fehlen.

»Bis heute habe ich noch keinen aussätzigen Löwen gesehen«, bekannte sie schließlich. »Allerdings sind mir in meinem ganzen Leben überhaupt nur vier unter die Augen gekommen. Warum fragt Ihr?«

»Weil ich gehört habe, daß man nicht genau weiß, wie die Lepra übertragen wird, und da habe ich mir gedacht, wenn man aussätziges Fleisch ißt...«

»Sancho, bitte!«

»Was ist los?«

»Die Situation ist schon heikel genug. Da brauchen wir uns nicht noch an morbiden Details zu weiden«, befand Celeste Heredia. »Was zählt, ist, wie wir es der Besatzung beibringen, ohne daß die das Weite sucht.«

»Am besten sagen wir gar nichts«, urteilte Arrigo Buenarrivo.

»Sie werden es auf jeden Fall erfahren.«

»Wie denn?« fragte der Venezianer. »Daß einer Lepra hat, sieht man nur aus nächster Nähe, und ich bin sicher, wenn wir in diese Lagune hineinfahren und einige Kanonen abfeuern, dann laufen die wie die Hasen und verstecken sich im tiefsten Urwald. In diesem Augenblick fahren wir vorbei, und damit hat es sich.«

»Und zerstören dabei ihre Hütten?« wollte der Engländer Reuter wissen. »Das finde ich nicht in Ordnung. Überhaupt nicht in Ordnung.«

»Ich auch nicht, aber ich garantiere dir, wenn wir ihnen als Entschädigung Stoffe, Töpfe, Macheten und Spiegel dalassen...« Der kleine Kapitän zögerte einen Augenblick und lächelte ein wenig: »Na schön, Spiegel nicht gerade, aber dafür Bier, Essen, Teller und alles, was wir sonst noch so an Bord haben und was sie anderweitig nie bekommen würden. Ich glaube, die werden nicht groß jammern, daß wir ihnen dafür einige Hütten zerstören.«

»Keine schlechte Idee«, gab der Engländer zu. »Mir an ihrer Stelle würde der Tausch gefallen.«

Sie sahen sich schweigend an, und schließlich wandte sich das Mädchen an Yadiyadiara.

»Was hältst du davon?« wollte sie wissen.

Die gute Frau stimmte mit einem breiten Lächeln zu.

»Jeder Afrikaner, ob aussätzig oder nicht, kann eine Hütte bauen. Aber für jeden Afrikaner, aussätzig oder nicht, sind die meisten dieser Objekte wahre Schätze.« Sie wies auf den schweren Vorhang an der hinteren Wand, der mit Goldbrokat bestickt war. »Für den allein würden die Frauen meines Dorfes drei Hütten errichten, und du könntest ihnen dabei eine Hand auf den Rücken binden.«

Celeste Heredia nickte mehrmals. Was die Eingeborene sagte, überzeugte sie.

»Einverstanden«, beendete sie die Diskussion. »Wir werden ihnen einen tüchtigen Schrecken einjagen, aber dafür sorgen wir, daß sie sich an den Tag, an dem wir bei ihnen vorbeigekommen sind, als an den glücklichsten ihres Lebens erinnern werden.«

Am nächsten Morgen tauchte die *Sebastián* in der Lagune auf, gab einige Warnschüsse ab, und wie erwartet stoben die Einwohner des elenden Dorfs in Panik in den tiefsten Urwald davon, den sie erst wieder verließen, als sie ganz sicher waren, daß von den »weißen Teufeln« und ihren ungeheuerlichen »schwimmenden Häusern« nichts mehr zu sehen war.

Aber als sie nach und nach zurückkehrten, entdeckten sie, daß sich zum ersten Mal in ihrem bitteren Leben, in dem es nur Elend und Schmerz zu teilen gab, die Götter der Güte und des Überflusses an sie erinnert hatten, denn das Flußufer war völlig bedeckt mit den schönsten und prachtvollsten Dingen, von denen sie je geträumt hatten. Dazu gab es alle möglichen Leckereien aus der Bordküche und drei Fässer dunkles Bier, mit denen man fröhlich den unerwarteten Besuch feierte.

Männer, Frauen und Kinder, die sich die Wunden mit Lumpen bedeckten und Tag für Tag nichts anderes als den ewig gleichen gegrillten Fisch aßen, sahen sich plötzlich als Besitzer von meterlangem rotem Tuch, Kasserollen, Messern, Äxten, Macheten und Körben voller Kekse, Käse, Dörrfleisch und sogar Krügen mit einem süßen Kompott, das sie vorher nicht gekannt hatten.

Und an Bord der Schiffe waren rauhe Männer zum ersten Mal seit langer Zeit stolz auf sich selbst und über das Scherflein, das jeder von ihnen zur Freude der freudlosesten Geschöpfe dieser Erde beigetragen hatte.

An diesem Nachmittag änderte der Spottsänger sein Lied.

»Männer an die Ruder!«

»Männer an die Ruder!«

»Rudert, Süßwassermatrosen!«

»Rudert, Süßwassermatrosen!«

»Ist der Arm auch noch so müde!«

»Ist der Arm auch noch so müde!«

»Hüpft uns doch das Herz vor Freude!«

»Hüpft uns doch das Herz vor Freude!«

Die Schiffe rührten sich.

»Wir suchen diesen Hurensohn!«

»Wir suchen diesen Hurensohn!«

»Und den, der ihn zum Teufel schickt!«

»Und den, der ihn zum Teufel schickt!«

Immer stärker schlugen die Ruder im Takt.

»Unsere Silberdame ...!«

»Unsere Silberdame ...!«

»Wird's ihm geben ...!«

»Wird's ihm geben ...!«

Er machte eine lange Pause, in der alle amüsiert lachten und gespannt warteten.

»Sein gottverfluchtes Herz ...!«
»Sein gottverfluchtes Herz ...!«
»Oder 'ne traurige Dublone ...!«

Man hörte Rufe, Pfiffe und Proteste, aber die gute Laune hielt sich, bis der alte Malteser plötzlich aufsprang und auf einen Punkt vor sich zeigte. Sofort ließ man die Ruder fahren, und alles blieb mucksmäuschenstill, um das Schauspiel vor ihren Augen zu betrachten.

Eine Herde mit über vierzig Elefanten tollte am Flußufer. Ein mächtiger Bulle mit riesigen Stoßzähnen schüttelte die Ohren und trompetete, während er geräuschvoll einen Haufen nach dem anderen auf die Erde fallen ließ. Das sollte wohl die Eindringlinge davon abhalten, seine zahlreiche Familie zu belästigen.

Über eine Stunde regte sich kein Mensch. Alles bewunderte die prächtigen Tiere, von denen man schon so viel gehört hatte, die aber noch keiner, auch nicht im Traum, aus solcher Nähe gesehen hatte. Als der große Elefantenbulle schließlich kehrtmachte und im Dickicht verschwand, gefolgt von seiner gesamten Herde, beschloß Celeste, daß es an der Zeit war, die Anker zu werfen, um an dieser Stelle die Nacht zu verbringen.

Der Tag war unvergeßlich gewesen, und in der Nacht schlief kaum einer. Wie aufgeregte kleine Jungen kommentierten sie die vielen Überraschungen des Tages.

Am nächsten Mittag erblickten sie schließlich den großen Fluß, weit, tief und majestätisch: den wunderbaren Niger, von dem man annahm, daß er sich an einem fernen Ort, weit jenseits der Wüste, mit dem mythischen Nil vereinte, der an den Pyramiden vorbeifloß und ins Mittelmeer mündete.

»Ein Fluß kann nicht in zwei Richtungen zugleich fließen«, befand Gaspar Reuter überzeugt. »Entweder fließt er nach Norden oder nach Süden.«

»Und wenn die beiden am selben Ort entspringen?« wollte Sancho Mendaña wissen. »Stell dir nur einen riesigen See mit zwei Abflüssen vor. Der eine fließt nach Norden und bildet den Nil, der andere fließt nach Süden bis hierher. Wenn wir seinem Lauf folgen, werden wir diesen See überqueren und bis nach Ägypten kommen.«

»Absurd!«

»Aber möglich!«

»Trotzdem absurd!«

Die Diskussion war lang und hitzig. Keiner der beiden Streithähne wollte nachgeben, also mußte Celeste Heredia eingreifen.

»Wir sind nicht gekommen, um das Landesinnere eines Kontinents zu kartographieren, sondern um einen Sklaven jagenden Bastard zu erledigen, also vergessen wir lieber den Nil und machen die Schiffe klar. Wir haben eine schwierige Fahrt vor uns.«

Man richtete die Masten wieder auf, straffte die Taue, setzte die Segel und sorgte dafür, daß auch noch das geringste Lüftchen dazu beitragen konnte, die Schiffe stromaufwärts zu treiben.

Der Venezianer war zweifellos ein ausgezeichneter Seemann, dem niemals die Ideen ausgingen. So befahl er, mehrere besonders dicke Taue zusammenzuknoten. Das eine Ende ließ er an einem stämmigen Baum am luvseitigen Ufer befestigen, das andere am unteren Teil des Großmasts.

Dann fierte er die Segel in einem sehr engen Winkel. Wenn dann der Wind stärker wurde, trieb er das Schiff fast quer über den Fluß. Dieses beschrieb dann einen weiten Halbkreis, dessen Radius so lang wie das starke

Tau war, wobei dieses Tau verhinderte, daß der Wind das Schiff ans gegenüberliegende Ufer warf.

War man am Ende des Halbkreises angekommen, stabilisierte man das Schiff von Land aus, während eine Schaluppe das Tauende zu einem anderen Baum brachte, der weiter voraus lag.

Auf diese Weise ging es von Halbkreis zu Halbkreis voran. Gemeinsam überwanden Wind und Ruderer die sanfte Strömung.

»Kein Zweifel, wir kommen voran«, konstatierte Celeste am zweiten Tag. »Aber das geht zu langsam. Bald wird einer Mulay-Ali unsere Ankunft melden.«

»Auf den Überraschungseffekt habe ich mich nie verlassen«, gab ihr Sancho Mendaña zu bedenken. »Meiner Meinung nach müssen wir nur die Chance bekommen, die Batteriestellungen dieser Festung aus weiter Entfernung zu zerstören.« Mit dem Kopf wies er auf die großen blitzenden Kanonen der Galeone und fügte hinzu: »Ich bezweifle, daß es ihnen gelungen ist, Kanonen dieses Kalibers durch Urwälder und über Berge zu schleppen. An Feuerkraft sind wir ihnen jedenfalls überlegen ...«

Er hielt plötzlich inne, als wäre ihm gerade eine Idee durch den Kopf geschossen, und als Celeste den Mund aufmachen wollte, unterbrach er sie mit einer Geste.

»Warte!« bat er. »Sag nichts ...!«

Das Mädchen sah ihren wie belämmert wirkenden Freund etwas perplex an. Nach einiger Zeit konnte sie sich die Frage nicht mehr verkneifen.

»Darf man wissen, was mit dir los ist, zum Teufel?«

»Hat Pater Barbas nicht gesagt, daß die Zitadelle von Mulay-Ali nicht im europäischen Stil aus Steinen, sondern nach afrikanischer Art mit Lehmziegeln gebaut worden ist?«

»Das stimmt«, räumte sie ein. »Er hat einmal davon gesprochen. Ist ja auch ganz normal, daß man in Afrika afrikanisches Baumaterial verwendet ... Und das ist gut für uns?«

»Wenn die Festung wirklich aus Lehmziegeln besteht, dann brauchen wir keine Sechsunddreißigpfünder, um die Mauern zu zerstören.«

»Wenn du das sagst ...«, meinte das Mädchen, entschlossen, sich mit Geduld zu wappnen.

»Nicht weil ich das sage«, beharrte der andere. »Sondern weil das so ist. Eine dieser Granaten aus diesen Kanonen durchschlägt eine Stampflehmmauer aus einer Meile Entfernung ...« Er pfiff bewundernd. »Und so schwer muß sie ja gar nicht sein!«

»Bist du endlich mal so nett und erklärst mir, wovon du redest, zum Teufel?« wollte das Mädchen ungeduldig wissen. »So wie ich das sehe: je leichter man diese Mauern durchschießen kann, desto besser ... Oder nicht?«

»Natürlich!« räumte der Artillerist ein. »Dennoch, wenn wir Granaten mit gleichem Durchmesser, aber mit weniger Gewicht laden, dann wird die Reichweite noch viel größer ... Oder vielleicht nicht?«

»Klingt logisch!«

»Natürlich ist das logisch! Je leichter, desto weiter.«

»Was soll die ganze Diskutiererei«, protestierte sie. »Woher zum Teufel nehmen wir mitten im Urwald Granaten mit gleichem Durchmesser, aber geringerem Gewicht?«

»Von nirgendwo«, tönte es überzeugt zurück. »Aber wir können sie selbst machen.«

»Sie selbst machen?« fragte Celeste Heredia verblüfft. »Wie das denn?«

»Mit den Kettenkugeln«, konstatierte Mendaña, dessen Hirn auf Hochtouren zu arbeiten schien. »Wenn wir die Ketten auflösen und die Schrapnellhülsen miteinander verbinden, dann bekommen wir eine hohle Granate mit wesentlich größerer Reichweite ...« Er wartete die Antwort nicht ab, denn während er noch redete, kletterte er schon die steile Treppe zur Pulverkammer hinunter und murmelte in sich hinein: »Das muß funktionieren! Das muß einfach funktionieren!«

Als er feststellte, daß der zweite Schuß fast eine halbe Meile weiter ging als der erste, machte er Luftsprünge und stimmte eine Art Triumphmarsch an, bei dem er lärmend mit den nackten Füßen auf das Deck trommelte.

»Ich bin ein Genie!« wiederholte er immer wieder. »Einfach ein Genie!«

Gaspar Reuter, der ihn vom Achterkastell aus betrachtete, kommentierte gleichmütig:

»Du weißt ja, daß es gefährlich ist, sich vor Anbruch der Dunkelheit zu besaufen. Offenbar kriegst du gerade einen Sonnenstich, und du solltest damit nicht scherzen.«

»Mach dich nur lustig ...!« lautete die Antwort. »Mal sehen, wie du dreinschaust, wenn meine ›Feuerspucker‹ hohle Granaten abschießen ...«

Zwei Tage später kehrte Pater Barbas zurück. Er war fast eine Woche mit seiner von ihm unzertrennlichen Eingeborenentruppe vorausmarschiert und sah aus, als hätte er drei Nächte kein Auge zugetan.

»Wir sind bis zum einen Fort gelangt, das genau am Übergang zwischen Urwald und Savanne liegt«, war das erste, was er sagte. »Ab dort beginnt der Herrschaftsbereich von Mulay-Ali. Wie es scheint, hat er ein halbes Dutzend ähnlicher Festungen am Fluß entlang errichtet. Die meisten Männer dieser Garnisonen sind vom Stamm der Yoruba, daher behandeln sie die Frauen der Region, die vom Stamm der Ibo sind, schlimmer als Schweine. Ibos und Yorubas sind sich schon seit ewigen Zeiten spinnefeind. Ibos brachten es fertig, in einer einzigen Nacht gut und gerne tausend Yorubas zu verspeisen.«

»Zu verspeisen?« entsetzte sich Miguel Heredia. »Wollt Ihr uns weismachen, daß sie Kannibalen waren?«

»Von wegen ›waren‹ ...«, korrigierte der Ex-Jesuit. »Sie sind es immer noch. Benin liegt nur etwa acht Tagesmärsche entfernt und war schon immer eine Hochburg des Kannibalismus. Nicht, daß sie es aus reiner Notwendigkeit tun, weil sie satt werden müssen. Es handelt sich vielmehr um ein Ritual. Die Ibos glauben, wenn sie einen Yoruba verschlingen, dann kann kein anderer Yoruba sie mehr töten, denn er würde ja gewissermaßen teilweise einen von seinem eigenen Stamm umbringen.«

»Was für eine Barbarei!« knurrte Mendaña. »Das erinnert mich an die karibischen Inselbewohner, von denen mir mein Großvater erzählt hat.«

»Wir konnten es damals kaum glauben«, fügte Gaspar Reuter hinzu.

»Einen Augenblick ...!« mischte sich Kapitän Buenarrivo ins Gespräch. »Zu welchem Stamm gehören die Frauen, die uns begleiten?«

»Die meisten sind Yorubas«, konstatierte der Navarrese.

»Wollt Ihr damit sagen, daß wir Yoruba-Frauen mitgebracht haben, damit sie den Ibos als Abendessen dienen?« entsetzte sich der Venezianer.

»Mitnichten ...!« gab der Ex-Jesuit ungerührt zurück. »Um ehrlich zu sein, sie laufen nicht mehr Gefahr, als Abendessen zu dienen, als jeder einzelne von uns. In diesen Breiten sind es die Männer der Yoruba, die

Frauen vom Stamm der Ibo versklaven und vergewaltigen, aber da Mulay-Ali sehr schlau ist, hat er seine Kräfte verteilt. Im Westen sind es Soldaten der Ibo, die Yoruba-Frauen versklaven, schänden und gelegentlich verschlingen, während in den nördlichen Regionen die Fulbe die Kanuro unterdrücken und umgekehrt. Wir dürfen nicht vergessen, daß allein an der Sklavenküste zwei Dutzend verschiedene ethnische Gruppen zusammenleben, die sehr unterschiedliche Dialekte sprechen. Die Sklavenjäger, Europäer wie Araber, wußten diese Umstände stets auszunutzen, indem sie alte Streitigkeiten wieder anfachten oder neue provozierten. So hat ihnen der ständige Kampf zwischen Nachbarn stets Gefangene beschert. Sie brauchten nur ruhig an der Küste zu warten, und es kümmerte sie nicht, daß für jeden einzelnen dieser Gefangenen mindestens drei Männer in den Kriegen starben, die sie selbst angezettelt hatten.«

»Das ist widerlich!« beklagte sich Sancho Mendaña. »So etwas Abscheuliches habe ich noch nie gehört. Dagegen kommen mir die Barbareien von Mombars, dem Todesengel, vor wie Bubenstreiche. Wenigstens war der nur ein Irrer, dem sich von Zeit zu Zeit das Hirn vernebelte, aber diese Hundesöhne handeln mit eiskalter Berechnung.«

»Verstehst du jetzt, warum wir bis zum Ende gehen und ein für allemal mit diesem verfluchten König vom Niger Schluß machen müssen?« fragte Celeste bewußt.

»Und wie lange wird es dauern, bis ein neuer ›König vom Niger‹ geboren wird?« wollte der Margariteño wissen.

»Keine Ahnung«, gestand das Mädchen. »Wahrscheinlich nicht lange, aber wenigstens haben wir gezeigt, daß man ihn besiegen kann. Meiner Meinung nach liegt das Problem vor allem darin, daß diese Menschen, von welchem Stamm sie auch immer sein mögen, die Sklaverei als etwas ansehen, wogegen kein Kraut gewachsen ist. Wie die Lämmer lassen sie sich zur Schlachtbank führen und glauben, daß sie dagegen ohnmächtig sind. Aber ein großer Sieg über jemanden, der so mächtig ist wie Mulay-Ali, wird ihre Moral stärken und ihnen die Kraft geben, es mit diesen Kanaillen selbst aufzunehmen.«

»Mulay-Ali in seinem eigenen Reich zu vernichten wäre tatsächlich ein Meilenstein in der Geschichte der afrikanischen Sklaverei, und vielleicht ändert das ja wirklich ihren Verlauf«, fiel Pater Barbas zustimmend ein. »Vergessen wir nicht, daß die Situation seit über einem Jahrhundert Jahr für Jahr immer schlimmer geworden ist, und das demoralisiert bestimmt auch den Tapfersten.«

»Da sind wir wohl alle einer Meinung«, mischte sich Gaspar Reuter ein, so gelassen wie immer. »Aber langsam beginne ich zu glauben, daß es nicht ausreicht, nur eine Schlacht für uns zu entscheiden. Wir müssen den Krieg gewinnen.«

»Den Krieg gewinnen?« wunderte sich Sancho Mendaña. »Wie denn?«

»Indem wir aus einem Reich des Schreckens und der Sklaverei ein Reich des Friedens und der Freiheit machen«, beharrte der Engländer. »Wenn wir Mulay-Ali besiegen und anschließend wieder abziehen, dann wird bald alles wieder so sein wie vorher. Aber wenn wir Mulay-Ali vernichten und an seiner Stelle eine Zuflucht schaffen, die allen Sklaven Afrikas offensteht, die nach Freiheit streben, dann säen wir wirklich die Keime einer neuen Zukunft.«

»Eine Zuflucht des Friedens und der Freiheit? Ein Land

der Befreiten?« fragte Celeste erstaunt, doch es war offensichtlich, daß sie diese Idee faszinierte.

»Du sagst es: ein Land der Befreiten.«

»Glaubst du wirklich, daß wir auf diese Weise ein Reich gründen können, im Herzen eines unbekannten Kontinents, in dem wir ewig von Feinden umgeben sein werden?« wollte das Mädchen wissen.

»Keiner lebt ›ewig‹«, erwiderte der Rothaarige lächelnd. »Es stimmt zwar, daß wir viele Feinde haben werden, aber wir können auch mit zahlreichen Freunden rechnen: mit allen, die keine Sklaven sein wollen.«

»Interessant!« murmelte Buenarrivo sehr leise. »Sehr interessant!«

»Findet Ihr?«

»So bekommt dieser Wahnsinn wenigstens einen Sinn.« Der Venezianer zeigte hinaus. »Ein wunderschönes Land mit fruchtbarer Erde, Wild im Überfluß, einem großen Fluß voller Fische und mit Menschen, die in Frieden leben wollen ... Was kann man mehr verlangen?«

»Haltet Ihr es wirklich für möglich, ein ›weißes‹ Reich im Herzen Schwarzafrikas zu gründen?« fragte Sancho Mendaña perplex. »Seid ihr alle jetzt vielleicht noch verrückter geworden, als ihr ohnehin schon seid?«

»Es handelt sich weder um ein weißes noch um ein schwarzes Reich«, korrigierte Celeste Heredia ihn leicht pikiert. »Wenn eine solche Utopie jemals wahr werden soll, dann muß sie sich vom Besten beider Kulturen nähren. Die Eingeborenen müssen uns lehren, in Einklang mit der Natur zu leben, wie sie es offenbar bisher getan haben, und wir werden ihnen beibringen, die Menschen zu achten.«

»Und wer hat uns beigebracht, die Menschen zu achten?« wollte der Margariteño wissen. »Schließlich dürfen wir nicht vergessen, daß die Sklaverei eine Erfindung der Weißen ist.«

»In diesem Punkt bin ich anderer Meinung«, warf Gaspar Reuter ein. »Die Sklaverei hat es immer gegeben, unabhängig von Hautfarbe oder Rasse. Wenn ich mich recht erinnere ...«

»Einen Augenblick!« unterbrach ihn Celeste und hob die Hände. »Ich glaube nicht, daß wir uns jetzt in spitzfindige Diskussionen über die Ursprünge der Sklaverei verlieren sollten. Unser vorrangiges Ziel ist es, diesen Hundesohn zu besiegen. Ansonsten verteilen wir das Fell des Bären, bevor wir ihn erledigt haben.« Durch das breite Achterfenster deutete sie auf den weiten Fluß. »Soweit wir wissen, klopfen wir nun an die Tore seines Reichs.« Sie musterte alle der Reihe nach und schloß: »Hat jemand eine Idee, wie wir ihn vom Thron stoßen?«

Pater Barbas hob als erster die Hand.

»Ich glaube, ich habe eine«, sagte er.

Alkemy Makú, Kommandant von Ihjáia, einem Außenposten an der Südgrenze des Herrschaftsbereichs des allmächtigen Königs vom Niger, war sehr weit von dort, in Isebín, zur Welt gekommen. Er fühlte sich daher als reinrassiger Yoruba, Sohn, Enkel und Urenkel der glorreichen Krieger, die viele tausend Mal gegen das abscheuliche Geschlecht der Ibo gekämpft hatten, gegen diese Menschenfresser und stinkenden Kannibalen, die man einfach nur mit aasfressenden Hyänen und heimtückischen Spinnen vergleichen konnte.

Obwohl er Herr und Meister über alles Land bis zum Horizont war und täglich mit zwei oder drei der schönsten Mädchen der Region schlief, war er niemals zufrieden. Mit einer widerlichen Ibo konnte man nur seinen Frust abreagieren, doch was war das verglichen mit dem tiefen Genuß, den er empfunden hatte, mit einer sanftmütigen, lächelnden Gazelle seines Dorfes zu schlafen.

Nach jedem Höhepunkt, das wußte Alkemy Makú nur zu gut, blieb ihm nichts anderes übrig, als das schmierige Wesen, das gerade an der Reihe gewesen war, mit einem heftigen Tritt in den Hintern aus seiner Hütte zu befördern. Wehmütig dachte er daran, wie sehr er es in seiner Jugend genossen hatte, friedlich neben der geliebten Frau zu schlummern und am Morgen aufzuwachen, um schläfrig nach der Wärme ihres saftigen Geschlechts zu suchen.

Dagegen wäre es keinem Yoruba, der bei Verstand war, eingefallen, neben einem Ibo-Mädchen die Augen zu schließen, denn die wäre in der Lage gewesen, ihm mit einem einzigen wilden Biß ihrer messerscharfen Zähne Penis und Hoden abzureißen und zu verschlingen, bevor man ihr mit einer Machete den Schädel spalten konnte.

Die Frauen dieser tausendmal verfluchten Rasse rochen übel, waren grausam, verräterisch und blutrünstig, aber vor allen Dingen waren sie bereit, ihr Leben einzusetzen, um einen tapferen Yoruba daran zu hindern, ins Paradies der Krieger einzugehen.

Wer konnte schon eine entspannte Liebesbeziehung genießen, wenn er wußte, daß sich seine Partnerin jeden Augenblick auf seine Männlichkeit stürzen konnte, um sie ratzfatz abzureißen und wie ein Taubenei zu verschlingen?

Nicht einer, nicht zwei, sondern Dutzende junger Yorubas waren auf diese Weise kastriert worden. Im Gegenzug hatten Yoruba-Frauen in seiner Heimat Hunderte von Ibo-Invasoren umgebracht. Diese begnadeten Giftmischerinnen hatten ein duftendes Gift erfunden, mit dem sie ihre Brustwarzen und Schamlippen einrieben. Bei ihnen verursachte das nur eine leichte Rötung, wenn sich das Gift aber mit Speichel mischte, dann tötete es rasch.

»M'ba uazedé«, der »erigierte Tod«, nannte man das. Das Opfer stieß nur einen letzten glückseligen Seufzer aus, verharrte jedoch stundenlang im »Stand der Gnade«. Zahllose Yoruba-Frauen hatten – leider erfolglos – versucht, eine Salbe herzustellen, die lediglich die glorreiche Erektion hervorrief, ohne den letzten Seufzer, der unweigerlich vorher zu hören war.

Alkemy Makú fand es verständlicherweise wesentlich ehrenhafter und befriedigender, mit erigiertem Glied statt kastriert zu sterben. Selbst in diesem kleinen Detail erwiesen sich die Frauen seines Stamms als wesentlich gefühlvoller und subtiler als die widerwärtigen Ibos, die sich lediglich mit einer üblen Pomade auf der Grundlage von Schweinefett parfümierten, die dazu bestimmt war, daß wenigstens die Krieger der Fulbe – orthodoxe Anhänger der Lehren Mohammeds – es niemals wagen würden, sie anzurühren.

Ihn, der Animist war, interessierte es wenig, ob das Fett vom Schwein kam oder nicht, aber da er einen empfindlichen Geruchssinn hatte, drehte ihm diese Pomade mit ihrer heftigen Mischung seltsamer Urwalddüfte den Magen um.

»Unsere Männer erregt das«, pflegten die abstoßenden Ibo-Mädchen auf seine Proteste zu erwidern, und Alkemy Makú erstaunte es nicht, daß einer, der lieber ein rohes Menschenherz verschlang als den gebratenen Schenkel einer Antilope, sich von einer so üblen Tinktur erregen ließ.

Er wußte aus Erfahrung, daß es sinnlos war, sie zu einem Bad zu zwingen, denn selbst wenn sie im Fluß blieben, bis ihnen die Haut schrumplig wurde: Der unerträgliche Gestank haftete ihnen weiter an, als hätte er sich seit dem Tag, als sie noch als Kinder damit begonnen hatten, sich mit dem stinkenden Fett zu »verschönern«, in jeder Pore ihres Körpers festgesetzt.

Oft nahm er den Gestank an seiner eigenen Haut wahr, immer dann, wenn er es einmal über Gebühr mit einer dieser rauhen Bestien getrieben hatte, und mehr als einmal war er schweißgebadet aufgewacht, nachdem er davon geträumt hatte, eine jener blutrünstigen Penisverschlingerinnen hätte sich heimlich in seine Hütte geschlichen, um ihn aus tiefster Finsternis heraus zu attackieren.

Das war kein Leben!

Mit der Zeit war er zu dem Schluß gekommen, daß, so ehrenvoll seine Ernennung zum Kommandanten eines strategisch so wichtigen Grenzpostens auch war und so absolut er seine Macht auch ausübte, ihn das nicht für die ständigen Angstausbrüche entschädigte, die es bedeutete, sich jede Nacht schlafen zu legen, ohne die vollkommene Sicherheit zu haben, am nächsten Morgen aufzuwachen und seine Genitalien noch dort zu haben, wo sie hingehörten.

Daher mußte er sich immer wieder die Augen reiben, als eines schönen Morgens der Wachposten auf dem Turm seine Waffe abfeuerte und damit ein großes, festlich geschmücktes Kanu ankündigte, das sich mit einer Ladung aus zwanzig wunderschönen Yoruba-Frauen näherte, die sangen, lachten und ihnen freundschaftlich zuwinkten. Er fragte sich, ob er immer noch träumte.

»Ein Geschenk von Mulay-Ali!«

»Ein Geschenk von Mulay-Ali?« wiederholte er wie ein Idiot. »Nicht möglich!«

»O doch!« erwiderte fröhlich die sympathische Frau, die offenbar die Gruppe anführte. »Der König konnte den Feind, der die Küste heimsuchte, besiegen, der Handel wurde wiederaufgenommen, und jetzt belohnt er die Treue seiner Männer mit den schönsten Frauen aus Ouidha, Winneba und Takoradi und spendiert dazu ein Faß Rum aus Jamaika.«

Echter Rum, richtige Frauen und köstliche Yoruba-Speisen: Das war mehr, als sich die Gruppe Männer, die schon Jahre an der gottverlassenen Grenze eines feindlichen Territoriums zugebracht hatten, je hätten träumen lassen. So tobte in dieser Nacht im Innenhof der Festung von Ihjáia eine absolut verrückte und unvergeßliche Orgie, und in derselben Nacht besuchte »M'ba uazedé«, der erigierte Tod, das rechte Ufer des großen Niger und raffte zwei Dutzend Männer dahin.

Die wenigen Überlebenden der wilden Sauferei erwachten in Ketten in einem der Sklavenverliese. Alkemy Makú verlor den Rest an Haltung und Autorität, als er sah, wie ein Weißer, dessen Gesicht von einer großen Narbe entstellt war, den Raum betrat.

Dessen Ruf als unerbittlicher, grausamer und entschlossener Feind Mulay-Alis hatte sich schon vor einiger Zeit vom Ufer des Meeres bis zu den Grenzen der Wüste verbreitet.

»Pater Barbas!«

»Du sagst es. Pater Barbas. Und du bist Alkemy Makú, Schänder, Mörder und Verräter an deinem Volk, an dessen Versklavung du mitschuldig geworden bist, als du dich in die Dienste seines schlimmsten Feindes begeben hast.«

Der Yoruba wies nur stumm auf sein Brandzeichen auf seinem linken Arm, eine verkleinerte Kopie des persönlichen Brandeisens des Königs vom Niger.

»Und was hätte ich deiner Meinung nach tun sollen?« fragte er bitter. »Als sie mich gefangennahmen, durfte ich wählen: entweder mit dem Brandzeichen auf dem Arm Soldat oder mit dem Brandzeichen auf der Brust Sklave zu werden.«

»Wer seine eigenen Brüder versklavt, ist tausendmal schlimmer als der schlimmste seiner Feinde«, konstatierte der ehemalige Jesuit. »Laß die Frau eintreten!«

Yadiyadiara, die an der Tür wartete, machte ein Zeichen, und sofort trat eine dicke Frau mit blendendweißem Gebiß ein. Diese richtete ihre haßerfüllten Augen auf den Schoß des zu Tode erschrockenen Alkemy Makú, der sich plötzlich wie eine Wurst in der Hundehütte fühlte.

»Das ist Katsina, deren Töchter du unzählige Male geschändet hast. Sie will sich rächen, indem sie dich ohne Penis und Hoden ins Jenseits schickt, damit du die Ewigkeit damit verbringst, deine Männlichkeit zwischen Exkrementen zu suchen. Und wir alle wissen, daß kein Kastrierter jemals ins Paradies der Krieger eingegangen ist ...« Der Navarrese lächelte fast selig. »Es hängt von dir ab, ob sie dich vollständig oder in Stücken begraben.«

»Was soll ich tun?« flüsterte der zitternde Sünder hastig.

»Mir alles, was du über die Garnisonen am Fluß und über die Zitadelle Mulay-Alis weißt, erzählen.«

»Die Zitadelle?« wiederholte der andere in höchster Verblüffung. »Denkst du vielleicht daran, eine Festung anzugreifen, die von sechzig Kanonen geschützt ist?«

»Wir haben über hundert«, lautete die gelassene Antwort. »Außerdem sind sie besser, moderner, größer und schießen weiter. Aber ich muß wissen, wie viele Männer die Stadt verteidigen.«

Alkemy Makú dachte einige Augenblicke nach und schien dabei in seiner Erinnerung zu kramen. Er erwiderte schließlich überzeugt:

»Etwa dreitausend, schätze ich. Der Rest dürfte im Nordosten sein.«

»Was tun sie dort?«

Eine Antwort blieb aus.

»Was tun sie dort ...?« Pater Barbas wurde ungeduldig. »Menschen jagen?«

»Menschen jagen«, gab der Yoruba zu.

»Du verdienst den Tod tausendmal!« befand sein Kerkermeister. »Tausendmal den schlimmsten aller Tode!«

»Jagen oder gejagt zu werden«, warf sein Gegenüber hastig ein... »Habt ihr uns einen anderen Weg gelassen? Es sind Weiße wie du, die für diese Sklaven bezahlen, und du kannst sicher sein, wenn keine Schiffe an der Küste warten würden, dann gäbe es an Land auch keine Jäger.« Er warf ihm einen langen abschätzigen Blick zu, wobei er das weiße Gebiß Katsinas zum ersten Mal aus den Augen ließ. »Mit welchem Recht klagst du mich an? Glaubst du wirklich, daß ich gerne fern meiner Heimat bin, wo widerwärtige Ibos meine Schwestern schänden und vielleicht verschlingen?«

Die Antwort ließ auf sich warten, da der Navarrese den Yoruba ansah, als hätte er nicht unrecht. Zumindest schien er erstaunt, wie der Yoruba sich ausdrückte. Schließlich nickte er und sagte:

»Du sollst eine Chance bekommen, deine Nüsse zu retten, aber nur eine einzige.« Er sah ihm in die Augen. »Wie übermittelst du deine Nachrichten dem nächsten Posten?«

»Mit Trommeln. Das weißt du doch nur zu gut.«

»Benutzt du einen Code?«

Der andere nickte.

»Das tue ich, aber die gesamte Region kennt ihn. Wir benutzen ihn schon seit Jahren.«

»Gut!« Der Ex-Jesuit kniete sich vor ihn hin und drohte ihm streng mit dem Zeigefinger. »Ich werde dir eine Nachricht diktieren, die du mit den Trommeln mitsamt dem Code übermitteln wirst. Aber ich warne dich: Die zwei da in der Ecke, die ebenfalls auf den Tod warten, hören dir zu. Wenn du fertig bist, werde ich sie fragen, was du gesagt hast, und wenn das nicht exakt mit dem übereinstimmt, was ich dir befohlen habe, dann werde ich Katsina eine riesige Freude machen. Hast du mich verstanden?«

»Nur zu gut.«

»Na dann los!«

Er führte ihn zum Turm der Festung, in dem sich zwei lange Holztrommeln befanden, ließ ihn davor niederknien, und erst jetzt flüsterte er ihm die Nachricht ins Ohr.

Alkemy Makú blickte ihn entgeistert an.

»Was hast du da gesagt?« wollte er wissen.

Der Bärtige wiederholte es Wort für Wort, und der andere mußte ein wiederholtes Mal den Kopf schütteln, als ob er nicht glauben wollte, was er da hörte.

»Und ist das wahr?« wollte er schließlich wissen.

»Das braucht dich nicht zu kümmern«, gab ihm sein Kerkermeister zu verstehen. »Du hast nur die Nachricht zu übermitteln, ohne auch nur ein Jota zu ändern, sonst kannst du dich von deinen Hoden und dem Paradies im Jenseits verabschieden.«

Der Yoruba dachte einige Augenblicke nach. Schließlich stimmte er mit dem Anflug eines Lächelns zu.

»Du bist sehr gerissen!« sagte er. »Verdammt gerissen! Du wirst die ganze Region binnen Stunden in hellen Aufruhr versetzen.«

»Das ist der Zweck der Übung.«

Alkemy Makú nahm zwei große Schlegel, dachte einige Sekunden darüber nach, was er sagen wollte, dann trommelte er rhythmisch gegen die hohlen Baumstämme, die als Trommel dienten und deren Echo sich sofort über den Fluß, den Urwald und die Savanne verbreitete und sich in allen Himmelsrichtungen verlor.

Nach zehn Minuten hielt er inne, bat sich Schweigen

aus, und nach einer Weile konnte man aus dem Norden ein fernes Trommeln hören.

»Die Festung von Jerif bittet mich, die Nachricht zu bestätigen.«

»Dann bestätige sie ihm in allen Punkten.«

Erneut ergriff der Missetäter die Schlegel und ließ die Trommeln erdröhnen. Als er fertig war, seufzte er tief.

»Ich hoffe, du weißt, was du tust!« murmelte er.

Pater Barbas antwortete nicht. Statt dessen ging er zur Hütte hinüber, in der die anderen beiden Gefangenen mit schreckensweiten Augen warteten.

»Habt ihr verstanden, was die Trommeln gemeldet haben?« fragte er.

»Ja, sehr gut«, bejahten sie im Chor.

»Und was war das?«

»Alkemy Makú hat mitgeteilt, daß im Delta eine Tollwutepidemie ausgebrochen ist, die schnell nach Norden vorrückt«, erwiderte einer von ihnen. »Er versichert, daß Hyänen, Füchse, Leoparden und Affen alles angreifen, was ihnen begegnet, daß es schon über zwanzig Tote gibt und daß wir den Posten aufgeben und zum Meer ziehen.«

»Sehr gut! Und was haben sie aus dem Norden geantwortet?«

»Sie baten um Bestätigung«, entgegnete der andere Gefangene. »Alkemy Makú hat es ihnen bestätigt und hinzugefügt, daß von nun an keine Nachricht mehr kommen wird, weil wir sofort aufbrechen.«

»Glaubt ihr, daß wir damit Erfolg haben werden?« war das erste, was Celeste Heredia wissen wollte, als am nächsten Tag der Priester sie an Bord der *Dama de Plata* über die Ereignisse im Fort von Ihjáia ins Bild setzte.

»Den haben wir schon«, lautete die überzeugte Antwort. »Sobald die Trommeln zu schlagen beginnen, werden die Bewohner an beiden Ufern des Flusses in Panik flüchten.«

»Aber warum?« wollte der Engländer Reuter wissen. »Zweifellos flößt die Tollwut Angst ein, aber sie rechtfertigt doch keine solche Panik.«

»In Europa mag man sie fürchten …«, erwiderte der Bärtige. »In Afrika löst sie Panik aus. Dazu muß man wissen, daß die Tollwut in Europa von Hunden, Katzen, Ratten, Füchsen und Wölfen übertragen wird … Das kann man unter Kontrolle halten! Aber hier werden auch Hyänen, Schakale, Löwen, Leoparden befallen, und vor allem viele Affenarten. Und in dichten Urwäldern und auf riesigen Savannen hat das keiner mehr im Griff. Dort kann dich jedes tollwütige Tier anfallen, das von einem Ast springt oder im hohen Gras lauert. Wenn sich die Tollwut in diesem Teil Afrikas ausbreitet, kann sie viele tausend Menschen töten, und das auf die grausamste Weise …« Er öffnete die Hände, als würde er damit alles sagen. »Daher die Panik.«

»Und glaubt ihr, daß wir das Richtige getan haben?«

Pedro Barbas wandte sich an Miguel Heredia und sah ihn lange an, bevor er auf seine Frage antwortete.

»Unsere Waffen können noch so modern und unsere Männer noch so tapfer sein, wir werden niemals eine Streitmacht besiegen, die zwanzigmal so stark ist wie die unsre, wenn wir unter unseren Feinden keine Panik verbreiten. Und ich kann garantieren, daß in einigen Tagen in der Festung von Mulay-Ali nicht mehr Mulay-Ali herrscht, sondern Panik.«

»Und all die armen Menschen, die flüchten?«

»Es wird ihnen nicht schaden, ein wenig zu rennen. Außerdem werden sie auf diese Weise einen Tyrannen los«, bemerkte der Navarrese. »Sie ziehen nach Norden und werden unterwegs erzählen, daß sie ›mit eigenen Augen‹ gesehen haben, wie Dutzende nach Attacken tollwütiger Bestien starben. Mit das erste, was ich im Seminar gelernt habe, war, daß aus einem Gerücht nur zu oft eine Realität wird.« Er lächelte etwas spitzbübisch. »Vor allem dann, wenn sich unter die Flüchtenden die vierzig Frauen unserer guten Freundin Yadiyadiara mischen, die Stein und Bein schwören, daß ihre Eltern oder ihre Kinder mit Schaum vor dem Mund krepiert sind.«

»Hast du sie deshalb vorausgeschickt?« beunruhigte sich Celeste.

»Sie wollten es so«, entgegnete der Ex-Jesuit. »Und ich halte das für eine großartige Idee. Das einzige, was diese Leute brauchen, um wie die Hasen zu rennen, sind ›Augenzeugen‹.«

»Aber sie sind in großer Gefahr. Es sind Yorubas auf dem Land der Ibos.«

»Mein liebes Mädchen!« lachte der andere. »In diesen Augenblicken gibt es keine Ibos, Yorubas, Haussas oder Fulbe mehr. Das einzige, was jetzt noch zählt, ist die Angst.« Er schnalzte mit der Zunge, als hätte ihn niemals etwas mehr amüsiert, bevor er hinzufügte: »Ich verwette meinen Kopf, daß die Soldaten unseres berühmten Königs vom Niger bald viel Munition verschwenden und auf alle Füchse, Leoparden, Hyänen, Makaken oder Schimpansen feuern werden, die ihnen begegnen.«

»Wenn ich das recht verstehe ...«, mischte sich Sancho Mendaña ein, der bislang schweigend die Szene verfolgt hatte, »dann haben wir vielleicht alle Tiere des Urwalds und der Savanne zu unseren Verbündeten gemacht.«

»Sehr zu ihrem Leidwesen, aber das ist im Grunde die Absicht«, räumte der Navarrese ein. »Nicht nur Männer, Frauen und Kinder, sondern auch Wildschweine, Reiher und Fledermäuse tragen unfreiwillig dazu bei, in den Reihen dieses Hurensohns Verwirrung zu stiften, denn eines dürfte klar sein: Gegen die Tollwut ist kein Kraut gewachsen.«

»Aber was ist die Tollwut genau?« wollte Miguel Heredia wissen. »Wie bricht sie aus und warum?«

»Ich habe nicht die leiseste Idee«, mußte sein Gegenüber zugeben. »Die Eingeborenen versichern, wenn Elegbá wütend wird, spuckt sie aus, und wenn ihre Spucke auf dem Weg zum Boden ein Tier trifft, dann infiziert sich dieses mit dem Zorn der Göttin und verbreitet ihn, indem es alle beißt, die sich ihm in den Weg stellen.« Der Bärtige lächelte ein wenig. »Das ist vielleicht nur eine dumme Legende, Tatsache ist, daß dieser Kontinent von Zeit zu Zeit von unkontrollierten Tollwutausbrüchen heimgesucht wird, an denen Menschen und Tiere wie die Fliegen sterben, ohne daß jemand sagen könnte, wie die Tollwut beginnt und wie sie endet.«

»Es gefällt mir nicht, mit der Panik dieser armen Menschen zu spielen ...«, murmelte Celeste Heredia leise.

Pedro Barbas musterte sie leicht verblüfft, bevor er antwortete:

»Das tun wir, um sie vor einem schlimmeren und natürlich viel realeren Übel zu befreien.«

»Der Zweck heiligt also wieder einmal die Mittel«, bemerkte Celeste im gleichen Tonfall. »Behaupten das nicht die Inquisitoren, wenn sie einen Ketzer verbrennen?«

»Ich bin weder Inquisitor, noch verbrenne ich Ketzer«, erwiderte der Ex-Jesuit recht schroff. »Ich will unsere Feinde mit der einzigen Waffe vernichten, die Gott mir gegeben hat: die Intelligenz.«

»Entschuldige bitte. Ich wollte dich nicht ärgern. Ich verstehe die Gründe, und vielleicht können wir nur so einen ungleichen Kampf gewinnen. Aber ich muß einfach daran denken, was all diese Kinder fühlen, die ihre Häuser verlassen müssen und sich auf dem Weg umsehen, als könnte sie aus jeder Ecke der Tod anfallen.«

»Wenn auf diese Weise auch nur ein einziger weniger als Sklave endet, dann war das schon die Mühe wert«, mischte sich Sancho Mendaña ein und schlug sich damit offen auf die Seite des Navarresen. »Letztendlich bringen wir niemanden um, nicht einmal einen räudigen Hund.«

»Das stimmt nun nicht«, bemerkte Padre Barbas mit dem Anflug eines Lächelns. »Ich habe den Frauen befohlen, Hunde zu töten und ihnen schön sichtbar etwas mit Mehl geschlagenes Eiweiß einzuflößen.« Er zwinkerte. »Man muß auf die Details achten.«

»Donnerwetter ...!« rief der Artillerist aus. »Ihr habt den falschen Beruf ergriffen. Ihr hättet Soldat werden sollen und kein Priester.«

»Den falschen Beruf habe ich nicht«, kommentierte der andere. »Ich streife nur schon jahrelang durch diese Urwälder und habe so manchen Trick gelernt. Wenn dich Menschen und Tiere jagen, wird dir das Überleben verdammt schwer. Wenn du da die Schwächen deiner Feinde nicht kennst, bist du tot. Die Weißen geraten bei der Pest in Panik, die Schwarzen bei der Tollwut. Darin liegt der Unterschied.«

»In der Tat ...«, räumte der Engländer Reuter ein. »Ich nehme an, wenn einer das Gerücht verbreiten würde, daß eine Pestepidemie auf London zukommt, dann würden sogar die Wachen im Tower Fersengeld geben.« Mitfühlend tätschelte er Celestes Hand. »Ich verstehe deine Gründe«, murmelte er. »Aber als Soldat muß ich bei einer Initiative, die viele Leben retten kann, einfach Beifall klatschen.«

»Beifall klatsche ich zwar nicht, aber ich akzeptiere sie«, räumte sie ein. »Schließlich kannte ich den Plan ja vorher. Manchmal überfallen mich nur einfach Zweifel angesichts unserer Methoden bei diesem Unternehmen.«

»Wehe dem Kapitän, den niemals Zweifel überfallen!« grunzte Buenarrivo, der erstaunlicherweise bislang den Mund noch nicht aufgemacht hatte. »Der Zweifel ist das Schicksal eines jeden guten Kapitäns. Ich bin allerdings mit Reuter einer Meinung: Papageien und Affen als Verbündete zu haben ist einfach großartig. Und wie ich immer sage: Es gibt keinen besseren Verbündeten als den, der von seinem Glück gar nichts weiß.«

Am nächsten Morgen befahl Celeste, die Fahrt auf dem ruhigen Fluß wiederaufzunehmen. An dessen Ufern verschwanden langsam die letzten Reste der Urwaldvegetation und wichen schattigen Akazien, grotesk aussehenden Affenbrotbäumen und gedrungenen Palmen. Dazwischen sah man immer öfter einzelne Hütten oder kleine Dörfer, die jedoch gespenstisch verlassen wirkten.

Dagegen wurde die Tierwelt immer vielfältiger. Elefanten, Büffel, Gnus, Antilopen und Paviane schienen sich dazu entschlossen zu haben, massenweise ans Ufer zu kommen und dabei zuzusehen, wie die Schiffe vorbeifuhren. Als sie schließlich am späten Vormittag ein kleines Wäldchen erblickten, durch das eine stolze, gleichgültige Giraffenfamilie streifte, schienen die Männer der *Dama de Plata* endlich zu akzeptieren, daß sie sich im Herzen eines neuen und unerforschten Kontinents befanden.

Zu guter Letzt machten drei faule Löwen ihre majestätische Aufwartung.

Löwen!

Richtige Löwen mit langer Mähne und gelblichen Zähnen, die auf einer Uferbank im Schatten vor sich hin dösten und sich kaum dazu herabließen, ein Auge zu öffnen, trotz der sichtbaren Aufregung, die ihre Anwesenheit bei jener seltsamen menschlichen Spezies vom anderen Ende der Welt hervorrief.

Löwen!

Sie änderten ein wenig den Kurs, um sie aus der Nähe zu betrachten, aber keinem Besatzungsmitglied kam es in den Sinn, auf sie zu feuern, denn in jenen Zeiten hatten es die Menschen noch nicht nötig, ein schönes Tier nur deshalb zu töten, um dessen Fell als makabren Beweis einer angeblichen Heldentat zu präsentieren.

Alle, die auf den beiden Schiffen fuhren, hatten ihren Mut bereits mehr als genug bewiesen, und daher waren jene Löwen, ebenso wie die Giraffenfamilie oder die lärmende Elefantenhorde nur der lebende Beweis dafür, daß sie in der Lage gewesen waren, die gefährlichen Sümpfe des Nigerdeltas zu durchqueren. Nun hatten sie mit heiler Haut die weiten Regionen erreicht, in denen es vor wunderbaren Bestien wie diesen nur so wimmelte, die sie mißmutig anknurrten und mit dem Schwanz die Fliegen verscheuchten.

Einige Stunden später, während sie durch eine Flußschleife fuhren, sahen sie einen sehr langen, klapperdürren pechschwarzen Mann, der sich auf ein Bein und einen langen Speer stützte. Er zeichnete sich gegen die rote Scheibe einer Sonne ab, die bereits den Horizont berührte, und betrachtete die Schiffe so gelassen, als handelte es sich nur um eine weitere Giraffe.

»Warum hat er keine Angst?« wollte Celeste wissen.

»Keine Ahnung«, erwiderte Pater Barbas, während er einem seiner Ruderer einen Wink gab, den Grund herauszufinden, warum dieser beunruhigende Mensch nicht geflohen war wie seine Nachbarn.

Der Krieger sprang kopfüber ins Wasser, schwamm zum nahen Ufer, ging auf den Schwarzen mit dem Speer zu, der regungslos stehenblieb. Kurz darauf machte er kehrt und kletterte atemlos an Bord.

»Wer ist das?« wollte der Navarrese wissen.

»Ein Hirte.«

»Und warum hat er keine Angst?«

»Er ist taub.«

In dieser Nacht träumte Celeste Heredia immer wieder von dem einsamen Hirten, dessen Silhouette sich gegen die Sonnenscheibe abzeichnete. Dieses Bild sollte sie ihr ganzes Leben lang nicht vergessen. Oft kehrte es völlig unverhofft in ihr Gedächtnis zurück, ohne daß sie gewußt hätte, warum. So klar wie damals, als sie ihn leibhaftig erblickt hatte, stand ihr dann dieses Bild vor Augen. Dieser taube alte Mann, der so einsam und weltfern war, daß er nicht wußte, warum seine Mitmenschen ihr Zuhause verlassen hatten, ja es vielleicht nicht einmal mitbekommen hatte, daß er plötzlich in weitem Umkreis der einzige Mensch war. Für Celeste sollte er bis zu ihrem Tod das Symbol des wahren Sinns ihrer gefährlichen Reise bleiben.

Oft wählt das menschliche Hirn unter allen Erinnerungen eine einzige absurde aus und versieht sie mit einem unauslöschlichen Brandzeichen, so daß sie unwillkürlich immer wiederkehrt. An Millionen wichtigere Szenen konnte man sich erinnern, aber nur wenige kehrten einfach so, ohne bewußtes Erinnern, ins Gedächtnis zurück.

Weder die bitteren Leiden ihrer Kindheit noch das ersehnte Wiedersehen mit ihrem Bruder oder der brutale Schlag, den es bedeutete, mit anzusehen, wie die Erde unter ihren Füßen bebte und eine ganze Stadt binnen Sekunden verschwand, vermochten in späteren Jahren eine solche Kraft unter ihren Erinnerungen zu gewinnen wie jener ferne und unbekannte afrikanische Hirte.

Den Grund für dieses seltsame Phänomen sollte sie nie herausfinden, ebensowenig wie die meisten Menschen wissen, warum eine Melodie, ein Duft, ein Wort oder ein Bild plötzlich Teil ihrer Person wird wie Augen, Nase oder Mund.

In dieser seltsamen Nacht träumte sie immer wieder von dem Schwarzen mit dem Speer, bis die rauhe Stimme des Spottsängers klar und deutlich an ihr Ohr drang:

»Männer an die Ruder!«

»Männer an die Ruder!«

»Rudert, Süßwassermatrosen!«

»Rudert, Süßwassermatrosen!«

Die Taue spannten sich.

»Löwen backbord!«

»Löwen backbord!«

»Elefanten steuerbord!«

»Elefanten steuerbord!«

Man holte die Anker ein.

»Und dort vorn im Morgenrot ...!«

»Und dort vorn im Morgenrot ...!«

»Warten Blut und schlimmer Tod ...!«

»Warten Blut und schlimmer Tod ...!«

Meter um Meter glitten Fregatte und Galeone voran, immer weiter auf die Festung Mulay-Alis zu.

»Oder Lachen und Ruhm ...!«

»Oder Lachen und Ruhm ...!«

»Unseres großen Siegs ...!«

»Unseres großen Siegs ...!«

Miguel Heredia betrachtete, an das riesige, jetzt fixierte Steuerruder gelehnt, das verschlafene Gesicht seiner Tochter, die aus der Kajüte kam und laut gähnte, während sie in den grauen Morgenhimmel sah, an dem noch kein Sonnenstrahl zu sehen war.

»Die Männer sind offenbar zufrieden«, flüsterte er lächelnd, als er sah, wie sich Celeste mit der Faust die Augen rieb, wie sie es schon als kleines Mädchen zu tun pflegte. »Sehr zufrieden.«

»Das verstehe ich nicht, wo sie so früh aufstehen mußten«, erwiderte das Mädchen und gähnte erneut. »Wer in aller Herrgottsfrühe rudern muß, springt normalerweise nicht gerade vor Freude in die Luft.«

»In der Morgenkühle rudert es sich besser als unter der brennenden Sonne«, lautete die Antwort. »Hauptsache, sie vertrauen ihrem Kommandeur.«

»Gilt das auch für dich?« wollte seine Tochter wissen.

»Mal abgesehen von dem Wahnsinn, einer ganzen Armee mit lediglich zwei Schiffen und zwei halben Besatzungen gegenüberzutreten, kann ich mich nicht beklagen«, gab der Alte zu. »Diese Frauen zeigen viel Mut, und der Priester ist sehr schlau. Auch wenn sich dir der Magen umdreht, die Idee mit der Epidemie schafft uns freie Bahn.« Er wies auf das ferne Ufer, das sich mit der aufgehenden Sonne immer klarer abzeichnete. »Keine Menschenseele ist zu sehen, und je später man Mulay-Ali von unserer Ankunft in Kenntnis setzt, um so weniger Zeit bleibt ihm zur Vorbereitung.« Er schnalzte zufrieden mit der Zunge. »Bei Gott! Ich würde gern sein Gesicht sehen, wenn er entdeckt, daß wir ihm in den Rücken fallen.«

»Vergiß nicht, daß er offenbar auf fast dreitausend Männer zählen kann«, bemerkte seine Tochter. »Und allmählich zweifle ich daran, ob wir genug Munition haben, um sie alle zu töten.«

»In keiner Schlacht bringt man ›alle‹ Feinde um«, erwiderte Miguel Heredia und lächelte erneut. »Wir müssen nur so viele töten, daß der Rest eine gute Ausrede hat, die Flucht zu ergreifen. Soweit ich weiß, bestehen die ›Heere‹ dieses Schweins aus Söldnern und Sklaven, die nur die Wahl hatten, sich rekrutieren zu lassen oder verkauft zu werden.« Er drehte sich um, nahm die Hände seiner Tochter und drückte sie fest, bevor er mit tiefer Zuneigung hinzufügte: »Du weißt sehr gut, daß ich anfänglich Zweifel daran hatte, ob dieses Abenteuer gelingen würde und ob es Sinn machte, in See zu stechen, um gegen den Sklavenhandel zu kämpfen.« Er machte eine komische krause Nase. »Im Grunde habe ich immer noch gewisse Vorbehalte, aber bei dieser konkreten Aktion, das muß ich zugeben, sind wir auf dem richtigen Weg: Der König vom Niger hat tönerne Füße, so tönern wie die Mauern seiner Festung.«

»Dein Wort in Gottes Ohr!«

»Er muß mich einfach erhören«, lautete die humorvolle Antwort. »Schon seit allzu vielen Jahren bete ich zu ihm, ohne daß ihn das je gekümmert hätte, daher denke ich, jetzt ist der Augenblick gekommen, wo sich das ändert. Wenn er uns den Sieg schenkt, dann weil er dagegen ist, daß ein Teil seiner Geschöpfe den anderen nur deshalb versklavt, weil er den Menschen unterschiedliche Hautfarben gegeben hat.« Er grollte ein wenig. »Aber wenn er zuläßt, daß man uns besiegt, dann akzeptiert er, daß er im Grunde seiner Seele ebenfalls ein Rassist ist.«

Seine Tochter sah ihn sichtlich ironisch von der Seite an.

»Na so was!« rief sie aus. »Wann ist es dir eingefallen, daß Gott ein Rassist sein könnte?«

»Seitdem ich diesen Kontinent betreten habe, oder besser, seit dem Tag, an dem wir die *María Bernarda* aufgebracht haben. Es gibt nichts, keinen verborgenen Grund oder keinen höheren göttlichen Plan, der die Tatsache rechtfertigt, daß man ein menschliches Wesen so viel leiden läßt. Aber ich bin davon überzeugt, wenn Gott wirklich existiert, dann ist ihm klargeworden, daß die Stunde gekommen ist, die Dinge zu ändern, und er uns helfen wird, diese Schweine zu vernichten.«

»Deine Zuversicht überrascht mich, mehr aber noch, wie du Gott siehst«, lautete die Antwort. »Ich persönlich glaube nicht, daß er die leiseste Vorstellung davon hat, was hier unten geschieht.«

»Wenn das so ist, warum verschwenden wir dann soviel Zeit mit ihm?« wollte der Alte wissen. »Warum beten wir zu ihm? Wenn er nicht die leiseste Vorstellung davon hat, was mit einer ganzen Menschenrasse geschieht, wie soll er dann wissen, was in jedem einzelnen von uns vorgeht?«

»Keine Ahnung«, gab seine Tochter zu. »Wenn ich ehrlich sein soll, habe ich mir diese Frage noch nicht einmal gestellt, ebensowenig wie Pater Barbas, und der hätte wesentlich mehr Grund dazu als ich. Die Vorstellungen von ›Gott‹ und ›Sklaverei‹ sind meiner Meinung nach so unvereinbar, daß man sie nicht einmal im gleichen Atemzug nennen kann. Wenn Gott existiert, dann dürfte es logischerweise keine Sklaverei geben, und wenn die Sklaverei existiert, dann gibt es keinen Gott.«

»Aber die Sklaverei existiert. Überall um uns herum ist sie …!« stellte ihr Vater klar. »Soll das heißen, daß Gott nicht existiert?«

»Logischerweise sollte er dann nicht existieren, aber das ist nur menschliche, nicht göttliche Logik.« Das Mädchen streichelte liebevoll den weißen Bart ihres Vaters und küßte ihn sanft auf die Wange. »Aber ich glaube nicht, daß uns so eine Diskussion irgendwohin führt. Wenn die katholische Kirche und der Islam die Sklaverei akzeptieren und in gewisser Weise sogar fördern, welche moralische Autorität haben wir dann bei diesem Thema?«

»Die Autorität unseres eigenen Gewissens, und das ist im Grunde mehr wert als Islam und Christentum zusammen.«

»Wohl wahr ...«, räumte Celeste Heredia unbefangen ein. »Das Gewissen ist das einzige, was unser Handeln bestimmen sollte, anstatt uns auf Gott zu verlassen, dessen Gewissen vielleicht nichts mit dem unsrigen gemein hat ...« Sie starrte auf einen Punkt in der Ferne, und ohne ihren Vater anzusehen, fuhr sie fort: »Wir haben allen Anlaß, auf unseren Sieg zu vertrauen, aber ich kann nicht vergessen, daß wir uns auf einem unerforschten Kontinent befinden. Oft habe ich das Gefühl, jeden Augenblick könnte ›etwas‹ auftauchen, was unsere Hoffnungen am Boden zerstört. Vergiß nicht, als Sebastián Mombars besiegt hatte, waren wir unermeßlich reich und die Zukunft schien uns wunderbar. Doch dann kam plötzlich ein Erdbeben, und unsere Glückseligkeit war mit einem Schlag dahin.«

»So muß es nicht immer sein«, meinte ihre Vater. »Nicht immer versteift sich das Schicksal darauf, uns heimzusuchen.«

»Erzähl das diesen armen Schwarzen, die das Schicksal seit Jahrhunderten unaufhörlich heimsucht ...« Wieder blickte Celeste starr auf das Ufer, schlug die Augen nieder und fragte schließlich: »Ist das nicht der Hirte von gestern nachmittag?«

»Das ist er.«

»Ich habe die ganze Nacht von ihm geträumt, und jetzt folgt er uns offenbar.«

»Ich nehme an, daß wir für einen gelangweilten Hirten einer gottverlassenen Gegend, deren wenige Bewohner sich aus dem Staub gemacht haben, ein ganz schönes Schauspiel abgeben.«

»Und was weidet er? Büffel?«

»Das scheinen mir eher Ochsen zu sein. Nur die Hörner kommen mir zu lang vor.«

»Er hat ganz schön viele.«

»Tatsächlich eine ganze Menge.«

»Das heißt, daß wir ganz schön blöd sind.«

Miguel Heredia sah sie leicht pikiert von der Seite an.

»Was soll das denn nun?« wollte er wissen.

»Da lassen wir unsere Männer Bohnen und Dörrfleisch essen und wie die Maultiere rudern, dabei könnten wir einige saftige Koteletts verspeisen, während ein Haufen Ochsen unsere Schiffe zieht!«

»Sag das Pater Barbas.«

Am Mittag zog der köstliche Duft von drei am Spieß gebratenen Langhörnern bis zum Ufer, während fast fünfzig Ochsen gemächlich, aber unermüdlich die zwei schweren Schiffe zogen. Inzwischen schien das Gerippe von einem Hirten zum reichsten Mann der Welt geworden zu sein, denn um seinen Hals und an seinen Armen hingen alle möglichen Ketten, Reife, Spangen, Tücher, Töpfe und was ein Mensch noch alles tragen konnte, ohne vom Gewicht erdrückt zu werden.

Er war vielleicht taub, aber glücklich lächelnd präsentierte er allen, die ihm von Deck aus zuwinkten, stolz seine Schätze und fragte sich, wie es möglich war, daß eine verrückte Bande weißer Männer auf ihren riesigen schwimmenden Häusern nur so dumm sein konnte, drei elende Ochsen für die prachtvollsten Reichtümer einzutauschen, von denen einer je geträumt hatte.

In der Zwischenzeit genossen diese Männer das Festmahl und fragten sich, wie einer so infantil und naiv sein konnte, drei schöne Ochsen für einen läppischen Haufen Tand einzutauschen, für den kein Mensch, der bei klarem Verstand war, auch nur ein armseliges Huhn hergegeben hätte.

So war dieser Tausch, von dem beide Seiten derart profitierten, im Grunde nichts weiter als ein Beweis dafür, welche abgrundtiefen Unterschiede zwei Welten trennten, die sich niemals verstehen würden.

Jean-Claude Barrière, den schon seit vielen Jahren niemand mehr so zu nennen wagte, geriet immer mehr in Rage.

Und jetzt bekam er es sogar richtig mit der Angst zu tun, denn das Glück schien ihm die kalte Schulter zu zeigen. Seit drei langen Monaten hatte er keinen einzigen Sklaven mehr verkauft, keine einzige Guinee, kein einziges Gewehr oder einen läppischen Sack Munition erhalten, und nun gingen ihm langsam die Vorräte aus. Bald würde er seine Krieger nicht mehr ernähren können und sich gezwungen sehen, sie loszuschicken, um Lebensmittel zu requirieren, was bedeutete, die Zitadelle zu entblößen.

Und als wäre das noch nicht genug, jetzt fiel auch noch das schlimmste aller Übel, die Tollwut, im Süden seines Imperiums ein.

Der Süden!

Die Südgrenze hatte er immer als seine sicherste angesehen, denn im tiefen Süden seiner riesigen Besitztümer gab es nur die ungesunden öden Sümpfe des Deltas, das Land der Aussätzigen, elenden Fischer und geflohenen Angsthasen, von denen er niemals etwas zu fürchten hatte.

Der Norden und der Westen waren immer umkämpfte Gebiete gewesen. Dort mußte er Tag für Tag mächtigen Feinden die Stirn bieten, die er besiegen, unterwerfen und später an die Kapitäne der Sklavenschiffe verkaufen konnte, aber vom Süden hatte er sich niemals etwas erwartet, weder Gutes noch Schlechtes.

Und nun kam aus dem Süden der schlimmste Alptraum aller Könige und aller Nationen: die Wut der Göttin Elegbá, die offenbar beschlossen hatte, auf die Erde zu spucken, um ihre Geschöpfe zu vergiften. Diese würden dann unter Jammern und so unerträglichen Schmerzen sterben, daß ihnen der Schaum aus dem Maul trat.

»Was kann man tun, wenn die Götter einen verfluchen und vernichten wollen?« fragte er eines Nachts den weisen Marabut, der natürlich auf alles eine Antwort hatte. »Wie soll man gegen solche Feinde kämpfen?« Diesmal schüttelte der Alte aber lediglich wiederholt den Kopf, während er sich zerstreut den zerzausten grauen Bart zupfte.

»Einen solchen Fluch gibt es nicht, und auch keine solchen Götter«, behauptete er überzeugt. »Und ein wahrer Moslem sollte solchen Märchen kein Gehör schenken. Du weißt sehr gut, daß es keinen Gott außer Allah gibt, und daher sind Elegbá und ihre angebliche Spucke nur ein Aberglauben barbarischer Völker. Nicht sie schickt die Tollwut.«

»Wer schickt sie mir dann?«

»Du überschätzt dich, wenn du annimmst, daß man sie dir persönlich schickt. Die Tollwut ist eine Krankheit wie die Lepra, die Pocken oder die Pest, und deine Pflicht als König ist es, ihre Auswirkungen so gering wie möglich zu halten, indem du verhinderst, daß Panik um sich greift.« Der Marabut deutete mit dem Finger direkt auf die Brust seines Schülers, als er fortfuhr: »Hier und jetzt mußt du beweisen, daß du wirklich zu herrschen verstehst. Was du bis jetzt getan hast, Krieger loszuschicken, die Dörfer vernichten und Sklaven einfangen, das kann ein jeder.«

Trotz all der weisen Worte wurde es immer klarer, daß weder Mulay-Ali noch der Marabut aus Ibadán und noch weniger der Schotte Ian MacLean auch nur den geringsten Schimmer hatten, was sie gegen eine Epidemie unternehmen sollten, die unaufhaltsam auf seine Zitadelle zumarschierte. Ebensowenig wußten sie, wie man verhindern konnte, daß die schreckensbleichen Bewohner sich darum Sorgen machten, was passieren würde, wenn die Tollwut in die belebten Gassen, die überfüllten Plätze und die riesigen Lagerhäuser eindringen würde, in denen man Hunderte von Sklaven in Ketten eingepfercht hatte.

Wer würde verhindern, daß der Nachbar seinen Nachbarn biß, der Passant den Wasserträger oder der Gefangene seinen Zellengenossen?

Wer fühlte sich in der Lage, herauszufinden, welcher Hund, welche Katze, welches Schwein oder welcher Affe drauf und dran war, seinen Herrn anzufallen?

Wer konnte wissen, wie viele der zahlreichen Männer, Frauen oder Kinder, die hier nach wilder Flucht ankamen, nicht bereits die schreckliche Krankheit in sich trugen?

Als Vorsichtsmaßnahme ließ der Mulatte alle Haustiere opfern, die sich innerhalb des Mauerbezirks befanden. Außerdem befahl er, die verzweifelten Leute aus dem Süden, die mit den schrecklichen Geschichten über tollwütige Bestien ankamen, auf keinen Fall die Tore der Festung passieren zu lassen. Gleichzeitig forderte eine ausgesuchte Gruppe von Kriegern die Flüchtlinge auf, am Ufer eines Flusses zu kampieren, in den man sie dann mit Gewalt trieb.

Nach Mulay-Ali war jeder, der sich weigerte, eine lange

Weile unter Wasser zu bleiben, ein Mensch, der die Tollwut haben konnte. Da ersparte man den anderen Probleme und sich selbst Leiden, wenn man dem wasserscheuen Kerl die Kehle durchschnitt und die Leiche so weit wie möglich von der Strömung forttragen ließ.

Seltsamerweise führte der allgemeine Terror zu einer solchen Massenhysterie, daß manch einer sich hartnäckig sträubte, in die Nähe des Flusses zu kommen, vielleicht, weil er sich vor der Entdeckung fürchtete, Angst vor dem Wasser und damit die Tollwut zu haben.

Immer wenn ein Erleuchteter das Ende der Welt ankündigt, nehmen sich manche Leute das Leben, weil sie die Angst vor der Apokalypse nicht mehr ertragen können. In jenen Tagen wählte eine Handvoll armer Kerle, die Panik und Aberglauben völlig verwirrt hatten, den leichten Weg einer schnellen Hinrichtung, anstatt sich von der giftigen Spucke einer rachsüchtigen Göttin infiziert zu sehen.

Für die meisten Anhänger der afrikanischen Naturreligionen bestimmte die Art des Todes das Leben im Jenseits. Aus diesem Grund bemühten sie sich, ihren letzten Atemzug so friedlich wie nur möglich zu tun, und umgaben sich mit den Geschöpfen und Dingen, die sie am meisten liebten. Das war gewissermaßen das Vorspiel zu einer glücklichen Ewigkeit in Gesellschaft dieser Geschöpfe und Dinge.

Die Kehle durchgeschnitten zu bekommen, während man die Augen auf das schöne Land richtete, in dem man geboren und aufgewachsen war, das war ihrer Sichtweise nach ein wesentlich verheißungsvolleres Ende, als diese Welt zu verlassen, während man Schaum spuckte, sich vor Schmerzen krümmte, jedes Lebewesen biß und dabei die Götter auf ewig verfluchte.

Jede einzelne dieser »Hinrichtungen«, so rar sie auch waren, steigerte die Unruhe derer, die am Ufer des Flusses oder im Inneren der Zitadelle ihr Leben fristeten. Bald war jedes Viertel, jedes Haus, jede Familie, ja jedes einzelne Individuum nur noch damit beschäftigt, das eigene Revier zu verteidigen und um jeden Preis zu verhindern, daß sich ihm irgend jemand näherte, ob Mensch oder Tier.

»Ich möchte den Weisen des Feuers sehen«, verlangte Mulay-Ali.

»Den Weisen des Feuers?« fragte Alain Barrière. Er gehörte zu den lästigen Zeitgenossen, die die absurde Angewohnheit hatten, alles zu wiederholen, als wären sie niemals sicher, auch nur das Elementarste verstanden zu haben. »Warum?«

»Ich brauche Rat.«

»Rat? Rat von einem schmutzigen Bamileke, wo dir die besten Ratgeber zur Verfügung stehen, die je ein König gehabt hat?«

Der Mulatte hob die Hand und bat sich unmißverständlich Ruhe aus.

»Weder der Marabut noch MacLean oder ein einziger meiner Diener hat mir irgend etwas Nützliches gesagt.« Er zeigte mit dem Finger auf ihn. »Bereite ein Treffen mit Sakhau Ndú vor, bevor es zu spät ist.«

»Zu spät?« wiederholte ein weiteres Mal sein Stiefbruder. »Zu spät wofür? Ist dir klar, was die Fulbe sagen werden, wenn sie entdecken, daß du in einem Augenblick wie diesem auf einen schmutzigen Zauberer zurückgreifst?«

»Auf wen sonst?« fauchte ihn Mulay-Ali an. »Weder Jesus Christus noch Buddha oder Mohammed haben auf die Erde gespuckt. Elegbá war es, und aus diesem Grund kann nur ein Schamane wissen, wie man ihren Zorn besänftigt.« Er verabschiedete sich mit einer herrischen Geste. »Tu, was ich dir gesagt habe, und fackel nicht lange.«

Sakhau Ndú, der im Umkreis von Hunderten, wenn nicht Tausenden von Meilen geachtetste Weise des Feuers, lebte in einem beängstigenden Palast aus Lehmziegeln, in deren Mörtel Schweineblut gemischt war, damit kein fanatischer Mohammedaner die Schwelle seiner Tür überqueren konnte, ohne sich dabei unwohl zu fühlen. Seine ganze Welt war, bis hin zum kleinsten Detail, in Rot getaucht: die symbolische Farbe des Feuers und der Reinigung. Alles, die rätselhaften Bilder an der großen Außenmauer, die Federn seines Kopfschmucks oder sein riesiger Zeremonienumhang, zeigte diese aggressive Farbe, die – ihm zufolge – seine unzerstörbare Verbindung mit allen guten und bösen Geistern symbolisierte.

Wegen seiner Macht und seiner Weisheit war er so gefürchtet, daß nicht einmal der König vom Niger höchstpersönlich es gewagt hätte, auch nur einen Finger gegen ihn zu erheben, obwohl ihn der Marabut ständig dazu drängte. Er sah in ihm nämlich einen gefährlichen, zu einflußreichen Ungläubigen. Als der Weise des Feuers erfuhr, daß Mulay-Ali seine Dienste in Anspruch nehmen wollte, stellte er einige sehr harte Bedingungen, unter denen er eine Begegnung akzeptieren würde.

»Er muß am Abend kommen, allein, nackt, und ein weißes Ferkel als Geschenk mitbringen. Vielleicht vergessen die Götter seiner Ahnen dann seinen Verrat und lassen sich dazu herab, ihn anzuhören.«

Für einen stolzen Monarchen, Diener Allahs und Geißel der Ungläubigen, waren die Bedingungen kaum annehmbar, aber da ferne und verwirrende Trommeln die Nacht zuvor angekündigt hatten, daß außer der Pest aus dem Süden eine neue Gefahr in Form von zwei riesigen kanonengespickten Schiffen heraufzog, beschloß Jean-Claude Barrière, daß jetzt nicht der Augenblick war, sich mit protokollarischen Fragen aufzuhalten. So entschied er sich, den weiten Fluß allein zu überqueren, sein Kanu in einer halben Meile Entfernung ans Ufer zu ziehen und zu Fuß, nackt und mit einem weißen Ferkel auf den Schultern, zum mysteriösen Palast mit den roten Wänden zu gehen.

Sakhau Ndú empfing ihn in einem großen kreisförmigen Raum, der nur von der Glut eines riesigen Scheiterhaufens erleuchtet wurde. Dessen Rauch zog durch einen engen Kamin ab, der die Mitte der Kuppel einnahm. Außer einem winzigen Dachfenster gab es keine weitere Belüftung. Durch dieses drang ein Strahl Abendsonne ein, das die obere Partie des Gemachs wie eine leuchtende kupferfarbene Linie durchquerte.

Als ein schweigender Diener die schwere Pforte hinter ihm schloß, blieb der Mulatte reglos stehen und versuchte sich an das Dämmerlicht zu gewöhnen, bis er den Mann erkennen konnte, der auf einem eleganten purpurroten Thron saß. Er kam ihm sehr groß vor, fast wie ein Riese, schlank, sehnig und seiner Ansicht zu jung für einen Menschen, der einen solchen großen Ruhm als Weiser genoß.

»Nimm drei Holzscheite ...«, war das erste, was der Schamane mit tiefer bedächtiger Stimme sagte. »Leg sie auf das Feuer, so wie du willst. Aber wähle gut aus, denn mit ihrem Rauch schickst du deine Bitten an die Götter, und von ihm hängt ab, ob sie dich anhören oder nicht.«

Mulay-Ali gehorchte, wählte sorgsam drei kleine Scheite unter den vielen aus, die an der Wand aufgeschichtet waren, und legte sie als Dreieck auf die Glut des großen Scheiterhaufens.

Er sah zu, wie sie zu brennen begannen, nahm auf einer Bank gegenüber dem Hausherrn Platz und wartete geduldig ab. Der Weise des Feuers beobachtete, welche Form die Scheite annahmen und welche Figuren die Rauchschwaden bildeten, während sie mit dem Sonnenstrahl spielten, der über seinem Kopf den Raum kreuzte.

Fast eine halbe Stunde verging.

Die Scheite zerfielen in glühende Asche, und erst jetzt ließ sich Sakhau Ndú herab, seine tiefen und beunruhigenden Augen mit äußerst geweiteten Pupillen auf den erwartungsvollen und beeindruckten König vom Niger zu richten.

»Ich sehe, du hast Elegbá gefragt, warum sie dir ihre giftige Spucke schickt«, murmelte er schließlich. »Und die übrigen Götter, warum sie sich gegen dich wenden.« Er machte eine kurze Pause, bevor er anklagend hinzufügte: »Was hast du anderes erwartet, wo du dem Glauben deiner Mutter abgeschworen hast, um aus reiner Berechnung Mohammedaner zu werden? Was hast du erwartet, wo du heute der Schrecken deines Volks bist, und das so sehr, daß die Kinder als erstes lernen, den Namen dessen zu verfluchen, der ihnen die Brüder raubt und die Schwestern schändet?«

»Ich weiß sehr gut, was ich getan habe«, versetzte Mulay-Ali mißmutig. »Aber das ist Vergangenheit. Ich will von der Zukunft hören. Was wird aus der Tollwut, die mein Reich bedroht?«

»Dein Reich wird nicht von der Tollwut im Mund der Menschen bedroht, sondern vom Zorn in ihren Herzen.«

»Soll das heißen, daß die Epidemie ein Ende finden wird?«

»Keineswegs.«

»Was heißt es dann?«

»Nur das, was beginnt, hört auf.«

Einige Augenblicke lang verharrte Mulay-Ali in Schweigen und versuchte, den Sinn dieser Worte zu ergründen, dann fragte er erneut:

»Und was wird aus meinem Reich?«

»Es wird enden wie alles, das beginnt.«

»Wird die Tollwut es beenden?«

»Nein, das habe ich dir schon gesagt. Vernichten wird dich der Zorn: ein riesiger, weißer, schweigender Zorn, der in den Armen eines feuchten, warmen Windes kommt.«

»Die Schiffe der Weißen?«

Der Weise des Feuers zuckte fast unmerklich mit den Schultern.

»Möglich, daß es die Schiffe der Weißen sind«, flüsterte er. »Ich habe noch nie ein Schiff gesehen. Ich weiß nur, wenn es ausspuckt, dann ist sein Speichel wesentlich tödlicher als der Speichel Elegbás.«

»Aber warum?« beharrte der Mulatte. »Warum bricht soviel Unheil über mich herein?«

»Vielleicht sind die Götter nicht mit dir zufrieden«, meinte der Bamileke mit leichter Ironie. »In Wahrheit verabscheuen sie dich und haben für dich ein schreckliches Schicksal bestimmt.«

»Was für ein Schicksal?«

»Willst du das wirklich wissen?‹

»Ja.«

»Es ist nicht angenehm.«

»Ich glaube nicht, daß es mir Furcht einjagt.«

»Wie du willst«, billigte der andere. »Die Götter haben beschlossen, daß du, weil dein Vater wegen dir vor

Kälte gestorben ist, vor Hitze sterben wirst. Ich kann nicht wissen, wie das geschehen wird, aber ich kann sehen, wie sich die Glut jeder Pore deines Körpers bemächtigen wird, so wie die Kälte in jede Pore deines Vaters eingedrungen ist.« Seine Stimme klang etwas bedauernd, als er hinzufügte: »Du wirst die Qualen der Hölle erfahren, noch bevor du in sie hinabsteigst. Und die Götter werden dir nicht einmal die Möglichkeit der Klage geben, denn das ist das Ende, auf das du in eigener Verantwortung Tag für Tag und Schritt für Schritt zugehst.«

»Und wann wird dieses Ende kommen?« wollte sein Gegenüber wissen. »Bevor oder nachdem ich dir bei lebendigem Leib die Haut abgezogen habe?«

»Vorher …«, lautete die Antwort. »Lange vorher.«

»Wie kannst du da so sicher sein?«

»Zum einen, weil ich seit Jahren weiß, wann und auf welche Weise ich sterben muß«, befand der Weise des Feuers mit langerprobter Ruhe. »Und zum anderen, weil der Mond müde ist, dich zu sehen.«

»Und was bedeutet das?«

»Er wird nicht mehr erscheinen, bevor er dich nicht tot weiß. Die Sonne pflegt toleranter zu sein und scheint allen, Guten wie Bösen, gleichermaßen Tag für Tag, aber der Mond ist launisch, verbirgt sich und kehrt nicht wieder zurück, bis diejenigen, die er verabscheut, den Tod gefunden haben. Aus diesem Grund zeigt er bei seiner Rückkehr stets ein leichtes Lächeln.«

»Ammenmärchen!«

»Wahrscheinlich«, räumte der Zauberer ein. »Meiner Ansicht nach ist das nur eine alte Legende meines Volks, aber glaube mir, wenn ich dir versichere, daß du das Lächeln des Monds nicht mehr sehen wirst. Deine Zeit ist abgelaufen.«

Er machte eine leichte Geste, warf eine Handvoll Staub auf den Scheiterhaufen, aus der eine helle Stichflamme aufloderte. Ihr folgte dichter schwarzer Rauch, und als sich dieser verzogen hatte, mußte Mulay-Ali erschrocken feststellen, daß sein Gegenüber verschwunden war.

Eine halbe Minute später öffnete sich eine winzige Pforte gleich neben der, durch die er eingetreten war. Als er ins Licht hinaustrat, stand Jean-Claude Barrière vor den Mauern des Palasts und dem unendlichen Niger, dessen Oberfläche einem Meer aus Blut glich. In diesem Augenblick ging nämlich gerade die rote Sonnenscheibe am gegenüberliegenden Ufer unter.

Ganz offensichtlich hatte Sakhau Ndú die Position jener kleinen Pforte perfekt auszuwählen gewußt, ebenso den präzisen Augenblick, in dem er seine Besucher durch sie hinausschickte. Jeder, der einen schummrigen Raum verließ, dessen Boden eine leuchtende Glut war, und hinaustrat in einen afrikanischen Abend, in dem sowohl der Himmel als auch der Fluß sich in ein grelles Rot gefärbt hatten, wäre beeindruckt genug gewesen, um daran zu denken, daß die Natur wirklich mit dem allmächtigen Weisen des Feuers eine unzerstörbare Allianz geschlossen hatte.

Dennoch war der König vom Niger nicht in der Stimmung, die Schönheit der Landschaft zu bewundern. Und nackt, wie er war, überkam ihn das seltsame Gefühl, das letzte Wesen des Universums zu sein, das einzige Lebewesen, das noch immer atmete und das mit dem Rest des Universums verschwinden würde, sobald die leuchtende Sonne endgültig ins Wasser getaucht wäre.

Die kleine Pforte hatte sich hinter ihm geschlossen, und der kleine Palast schien förmlich zu strahlen. Der schlaue Schamane, der zweifellos ein Meister der Inszenierung war, hatte winzige Spiegelscherben in die hohen Mauern eingefügt. Diese reflektierten die Sonnenstrahlen im Abendlicht so sehr, daß man meinen konnte, es handelte sich bei dem Gebäude um eine fantastische Feuerwerksburg.

Die fast irreale Stille des afrikanischen Abends lag über dem Land. Sicher, wie er war, daß er niemals mehr den Mond würde lächeln sehen, empfand der Mulatte den Drang, ins Wasser zu gleiten und sich von der Strömung forttragen zu lassen, um so zu sterben wie sein Vater und damit, wenigstens in diesem kleinen Detail, die Pläne der Götter zu vereiteln.

Während ihm das Wasser die gespreizten Beine benetzte, wurde ihm klar, daß einige Minuten genügt hatten, die vielfältigen Lehren des Marabuts zu vergessen. Auf einen Schlag hatte er seine Ursprünge zurückgewonnen und akzeptierte, daß seine Haut, sein Blut und auch seine Götter schwarz waren.

Und die schwarzen Götter hatten sich nun gegen ihn gestellt.

Sakhau Ndú hatte lediglich das Innerste seiner Seele zum Vorschein gebracht, das dort schon immer geschlummert hatte. Von dem Augenblick an, als er gesehen hatte, wie der Rauch den kupferfarbenen Lichtstrahl kreuzte, verstand er, daß ihn das Glück verlassen hatte, das Urteil über ihn gesprochen war und alle seine Missetaten zum Himmel schrien und nach Strafe verlangten.

»Wir sehen uns in der Hölle«, waren die letzten Worte seines Vaters gewesen, und die Sonne, die sich bereits verbarg, war ihm ein klares Zeichen, daß diese Begegnung unmittelbar bevorstand.

Er ließ sich langsam treiben, plätscherte im Wasser wie ein Kind, versank in Gedanken und bemühte sich, neue

Wege zu sehen, die ihn in eine weniger düstere Zukunft führen konnten als jene, die man ihm prophezeit hatte.

Keinen Augenblick hatte er an der Aufrichtigkeit des Zauberers gezweifelt, als dieser ihm erzählte, was er im Rauch gesehen hatte, denn er wußte sehr genau, daß niemand lügt, wenn er durch diese Lüge den Kopf verlieren kann, und niemand redete zu einem König so, wie Sakhau Ndú es getan hatte, wenn er nicht wirklich daran glaubte, was er sagte.

Das Problem lag nicht darin, ob man dem Weisen des Feuers glaubte, sondern ob man akzeptierte, daß er recht hatte und genau das geschehen würde, was er vorausgesagt hatte, bevor der Mond wieder aufgehen würde.

»Er muß sich irren«, murmelte er schließlich leise. »Er muß sich in etwas täuschen, und wenn er sich in etwas täuscht, dann täuscht er sich ganz. Die Lösung liegt darin, ihn zu töten.«

Diese absurde Logik war typisch für Mulay-Ali: Wenn er erreichte, daß der Schamane vor ihm starb, dann hatte Sakhau Ndú bei seinen Prophezeiungen einen Irrtum begangen, und wenn er im Detail irrte, dann konnte er auch beim Wesentlichen irren.

Mulay-Ali schwamm daher immer schneller, bis er fast atemlos das Kanu erreichte, das er flußabwärts an Land gezogen hatte. Er bemerkte, daß ihn der stets gleichmütige Weise des Feuers vom Turm seines Palasts aus beobachtete.

Seine Augen mit den weiten Pupillen, die einen unbewegt anstarren konnten, ohne nur einmal zu blinzeln, folgten jeder Bewegung des Mulatten, bis dieser schnell davonruderte, ohne sich umzudrehen. Erst jetzt wandte sich der Schamane an die wunderschöne Frau, die hinter ihm stand, und flüsterte:

»Wir müssen aufbrechen, bevor er seine Leute schickt, um mich umzubringen.«

»Du hättest nicht so hart mit ihm umspringen dürfen«, entgegnete seine Frau fast verblüffend unbefangen. »Ich habe dir geraten, behutsam vorzugehen.«

»Die Götter pflegen nicht behutsam zu sein«, bemerkte Sakhau Ndú etwas müde und bedrückt. »Sie sagen, was ihnen gefällt, und meine Pflicht ist es, ihre Worte exakt wiederzugeben.« Er zuckte mit den Schultern. »Was kann ich dafür, wenn sie über diese üble Bestie so wütend sind?« Er lächelte ein wenig: »Weißt du, was merkwürdig ist? Ich habe den Eindruck, daß sie ihm in Wirklichkeit nicht zürnen, weil er soviel gemordet, geschändet oder versklavt hat, sondern weil er sich ohne echte Berufung zum Islam bekehrt hat.«

»Der Grund ihres Zorns ist jetzt nicht wichtig«, versetzte sie. »Was zählt, ist die Tatsache, daß uns jetzt die Wut Mulay-Alis droht. Wohin wirst du gehen?«

»Nach Süden.«

»Nach Süden?« wiederholte die schöne Frau, deren makelloses Antlitz sich ansonsten niemals veränderte. Jetzt aber ließ sie doch einige Sorgenfalten sehen. »Aus dem Süden kommt die Tollwut.«

»Eine solche Tollwut gibt es nicht«, urteilte Sakhau Ndú. Er drehte sich wieder um und betrachtete das davonrudernde Kanu. Schon brachen die Schatten der Nacht über den Fluß herein. »Es hat sie nie gegeben.«

»Was soll das heißen, es hat sie nie gegeben?« fragte die Frau erstaunt. »Die Leute sagen ...«

»Was die Leute sagen, pflegt wenig mit der Realität gemein zu haben«, unterbrach sie der Schamane. »Und wenn die Götter versichern, daß eine solche Epidemie nicht existiert, dann ziehe ich es vor, ihnen zu glauben.«

Zeud Sekaturé, Prinzessin vom Stamm der Calabar, hatte keinen Augenblick gezögert, die Bequemlichkeiten ihres heimatlichen Herds und den Schutz ihrer mächtigen und einflußreichen Familie aufzugeben, um blind dem rätselhaften Weisen des Feuers vom Stamm der Bamileke zu folgen, der ihr Herz mit einem einzigen Blick erobert hatte. Niemals hatte sie an den außerordentlichen Kräften ihres Ehemanns gezweifelt, aber jetzt schauderte ihr doch ein wenig, wenn sie daran dachte, was passieren würde, sollte er nicht recht behalten und sie der schlimmsten aller Seuchen direkt in die Arme laufen.

»Und wenn die Götter sich irren?« fragte sie schließlich fast tonlos. »Was wird dann aus uns?«

»Die Götter irren sich niemals«, tadelte er sie und blickte sie wieder an. »Wenn sich jemand irren sollte, dann bin ich es, und wenn das so ist, verdiene ich, dafür zu zahlen.«

»Und die Kinder?« jammerte sie. »Was können die Kinder dafür?«

Der Schamane streichelte mit großer Zärtlichkeit die geliebte Haut, die so schwarz war wie die finsterste Nacht, aber so schimmernd wie der herrlichste Sonnenaufgang. Schließlich legte er die Kuppe seines Zeigefingers auf ihre erregenden Lippen.

»Vertraue mir!« bat er. »Vertraue den Göttern, die dort unten im Süden herrliche Dinge ankündigen.« Ein ums andere Mal nickte er, als wollte er sich selbst von seinen Worten überzeugen lassen. »Die Welt wird sich ändern«, fügte er hinzu. »Ich weiß nicht, wie, warum oder wie lange, aber ich fühle, daß sich Jahre voller märchenhafter Wunder nähern, derentwegen alles sehr anders werden wird.«

»Oft machst du mir angst«, bedauerte sie. »Manchmal

habe ich den Eindruck, daß du alles über die Pläne der Götter weißt, aber in anderen Augenblicken oft so ratlos bist wie der unwissendste Ziegenhirte.«

Der Bamileke nahm auf einer Zinne des Turms Platz, streichelte sie zärtlich, damit sie sich auf seine Knie setzte, umfaßte ihre Taille und küßte sie leicht auf den Hals.

»Ich kann weder jemals alles wissen noch völlig unwissend sein«, flüsterte er ihr ins Ohr. »Unzählige Male habe ich dir schon erklärt, wie sich die Götter darin gefallen, uns auf einen Weg zu bringen, der sich ständig gabelt, bis aus ihm ein riesiges Labyrinth wird. Sie wissen, wohin jeder einzelne Weg führt, und sie gestatten es uns, den unsrigen frei auszuwählen. Sie sorgen sogar dafür, daß sich diese Wege ab und zu wieder kreuzen, damit wir unsere Irrtümer korrigieren können.« Er gab ihr noch einen Kuß. »Mir haben sie die Macht verliehen, im Rauch und Feuer zu lesen, welche dieser Wege gut und welche schlecht sind, aber nichts weiter«, schüttelte er den Kopf. »Wenn ich absolut ehrlich sein soll: Oft habe ich den Eindruck, daß nicht einmal die Götter wissen, was das wahre Ziel jedes Menschen ist«, lächelte er bitter. »Sie verlieren sich in ihrem eigenen Labyrinth.«

»Das heißt, sie täuschen sich, und gerade eben hast du versichert, daß sich die Götter niemals irren.«

»Sich verlieren und sich täuschen sind zwei sehr unterschiedliche Dinge«, argumentierte er. »Du kannst dich verirren, weil der Weg schlecht beschildert ist, was dann nicht deine Schuld ist.« Er gab ihr einen liebevollen Klaps auf den Po, damit sie aufstand. »Vielleicht passiert das gerade mit den Göttern, obwohl ich nicht glaube, daß wir darüber jetzt diskutieren sollten.«

Es war finstere Nacht, als sie zusammen mit ihren vier

Kindern und sechs Dienern auf ihr Boot gingen, ein langes Kanu, auf dem sie allen Besitz verstaut hatten, der ihnen wirklich etwas galt. Als sie zum letzten Mal über die Schwelle ihres Hauses gingen, mußte der Schamane seine kummervolle Familie trösten.

»Weint nicht«, bat er. »Wir kommen zurück.«

»Wann?«

»Bald«, versprach er. »Sehr bald.«

»Aber vielleicht gibt es dann das Haus nicht mehr«, beklagte sich Zeud Sekaturé bitter. »Mulay-Ali wird es in Brand stecken lassen.«

»Das bezweifle ich ...«, erwiderte ihr Ehemann überzeugt, während er ihr half, an Bord zu klettern. »Mauer und Dächer sind deshalb so massiv, weil ich sie mit gebrannten Ziegeln errichtet habe.« Er lächelte etwas geheimnisvoll und murmelte: »Und keiner wird es wagen, die Schwelle dieser Tür zu überschreiten.«

»Woher weißt du das?«

»Ich weiß es eben.«

Er sagte nichts mehr, aber kaum hatten die Ruderer in die Riemen gegriffen, da drang verzweifeltes Jaulen aus den Innenhöfen und Gärten des jetzt verschlossenen Palasts. Die Angst, die darin zu hören war, ließ einem das Blut gefrieren. Hunde, Katzen, Schweine, Esel, Ziegen, Kühe, Affen und was für Tiere sonst noch gerade im Inneren des massiven Gebäudes waren, schienen sich verabredet zu haben, auf so verzweifelte Weise zum Himmel zu rufen.

Eines der Kinder stand plötzlich auf, so daß das Boot ins Schwanken geriet.

»Was ist los?« fragte es alarmiert. »Was hast du mit den Tieren angestellt?«

»Nichts ...!« beruhigte es sein Vater mit einem leichten

Lächeln. »Ihnen geschieht nichts, aber mit diesem Lärm verteidigen sie das Haus wesentlich besser.«

»Und wie hast du es geschafft, daß sie sich so aufführen?« wollte seine Frau wissen.

»Ich habe ihnen etwas Brennesselsaft ins Wasser getan«, lautete die einfache Erklärung. »Sie werden die ganze Nacht hindurch jaulen, weil ihnen die Schnauzen brennen, und da sie von diesem Wasser nichts mehr trinken wollen, wird jeder annehmen, daß sie die Tollwut haben.«

»Die Armen ...!« stöhnte die kleinste Tochter. »Sie werden vor Durst sterben.«

»Mach dir keine Sorgen, Kleine«, tröstete sie der Weise des Feuers und fuhr ihr durch die kurzen Ringellöckchen. »Manhud ist bei ihnen geblieben, und schon morgen gibt er ihnen anderes Wasser.«

Er schnalzte mit den Fingern, und die Ruderer setzten die Fahrt fort, immer nah am Ufer entlang. Hinter ihnen blieb der Chor aus durchdringendem und schmerzerfülltem Bellen, Miauen, Blöken, Muhen und Wiehern zurück, der sich für immer der afrikanischen Landschaft bemächtigt zu haben schien.

Es war schon nach Mitternacht, als sich ihnen deutlich zu vernehmende Stimmen näherten. So versteckten sie sich zwischen den Ästen eines Busches, der direkt über dem Fluß hing, und bald konnten sie im Licht von Millionen Sternen zwei riesige Kanus erkennen, die mit fast zwanzig Kriegern an Bord in der Flußmitte stromaufwärts fuhren.

Als diese endgültig hinter ihnen verschwunden waren, fuhren sie weiter flußabwärts, bis sie die riesige Silhouette der schlafenden Zitadelle erblickten. Sie sah wie ausgestorben aus, obwohl ihre hohen Mauern und quadratischen Türme von zahllosen Feuern erleuchtet wurden, die die »Flüchtlinge« in ihren provisorischen Lagern entzündet hatten. Als der Weise des Feuers sie so sah, scheinbar so verlassen, mußte er sich fragen, was wohl in diesem Augenblick im verwirrten Hirn des mächtigen Herrn der imposanten Festung vorging.

Er malte sich aus, wie Mulay-Ali auf einer der schimmernden Kanonen saß, deren drohende Mündungen zwischen den Zinnen herausragten. Vielleicht suchte er inständig nach der Mondsichel, die erst in drei Tagen wieder erscheinen würde. Den Weisen des Feuers machte es froh, sich den Schrecken bestens vorstellen zu können, der in diesen Augenblicken das Herz des abstoßendsten Menschen gefrieren ließ, den er je kennengelernt hatte.

Sakhau Ndú wußte besser als jeder andere, daß der König vom Niger den Tod mehr als verdient hatte, aber er fand auch, daß es ungerecht gewesen wäre, den Mulatten sterben zu lassen, ohne daß er nicht wenigstens etwas von all den Schmerzen, die er so vielen Unglücklichen zugefügt hatte, zu spüren bekam.

Er hatte es so deutlich wie nie im Rauch der Scheite gelesen, daß die Götter für Mulay-Ali ein grauenvolles Ende vorgesehen hatten, dem wahrscheinlich eine Ewigkeit voller unbeschreiblicher Leiden folgen würde. Und es freute ihn, daß er dazu beigetragen hatte, die schreckliche Agonie des Mulatten ein wenig vorzuverlegen, indem er ihm eine Vorahnung davon gegeben hatte, welches Grauen die Zukunft für ihn bereithielt.

Vatermörder, Schänder, Henker, Folterer, Renegat, Verräter an seiner Rasse und Sklavenhändler: Jean-Claude Barrière hatte sich alles Übel, das ihn erwartete, mehr als verdient. Man konnte lediglich bedauern, daß ihm so wenig Zeit blieb, die Bitterkeit seiner Strafe schon zu Lebzeiten voll auszukosten.

»Das Herz soll dir im Leib verfaulen und sein Gestank dich zwingen, es auszukotzen«, murmelte er, während er einen letzten Blick auf die Mauer warf, als wäre er absolut sicher, daß ihn der andere dort oben hören konnte. »Hoffentlich tötet dich die Angst tausend Male, bevor man dich umbringt!«

In einer solchen Nacht wollte er nicht schlafen, und als am Morgen die Sonne aufging, da glaubte er, daß das Licht dieses Morgenrots der langersehnten Freiheit seiner Rasse leuchten würde.

Mit Ausnahme des Steuermanns schliefen alle an Bord des Boots, und der Weise des Feuers genoß die Stille des magischen Augenblicks. Dieser fand seinen Höhepunkt, als die Strahlen der aufgehenden Sonne auf den kahlen Ast eines halbversunkenen Baums fielen, auf den sich in trautem Nebeneinander ein großer Adler und eine kleine blaue Ente niederließen.

Als er sie betrachtete, wußte er, das war der lang ersehnte Tag, der prophezeite Tag, an dem Räuber und Beute friedlich miteinander leben würden: vielleicht der Tag, an dem der Mensch aufhörte, seine Brüder zu versklaven.

Der Tag der erträumten Freiheit, die seit Anbeginn der Zeiten einem ganzen Kontinent verwehrt worden war.

Kurz darauf sah er sie.

Hier kamen sie ...!

Die Götter!

Jeder andere Afrikaner hätte die Galeone und die Fregatte vielleicht für die angekündigten Feuerwagen gehalten, auf denen diese Götter fuhren. Für einen so eingefleischten Anhänger des Fetischkults, wie es der

Bamileke-Schamane war, verwandelten sich jene Schiffe selbst in einen wesentlichen Teil der Gottheiten.

»Feitiço«, nannten die ersten portugiesischen Seeleute die afrikanischen Zauberer, was soviel wie »Träger magischer Kraft« bedeutete. Diese Schamanen waren überzeugte Animisten, für die sich die Präsenz der Götter in jeder Pflanze, in jedem Ding oder Tier manifestieren konnte.

Für die Christen bedeutete ein religiöses Gemälde lediglich ein Abbild Gottes, der Jungfrau oder der Heiligen, aber für die westafrikanischen Animisten konnte das Bild selbst Teil dieses Gottes werden und als solcher verehrt, ja angebetet werden.

Ein Christ, der frei von Sünde ist, glaubt, in der Hostie den Leib Christi zu sich zu nehmen. Ebenso konnten die Götter der Eingeborenen in einem bestimmten Objekt wohnen, und wer sich diesem frei von Sünde näherte, der näherte sich körperlich besagter Gottheit.

Eine majestätische Galeone, die gemächlich in der Mitte eines ruhigen Flusses fuhr und deren weißes Segelwerk durch eine leichte Südwestbrise in spektakulärer Weise aufgebläht wurde, mußte einem Fetischanhänger, dessen Leben stets die alten Glaubensvorstellungen des Bamileke-Volks bestimmt hatten, als physische Erscheinung des Gottes der Gerechtigkeit vorkommen, der endlich aus seinem Exil zurückkehrte, um den Menschen sein Gesetz aufzuerlegen.

Gott Chahad hatte vor vielen Jahren die Höchste Schlacht um die Gleichheit unter den Menschen verloren, und als die Sklaverei kam, sah er sich gezwungen, die Gestalt eines Reihers anzunehmen und sich im Herzen des Kontinents zu verstecken: an der natürlichen Grenze zwischen der großen Wüste und den weiten Savannen – dem heutigen Tschadsee –, und er schwor, diesen nicht eher zu verlassen, bevor nicht der letzte Sklavenhändler von der Erde verschwunden war.

Seit jenem schwarzen, bereits allzu fernen Tag hatte sich Benué, Gott der Erbarmungslosigkeit, der sich in einem wilden Büffel mit drohenden Hörnern zu inkarnieren pflegte, zum Herrn über Urwälder, Wüsten und Savannen aufgeschwungen, über die er mit absolut brutaler und blindwütiger Gewalt herrschte.

Manchmal konnte man in der Nähe schmutziger Tümpel und seichter Sümpfe einen grazilen Reiher sehen, der sich auf dem Rücken eines Büffels niedergelassen hatte und grimmig auf dessen rauhe Haut einpickte, ohne daß sich das Tier auch nur zu rühren schien. Die Eingeborenen glaubten darin ein Symbol für das zu sehen, was sich wirklich in der Welt abspielte, in der eine ohnmächtige Gerechtigkeit die dicke Haut der abgestumpften Erbarmungslosigkeit nicht einmal kratzen konnte.

Aber das alles änderte sich jetzt.

Als Sakhau Ndú sah, wie die schöne Galionsfigur der *Dama de Plata* durch das stille Süßwassermeer des großen Niger glitt, hatte er die absolute Gewißheit, daß Chahad sich entschlossen hatte, die Maske des harmlosen Reihers abzulegen, um sich statt dessen in ein wildes Kriegsschiff zu verwandeln, das in der Lage war, ein für allemal die »Büffel« der Erde zu vernichten.

Zeud Sekaturé, die Kinder und die Diener waren nicht minder erstaunt, ja bestürzt, plötzlich ein Schiff vor sich zu sehen, dessen Mast gute dreißig Meter über den Wasserspiegel des Flusses ragte und das mit drohenden Kanonen gespickt war. Einen ähnlichen Effekt würde bei einem Bauern unserer Zeit die Landung eines Raumschiffs von der Größe einer Stierkampfarena auslösen.

Eine andere Welt, von der sie kaum je etwas gehört hatten, trat da plötzlich in ihr Leben ein, das sich niemals groß verändert hatte. Der Kontinent, die Wiege der Menschheit, wo vor Millionen von Jahren die ersten Hominiden ihre Wanderungen begannen, hatte niemals mit dem Fortschritt Asiens, Europas oder des jungen Amerikas mithalten können.

Eine schwere Galeone und eine leichte holländische Fregatte, die einen weiten Fluß, hundert Meilen von der nächstgelegenen Küste entfernt, hinauffuhren, mußten unvorstellbar sein. So verharrten die Augenzeugen des Wunders völlig still, mit offenem Mund und schreckensweiten Augen.

Das mußte ein Wunder sein!

Der Weise des Feuers gab schließlich den Ruderer einen Wink, in die Mitte des Flusses zu steuern. Er richtete sich zu neidenswerter Größe auf, breitete die Arme aus, präsentierte die Pracht seines Umhangs aus roten Ibisfedern und blieb reglos wie ein stilisierter mythologischer Vogel stehen.

Seine Diener und seine Kinder ergriff die Panik, als der hohe Bug mit seiner menschenköpfigen fischschwänzigen Silbergöttin erbarmungslos auf sie zufuhr und drohte, sie zu überrollen und ihr schlankes Kanu in Stücke zu brechen, aber plötzlich hörte man einen scharfen Piff, eine Glocke läutete, Stimmen ertönten, und das Schiff kam kaum fünf Meter vor ihnen zum Stehen.

Ein Weißer mit langem Bart und einem von einer tiefen Narbe entstellten Gesicht lehnte sich über die Reling, um in recht flüssigem Ibo zu fragen:

»Wer bist du?«

»Ich bin der Weise des Feuers, Sakhau Ndú, und das ist meine Familie«, erwiderte der Schamane, der bemüht war, sich nicht anmerken zu lassen, daß eine kalte Eisenfaust sein Herz umklammerte.

Pater Barbas schien einige Augenblicke lang in seiner Erinnerung zu kramen, bevor er schließlich fragte:

»Der echte Sakhau Ndú, der Weise des Feuers vom Stamm der Bamileke?«

»Genau der.«

»Ich habe von dir gehört«, räumte der Navarrese ein. »Was willst du?«

»Dir verkünden, daß der Große Sieg von Chahad naht.« In diesen Augenblicken fühlte sich der Schamane bedeutend, und überzeugt fügte er hinzu: »Der Tyrann Mulay-Ali wird sterben, bevor der neue Mond erscheint.«

»Woher weißt du das?«

»Gestern hat er mich aufgesucht, und die Götter haben den Rauch seines Feuers zurückgewiesen.«

»Komm herauf!«

Sakhau Ndú gehorchte, und obwohl er ein Mann war, der an den direkten Kontakt mit den Göttern gewöhnt war, zitterten ihm doch die Knie, als er das Deck betrat und sich den bleichen Gesichtern und den sehr hellen Augen von über zweihundert fremden Dämonen gegenübersah.

Wie im Traum folgte er dem Bärtigen, wobei er hier und dort an Taue, Segel und Masten stieß, in einen großen Salon, der ihm vorkam wie der Vorsaal des Paradieses selbst und in dem vier Männer und eine Frau an einem großen, schweren Tisch saßen und ihn mit offenkundiger Neugier ansahen.

»Das ist ein berühmter Weiser der Gegend«, hörte er seinen Begleiter in einer Sprache sagen, von der er natürlich kein einziges Wort verstand. »Er versichert, gestern Mulay-Ali gesehen zu haben und daß die Götter ihm dessen Tod vorausgesagt haben.«

»Und woher wissen wir, daß er kein Spion ist, der uns verwirren will?« wollte der wieder einmal mißmutige Arrigo Buenarrivo wissen. »Schamanen sind für mich lediglich eine Bande von Betrügern, und ich denke nicht daran, einem von ihnen zu vertrauen und zu riskieren, daß mich eine Legion nackter Wilder überfällt.«

»Wie viele Krieger hat Mulay-Ali?« wandte sich Pater Barbas an Sakhau Ndú und redete ihn in seinem Dialekt an.

»Das weiß ich nicht«, erwiderte dieser ehrlich. »Aber so viele sie auch sein mögen, ein guter Teil von ihnen ist dabei zu desertieren. Sie sind in Panik wegen der falschen Nachricht von einer Epidemie.«

»Falsch ...?« fragte der Ex-Jesuit erstaunt. »Wer sagt, daß sie falsch ist? Menschen und Tiere sterben zu Hunderten.«

»Mag sein, daß sie sterben, aber nicht an der Tollwut«, entgegnete der Eingeborene betont gelassen. Allmählich fand er sein Selbstvertrauen wieder. »Wenn die Götter versichern, daß Elegbá nicht auf die Erde gespuckt hat, dann hat sie das auch nicht getan. Sie wären die ersten, die davon erfahren.«

Pater Barbas nahm sich etwas Zeit, um den übrigen Anwesenden die Worte zu übersetzen, und als er sich neuerlich an den Zauberer wandte, entdeckte er überrascht, daß der Schamane wie erstarrt war und wie hypnotisiert auf die Pfeife starrte, die sich Hauptmann Sancho Mendaña angezündet hatte, und auf den makellosen Rauchkringel, der langsam durch den Raum waberte.

»Was ist los mit dir?« wollte er wissen.

Der Bamileke wies mit dem Kinn auf den Artilleristen, um mit rauher Stimme zu fragen:

»Warum stößt er Rauch aus und macht Ringe daraus? Ist er vielleicht ein Weiser des Feuers?«

»Nicht ganz«, erwiderte der Bärtige mit einem spöttischen Lächeln. »Aber er versteht im Rauch so gut zu lesen wie du. Er ist ein sehr, sehr mächtiger Mann.«

Sakhau Ndú warf seinem Gegenüber einen langen Blick zu und starrte dann den Rauchkringel an, der sich allmählich in der Sonne auflöste, die durch das Achterfenster hereinschien. Schließlich schüttelte er den Kopf.

»Das stimmt nicht«, murmelte er. »Er weiß weder den Rauch zu lesen, noch ist er mächtig.« Er deutete auf Celeste, die ihn schweigend und reglos betrachtete, um im gleichen Ton zu schließen: »Sie dort drüben ist mächtig.«

»Wer sagt das?«

»Der Rauch.« Er wandte sich direkt an das Mädchen und fügte überzeugt hinzu: »Du bist die Königin, die Chahad auserwählt hat, um der Welt Gerechtigkeit zu bringen, und als solche huldige ich dir.«

Kaum hatte er das gesagt, kniete er nieder und verneigte sich, bis sein Antlitz den Boden berührte. Ganz still verharrte er, bis das Mädchen den ehemaligen Jesuiten ansah und unangenehm berührt fragte:

»Was hat er? Warum kniet er nieder?«

»Er huldigt dir als Königin und Botin des Gottes der Gerechtigkeit«, klärte sie der Angesprochene auf.

»Was für eine Dummheit ...!« protestierte sie. »Was zum Teufel hast du ihm erzählt?«

»Überhaupt nichts«, erwiderte der andere hastig. »Aber er beteuert, daß ihm der Rauch enthüllt hat, daß du Königin sein wirst.«

»Ärgere mich nicht!«

»Ich ärgere dich nicht. Genau das sagt er«, beharrte der Navarrese, den das offenkundig amüsierte. »Wie es scheint, hat dieser Chahad dich auserwählt, die Sklaverei zu beenden, und obwohl ich auch nicht weiß, wie er zu so einem Schluß gekommen ist, bin ich mit seinen Einschätzungen einverstanden.«

»Dann sag ihm, er soll mit diesen Kindereien aufhören und uns erzählen, was er über Mulay-Ali weiß.«

Pater Barbas gehorchte, und die nächsten fünfzehn Minuten befragte er den Weisen des Feuers über alles, was einem helfen konnte, wenn man den Bataillonen des gefürchteten Königs vom Niger gegenübertrat.

»Soweit ich verstanden habe ...«, wandte er sich schließlich den übrigen Anwesenden zu, »hat unsere Freundin Yadiyadiara einen beachtlichen Erfolg gehabt. Alle Welt, Mulay-Ali eingeschlossen, ist von der Existenz der Tollwut überzeugt. Sie löst Furcht und allmählich Panik aus. Bis jetzt fliehen die meisten zur Zitadelle, aber wie es scheint, werden sie in ein bis zwei Tagen nach Norden weiterziehen. Ich denke, wenn diese Panikepidemie die Krieger ergreift, dann haben wir freie Bahn.«

»Und wenn das nicht passiert?« wollte Gaspar Reuter wissen. »Was glaubt ihr, werden sie tun? Einen Ausfall machen, um uns anzugreifen, oder innerhalb der Festung warten?«

»Sakhau Ndú zufolge sind die Männer des Königs im Angriff besser als in der Verteidigung, aber das ist nur seine persönliche Meinung, sagt er. Der weiße Befehlshaber soll jedenfalls ein Meister in der Kunst des Hinterhalts sein, daher wird er wohl das offene Feld suchen.«

»Über wie viele Schiffe verfügen sie?« wollte Celeste Heredia sofort wissen.

»Er schätzt etwa zweihundert Nachen und Kanus, was bedeutet, daß sie über tausend gut bewaffnete Männer transportieren können.«

Das Mädchen blickte Hauptmann Sancho Mendaña an, der als Geschützkommandant die Gefahr einschätzen mußte, die eine solche Flottille darstellte.

»Und nun?« wollte sie wissen.

»Auf hoher See gäbe das keine Probleme«, räumte der Margariteño ein. »Wir würden ein Boot nach dem anderen versenken, ohne daß sie uns zu nahe kommen könnten, aber auf einem Fluß sind die Ufer sehr nah, und die Entfernung, die sie zurücklegen müssen, ist daher entsprechend kurz. Wenn sie uns entern, dann ergeht es uns sehr übel.« Er wandte sich Pater Barbas zu. »Frag ihn, ob sie die Kanonen aus der Festung geholt haben, oder ob sie noch im Inneren sind.«

Der Angesprochene übersetzte die Frage, der Weise des Feuers dachte nach, und schließlich erwiderte er, daß er überzeugt sei, daß in der letzten Nacht die meisten Kanonen noch an Ort und Stelle gewesen wären.

»Wenn das so ist«, bemerkte Mendaña, »dann müssen wir unbedingt ankommen, bevor sie die Geschütze flußabwärts schaffen. Wenn sie uns mit einem Kreuzfeuer mitten auf dem Fluß überraschen, dann können sie uns schlimmen Schaden zufügen.«

»Dann mache ich dich darauf aufmerksam, daß ich die Fahrt nicht beschleunigen kann«, stellte Kapitän Buenarrivo klar. »Die Ochsen sind zu langsam und die Männer nicht in der Lage, den ganzen Tag zu rudern, um dann noch in eine Schlacht zu gehen.«

»Wenn das so ist ...«, mischte sich Gaspar Reuter ein. »Ich glaube, ich sollte einen Vorstoß machen, um sicherzugehen, daß sie keinen Hinterhalt vorbereiten.«

Alle sahen Celeste an. Die nickte lediglich.

»Nimm zwölf Männer mit«, sagte sie. »Aber beim leisesten Anzeichen von Gefahr kehrst du zurück.« Dann wandte sie sich an den Ersten Offizier und wies auf den Schamanen. »Gebt ihm ein gutes Quartier, aber laßt ihn nicht aus den Augen. Offenbar ist er ehrlich, aber darauf verlassen sollten wir uns besser nicht. Von jetzt an bleibt jeder Mann auf seinem Posten, mit voller Aufmerksamkeit und bewaffnet. Nach Beendigung der Wache gibt es eine doppelte Ration Rum.«

Minuten später herrschte auf den Schiffen fieberhafte Aktivität, Befehle wurden übermittelt, eine Schaluppe zu Wasser gelassen und die Schächte einiger Kanonen geöffnet, die man schon vor Tagen kampfbereit gemacht hatte.

Nur ein Mann an Bord schien sich von all der Aufregung nicht anstecken zu lassen. Seelenruhig blieb er in seinem Armsessel sitzen und machte erst den Mund auf, als er mit seiner Tochter allein war.

»Wie fühlt man sich, wenn man kurz davor ist, ›Königin‹ zu werden?« fragte er belustigt.

»Das gleiche, was man fühlt, kurz bevor man eine Leiche ist«, gab Celeste schroff zurück. »Dem einen bin ich so nahe wie dem anderen, aber ich bin auf keine von beiden Optionen scharf.«

»Wenn das so ist, warum sind wir dann hier?«

»Die korrekte Frage lautet nicht ›warum sind wir hier?‹, sondern ›wozu sind wir hier?‹«, bemerkte sie ruhig. »Wir sind hier, um zu verhindern, daß Tausende von Menschen weiterhin versklavt werden.«

»Und danach?« beharrte der Alte. »Reuter hat recht: Wer eine Tyrannei beendet und danach das Feld räumt, öffnet lediglich einer neuen Gewaltherrschaft Tür und Tor. Denkst du daran, hierzubleiben?«

Seine Tochter nickte wiederholt. Man konnte ihr ansehen, daß sie ihre Entscheidung wohlüberlegt getroffen hatte.

»Wir werden hierbleiben ...«, sagte sie. »Aber nicht als Tyrannen, die andere Tyrannen ersetzen, sondern als menschliche Wesen, die beweisen wollen, daß man auch anders miteinander umgehen kann. Gegenseitiger Respekt und harmonisches Zusammenleben zwischen den Männern und Frauen verschiedener Rassen, Stämme oder Glaubensvorstellungen ist kein Geschenk der Götter. Wir selbst müssen dafür sorgen. *Das* ist unsere Mission.«

»Reichlich ehrgeizig, findest du nicht?«

»Eine Mission kann gar nicht ehrgeizig genug sein, pflegte Bruder Anselmo zu sagen. Wir finden nur allzuoft früher oder später eine gute Entschuldigung, um auf unserem Weg kehrtzumachen. Pedro María Claver hatte nur den Glauben, das Gebet und unendlich viel Mitgefühl als Waffe und konnte doch das Gewissen so vieler Menschen wecken. Warum sollten wir es ihm nicht gleichtun können, wo wir so viele sind und Schiffe, Gewehre und Kanonen haben?«

»Wahrscheinlich, weil uns das Wichtigste fehlt«, stellte ihr Vater klar. »Dieser Glauben und dieses Mitgefühl. Ohne sie werden wir gar nichts erreichen, denn ich habe noch nie gehört, daß man Seelen mit Kanonenschüssen weckt.«

»Die Seelen vielleicht nicht, aber das Gewissen schon«, argumentierte sie im gleichen Ton. »Und wenn die Glocken der Kirchen niemals gegen die Sklaverei Sturm geläutet haben, dann müssen das eben die Kanonen tun.«

Müde erhob sich Miguel Heredia, den in letzter Zeit alles sehr anzustrengen schien, ging zum Achterfenster und betrachtete die breiten, blattlosen Affenbrotbäume, die das gesamte rechte Ufer säumten. Schließlich murmelte er fast tonlos:

»An eines hast du noch nicht gedacht.«

»Und das wäre?«

»Die Möglichkeit einer Niederlage. Was passiert, wenn die Krieger von Mulay-Ali uns vernichten?«

»Dann ist alles sehr schnell vorbei«, räumte sie unbefangen ein. »Das dauert höchstens ein bis zwei Tage. Und in diesem Fall wird wohl keiner von uns mit dem Leben davonkommen.«

»Und das kümmert dich nicht?«

»Der Tod...?« fragte Celeste neugierig. »Natürlich! Warum sollte ich das leugnen? Aber noch mehr macht mir zu schaffen, eines jener Geschöpfe zu werden, die Tage, Wochen und Monate von der Wiege bis zur Bahre damit zubringen, Rosenkränze zu beten. Alt zu werden, ohne wirklich gelebt zu haben, das jagt mir viel mehr Angst ein. Ein kurzes, aber intensives Leben ist mir da tausendmal lieber, auch wenn es schon morgen vorbei ist.«

»Du hättest eine Menge wunderbarer Dinge tun können, ohne hierherzukommen.«

»Wie das?« fragte sie aggressiv. »Als Ehefrau und Mutter, die dir einen Haufen Enkel schenkt und ihr Geld unter den Armen verteilt? Das haben wir schon ausdiskutiert, danach strebe ich nicht.« Sie ging zu ihrem Sessel zurück und wies ausholend nach draußen, um unbefangen hinzuzufügen: »Vielleicht will ich einfach nur beweisen, daß eine einfache Frau in der Lage ist, in das Herz Afrikas vorzudringen, um dem grausamsten seiner Sklavenhändler die Stirn zu bieten. Was danach kommt, ist nicht wichtig.«

»Mir schon. Ich möchte nicht sehen, wie du stirbst.«

»Wenn zwei Menschen sich lieben, wird fast immer einer von beiden die traurige Erfahrung machen, den anderen sterben zu sehen«, erinnerte ihn das Mädchen. »Und ehrlich gesagt, es ist mir lieber, wenn du das erlebst.«

Als ihr Vater gegangen war, bereute Celeste ihren harten Ton. Es schmerzte sie, daß sie diesen in letzter Zeit kaum noch vermeiden konnte.

Sie war reich, respektiert, mächtig, jung und attraktiv, und doch war ihr bewußt, daß sie seit dem Tod ihres Bruders nicht mehr sonderlich am Leben hing. Irgendwie fühlte sie sich wie ein riesiger Baum mit mächtiger Krone, starken Ästen und saftigen Früchten, dem die Wurzeln fehlten.

Mit Mitgefühl, das wußte sie sehr gut, kam man als Anführer nicht weit. Schon eher beflügelte einen der Wunsch nach Ruhm, Geld oder Macht. Und doch war dieses Mitgefühl ihre einzige Antriebsfeder, die etablierte Ordnung mit Blut und Feuer zu bekämpfen.

Aber wenn dieses zarte Gefühl der Liebe für die Schutzlosen schwächer wurde, was nur zu oft geschah, dann stürzte alles wie ein Kartenhaus zusammen. Celeste war sich bewußt, daß angesichts einer unmittelbar bevorstehenden brutalen Schlacht, deren Ausgang so ungewiß war, viele ihrer Männer sich fragten, ob es sich wirklich lohnte, das Leben für etwas so Vages wie Mitgefühl einzusetzen.

Im Grunde blieben für die meisten dieser rauhen Abenteurer aus allen möglichen Ländern die Schwarzen Schwarze und die Sklaven Sklaven.

Und kein Mädchen, sosehr es auch davon träumen mochte, würde an dieser Meinung etwas ändern.

Als die brütende Mittagshitze nachließ, entwarf Kapitän Buenarrivo einen Plan, um die Schiffe vor einem Angriff zu schützen. Da er auf dem Niger kaum Möglichkeiten zum Manövrieren hatte, sah dieser ganz anders aus als die Strategie, die er für eine Seeschlacht gewählt hätte.

Die erste und vielleicht größte Schwierigkeit lag darin, die Galeone in der Mitte des Stroms völlig quer zu legen. Dafür benutzte er die zwei Anker sowie mehrere schwere Gewichte, die man am Bug und am Heck in den schlammigen Grund versenkte. So rührte sich das Schiff keinen Meter von der Stelle, obwohl die volle Strömung an seine Steuerbordseite drückte.

Auf diese Weise deckten die drei Steuerbordbatterien den gesamten Horizont flußaufwärts ab, während die Backbordgeschütze flußabwärts den Süden bestreichen konnten.

Etwas später ging auch die *Sebastián* vor Anker. Allerdings stand die Fregatte quer zur *Dama de Plata.* Fast berührten sich die beiden Galionsfiguren. So konnten die Backbordkanonen der Fregatte das rechte, die Steuerbordgeschütze das linke Ufer bedrohen.

Schließlich verankerte man eine gute halbe Meile entfernt primitive Flöße, auf die man Fackeln steckte. Diese erleuchteten in fast gespenstischer Weise die schwarze Nacht. Außerdem befahl man, die Wachen zu verdoppeln. So achteten vierzig Augenpaare auf jede noch so geringe Bewegung, die sich im Umkreis der Schiffe zeigte.

»Beim geringsten Verdacht ohne Warnung feuern«, lautete der lapidare Befehl des Venezianers. »Lieber eine Kugel verschwenden, als zu riskieren, daß uns ein geheimnisvoller Schwimmer Ärger macht.« Mit erhobenem Zeigefinger fügte er hinzu: »Und verdreifacht die Wachen in den Pulverkammern.«

Bei Anbruch der Nacht erdröhnten die Trommeln.

Aus dem Norden waren beunruhigende Signale zu vernehmen. Allerdings machte es die sanfte Brise aus Südwesten sehr schwer, genau zu verstehen, was sie verkündeten. Dennoch bat Sakhau Ndú, der es sich lieber unter dem Zeltdach an Deck bequem gemacht und freundlich die ihm vom Ersten Offizier angebotene Kajüte abgelehnt hatte, Pater Barbas, näher zu kommen, um ihm etwas mitzuteilen:

»Mulay-Ali zieht seine Männer im Norden und Westen zusammen.«

»Wie viele?«

»Das weiß ich nicht, aber vermutlich viele.«

»Wann werden sie angreifen?«

»Nicht vor Morgengrauen.«

»Bist du sicher?«

»Kein Krieger würde es wagen, bei Neumond durch die Savanne zu marschieren und zu riskieren, daß ihn plötzlich ein tollwütiges Tier anfällt«, kam es überzeugt zurück. »Die Sonne wird bereits am Horizont stehen, bevor wir den ersten von ihnen zu Gesicht bekommen.«

Das klang logisch, trotzdem wurde die Spannung an Bord immer größer, als die Dunkelheit über dem Fluß hereinbrach. Zwar servierte man das Abendessen mit dem üblichen Protokoll, doch keinem in der

Offiziersmesse schienen die ausgezeichnete gebackene Gazellenkeule, die köstlichen fritierten Flußfische oder die frischen pochierten Wildenteneier mit Fenchel so recht zu schmecken.

»Eine wahre Henkersmahlzeit«, kommentierte Kapitän Buenarrivo mit seinem Galgenhumor, der vor nichts haltmachte. »Wenn wir aus der Sache heil herauskommen, dann lasse ich den Koch die Peitsche schmecken, weil er das Beste seiner Kunst für das letzte Abendmahl aufgehoben hat.«

»Wir können immer noch umkehren ...«, gab ihm Pater Barbas zu bedenken. »Ein Rückzug zur rechten Zeit kann ein Sieg sein, heißt es.«

»Ein Rückzug zur rechten Zeit ist nichts weiter als eine unblutige Niederlage«, gab der Venezianer zurück und machte eine abschätzige Geste. »Ich setze auf den Sieg, aber das hindert mich nicht daran, zu erkennen, daß ich noch niemals in so prekärer Situation habe kämpfen müssen.«

»Ich ebenfalls nicht«, gab Hauptmann Mendaña zu. »Aber wenn die Schützen nicht die Nerven verlieren und hurtig nachladen, dann fegen wir diese Wilden hinweg.«

»Was ist von dem Weißen bekannt, der sie befehligt?« fragte plötzlich Celeste. »Wer ist er und woher kommt er?«

»Wie es heißt, ist er ein Schotte, homosexuell, grausam und ein Renegat«, erwiderte der Jesuit mit sichtlicher Verachtung. »Aber offenbar ist er ein glänzender Stratege, schlau und tapfer. Wenn wir ihn erwischen, dann werden seine Männer laufen wie die Hasen.«

»Ich nehme an, er wird nicht schwer auszumachen sein, als einziger Weißer unter all den vielen Schwarzen«, murmelte Miguel Heredia und verließ seine Gedankenwelt für einen Augenblick. »Er wird auffallen wie eine Fliege in der Milch.«

»Er malt sich schwarz an.«

Alles sah den Bärtigen an, der diese seltsame Behauptung aufgestellt hatte.

»Was meint Ihr?«

»Daß er kein Idiot ist und sich schwarz färbt, wenn es in die Schlacht geht«, beharrte der andere.

»Wenn das so ist, dann geht das hier ein als die Schlacht des Falschen Negers«, meinte Sancho Mendaña nicht ohne einen gewissen Sinn für Humor. »Ich werde meine Leute anweisen, auf einen wilden Krieger im Schottenrock zu achten und ihm das Licht auszupusten.«

Als das Abendessen beendet war, bat Celeste Pater Barbas, ihr in ihre Kajüte zu folgen. Dort angelangt, schloß sie die Tür und kam ohne Umschweife zur Sache:

»Ich möchte beichten.«

»Wie das?« zeigte sich der andere überrascht.

»Ich habe eine böse Vorahnung.«

»Vorahnungen sind nichts weiter als Aberglauben, kein vernünftiger Grund, um ein Sakrament zu erbitten«, stellte der Navarrese klar. »Abgesehen davon glaube ich, daß ich nicht die Gnade Gottes besitze, um dir die Absolution zu erteilen. Wenn es darum geht, Schuld zu beichten, dann dürften meine Sünden unendlich größer sein als die deinigen.«

»Das bezweifle ich«, erwiderte sie. »Ich habe einen Mann mit meinen eigenen Händen aufgehängt.«

»Er wird es sicher verdient haben«, befand der Bärtige. Er legte seine Hände auf ihre Schultern und sah ihr direkt in die Augen, während er sein Gesicht zu einer Grimasse verzog, die ein Lächeln darstellen sollte. »Ich kenne dich«, fügte er hinzu. »Und ich glaube nicht, daß jemand ein reineres Herz hat als du. Vergiß deine Befürchtungen! Und vergiß die Beichte! Was du zu sagen hast, das sag dem Herrn persönlich, denn du mußt eine sehr direkte Beziehung zu ihm haben. Mit mir wird er wahrscheinlich nicht mehr reden wollen.«

»Mit einer so überheblichen Person wie mir wohl auch nicht«, murmelte Celeste und ließ sich in den riesigen handgeschnitzten Sessel fallen, der einmal Laurent de Graaf gehört hatte. »Meine Arroganz hat mich und über zweihundert Männer in diese Falle geführt, und ich fürchte, morgen kommt ihr Blut über mich.« Fest erwiderte sie seinen Blick. »Nicht mein Tod schreckt mich, sondern der Tod so vieler da draußen.«

»Soweit ich weiß, ist keiner zu dieser Reise gezwungen worden«, erinnerte sie Pedro Barbas. »Und soweit ich weiß, wußten alle sehr gut, worauf sie sich einließen. Ob du willst oder nicht, die meisten von ihnen sind schlichte Abenteurer, die nur an sich selbst denken. Aber aus den Kneipenschlägern sind mit der Zeit Freiheitskämpfer geworden, und ich bin sicher, daß der liebe Gott sie mit offenen Armen empfangen wird, wenn sie in dieser Schlacht fallen.«

Letztlich war das nur ein schwacher Trost für Celeste, die tagtäglich dabei zusah, wie starke junge Männer voller Tatkraft über Strickleitern kletterten oder in dreißig Meter Höhe herumturnten. Und jetzt mußte sie daran denken, daß diese Männer vielleicht sehr bald tot sein würden, weil sie allzu leichtsinnig auf einem unerforschten afrikanischen Fluß in die Höhle des Löwen gefahren waren.

Unruhig wie sie war, fand Celeste keinen Schlaf und beschloß daher nach Mitternacht, auf dem Achterkastell frische Luft zu schöpfen. Von dort aus betrachtete sie gedankenverloren die fernen Feuer, die auf dem Wasser schwammen und kaum die Finsternis einer warmen Nacht durchdrangen, die besonders dunkel und nebelig war.

Dann schweifte ihr Blick über das weite Deck, auf dem die meisten Männer der Besatzung, denen es unter Deck zu heiß geworden war, ihre Hängematten aufgespannt hatten. Ihre Augen blieben an der hohen Gestalt von Sakhau Ndú hängen, der genau unter einer der Steuerbordfackeln stand und fast flüsternd mit seiner Frau sprach.

Eine Weile entspannte sich Celestes Gesicht. Fast spielte ein Lächeln um ihre Lippen. Allein dieses herrliche Paar anzusehen war ihr ein Genuß, der sich nur mit dem Anblick einer schönen Landschaft oder eines schönen Kunstwerks vergleichen ließ.

Schon für sich allein waren Sakhau Ndú und Zeud Sekaturé zwei prachtvolle Exemplare der Gattung Mensch. Die Natur hatte über sie nicht nur ein Füllhorn ausgeschüttet, sondern offenbar gleichzeitig den weisen Entschluß gefaßt, beide zu vereinen, um den Gipfel der Perfektion dazustellen.

Ein genialer Künstler schien Jahre damit verbracht zu haben, zwei majestätische Statuen aus schwarzem Marmor für das Gemach einer Göttin zu meißeln, aber als diese sah, wie perfekt sie geworden waren, schien sie beschlossen zu haben, ihnen Leben einzuhauchen und sie auf die Erde zu schicken, um aller Welt zu zeigen, was die Götter vermochten, wenn sie nur wollten.

Und aus den verstohlenen Blicken, die ihnen die Männer der Besatzung von Zeit zu Zeit zuwarfen, konnte man schließen, daß alle, die ohnehin nicht mehr recht glauben wollten, daß die schwarze Rasse ihnen unterlegen war, jetzt mit zwei handfesten Argumenten in ihrer Ansicht bestärkt wurden. Sakhau und Zeud waren nicht nur in ästhetischer Hinsicht bewundernswert, sondern erwiesen sich auch als intellektuell überlegen.

In den tiefen Augen des Mannes konnte man eine Million unergründlicher Rätsel entdecken, während in den Augen der Frau sanftes Verständnis und liebenswerte Zärtlichkeit zu lesen waren.

Der Anblick von so viel Gelassenheit besänftigte Celestes aufgewühlten Geist, und so rührte sie sich nicht einmal, als nach einer Weile Zeud ihre Anwesenheit zu fühlen schien, aufsah und ihre Blicke sich kreuzten.

Obwohl die beiden Frauen aus sehr unterschiedlichen Welten mit völlig verschiedenen Sprachen waren, brauchten sie sich nur respektvoll zuzunicken, um sich auch ohne ein Wort zu verstehen.

Als sich das Mädchen schließlich zurückzog, blickte Zeud Sekaturé ihren Mann an und fragte ihn mit einem bohrenden Ton, den sie, ohne dabei weniger ehrerbietig zu sein, nur dann gebrauchte, wenn ihr etwas wirklich wichtig war:

»Wird sie wirklich Königin werden?«

Die Antwort ihres Partners, der doch sonst für alles stets eine überzeugende Erklärung parat hatte, verwirrte sie ein wenig.

»An diesem Morgen habe ich dir versichert, daß sie es sein würde, aber heute nacht bin ich da nicht mehr so sicher.« Der Bamileke wies mit dem Kinn auf die Fackeln, die das Deck der beiden Schiffe erleuchteten, und fügte hinzu, als ob es ihn schmerzte, seine Unwissenheit gestehen zu müssen: »Sosehr ich mich auch anstrenge, ich kann die Bedeutung dieser Feuer nicht erkennen; auf diesem Schiff sprechen sie von Freude und Sieg, auf jenem kleinen dort jedoch von Tod und Niederlage. Auf diesem

Schiff reisen die Götter und auf jenem die Dämonen, und doch springen die Weißen vom einen auf das andere, als ob sie nicht den kleinsten Unterschied erkennen könnten ...« Er sah sie an, als könnte sie seine Zweifel deuten. »Wie erklärt sich das?« wollte er wissen.

»Vielleicht wissen die Weißen nicht die Feuer zu lesen«, wagte sich seine Frau ohne rechte Überzeugung vor.

»Was für ein Unsinn ...! Wie können sie so mächtige Waffen und so riesige Schiffe besitzen, ohne gelernt zu haben, das Feuer zu lesen?«

»Vielleicht liegt das daran, daß sie andere Götter haben«, gab ihm Zeud mit viel Logik zu bedenken. »Auch die Moslems sollen unglaublich mächtig sein, obwohl auch sie nicht gelernt haben, das Feuer zu lesen.«

»Das ist wohl wahr«, räumte der Schamane nachdenklich ein. »Die Moslems haben einen blinden Glauben an einen einzigen unsichtbaren körperlosen Gott, obwohl der niemals herabsteigt, um mit ihnen zu sprechen. Vielleicht ist das mit den Christen ebenso.«

»Ich glaube nicht, daß sie so dumm sind, auf einen unsichtbaren, körperlosen und stummen Gott zu vertrauen«, flüsterte die Frau, als fürchtete sie, daß einer der Schnarcher in der Nähe sie hören konnte. »Nicht einmal der unwissendste Jäger in den Bergen würde in eine solche Falle gehen. Was hilft dir ein Gott, wenn du nicht in Augenblicken der Not auf ihn zurückgreifen kannst?«

Sakhau Ndú hatte auf diese Frage ebensowenig eine Antwort wie auf die meisten, die er sich stellte, seit er seinen Fuß auf jenes »Gottesschiff« gesetzt hatte, in dessen Holz, Tauen, Segeln und Kanonen der Geist des Gerechtigkeitsgottes Chahad zu wohnen schien. Zum ersten Mal in seinem Leben fühlte er sich ohnmächtig, wo es darum ging, die Pläne der Götter zu interpretieren, und das löste bei ihm eine tiefe Unruhe aus. Nur mit Mühe bezwang er seine Panik.

Warum schickten die Feuer der Galeone eine Nachricht in den Himmel und die der Fregatte eine ganz andere?

Aus welch seltsamem Grund suchten Engel und Dämonen gleichzeitig den Fluß heim und segelten nebeneinander her, als ob sie keine unversöhnlichen Feinde, sondern treue Verbündete wären?

Und über wen würde am folgenden Tag die seltsame Frau mit ihren wasserfarbenen Augen und ihrem glatten Haar herrschen, in deren sichtbarer Aura sich alles Gute und Schlechte dieser Welt zu konzentrieren schien?

Je später die Nacht, desto mehr flaute die sanfte Brise aus Süden ab. Um so deutlicher sprachen die Trommeln von Krieg. Diese Botschaft war nun wirklich leicht zu interpretieren, denn das waren nur Befehle, die auch dem dümmsten Krieger sagten, worauf er sich zu konzentrieren hatte, wie und von wo aus er seinen Feind anzugreifen hatte.

Eine Stunde vor Sonnenaufgang tauchte die Schaluppe auf, mit der Gaspar Reuter in Begleitung von sechs Männer auf Spähtrupp gegangen war. Seine Nachrichten waren äußerst beunruhigend.

»Eine große Flottille fährt den Fluß hinunter, und an den Ufern rücken tausend Krieger zu Fuß vor«, war das erste, was er sagte, als sich der Stab um den großen Tisch der Offiziersmesse versammelt hatte. »Unsere Informationen waren leider richtig: Ich schätze, daß wir es mit über zweitausend Wilden zu tun bekommen.«

»Kanonen …?« war das erste, was Sancho Mendaña wissen wollte.

»Ein halbes Dutzend, kleines Kaliber, auf den Schultern getragen«, erwiderte der Engländer. »Ich glaube nicht, daß die uns Sorgen machen können. Das Problem liegt eher in der Zahl der Männer als in ihrer Bewaffnung. Wenn es ihnen gelingt, an Bord zu kommen, fallen sie über uns her wie eine Elefantenherde. Dazu brauchen sie nur ihre Lanzen und Macheten.«

»Wir müssen sie aber unbedingt auf Abstand halten«, mischte sich nun der Venezianer mit besonders rauher Stimme ein. Ihm behagte die Wendung der Ereignisse immer weniger. »Und in diesem Fall ist es vielleicht das Vernünftigste, ein paar Salven abzufeuern, die Anker zu lichten und uns von der Strömung flußabwärts treiben zu lassen, damit sie uns nicht zu nahe kommen.«

»Das erscheint mir mehr als problematisch«, gab ihm Celeste zu bedenken. »Ich möchte mich nicht in etwas einmischen, von dem ich nichts verstehe, aber meiner Meinung nach sind die Kanus wesentlich schneller und beweglicher als unsere Schiffe, und sie würden uns von hinten auf die Pelle rücken, wo wir am wenigsten Feuerkraft haben.« Sie machte eine Pause und sah die Männer der Reihe nach an. »Und eines muß uns klar sein: Wenn sie uns bis ins Delta zurückdrängen, sind wir ihnen ausgeliefert. In den Sümpfen haben wir nicht die geringste Chance, uns zu verteidigen.«

»Was empfiehlst du also?«

»Ich kann euch da nichts empfehlen«, erwiderte das Mädchen seelenruhig. »Ich sage nur, was ich denke, aber ich vertraue auf euer Urteilsvermögen.«

»Was glaubst du, hätte Jacaré Jack gemacht?« fragte Kapitän Buenarrivo, womit er alle Anwesenden verblüffte.

»Mein Bruder...?« fragte Celeste verwundert. »Ich habe nicht die leiseste Idee.« Sie wandte sich ihrem Vater zu. »Du vielleicht?«

Miguel Heredia Ximénez rieb sich lange die Nase, während ihn alle aufmerksam ansahen, dann lächelte er ein wenig und befand:

»Sebastián hat immer gesagt, daß ein Hai keine Sardine frißt. Das heißt, wenn du eine gute Beute fangen willst, dann mußt du ihr einen guten Köder anbieten. Diesen Trick hat er bei Mombars angewendet, und er hat sich mehr als ausgezahlt. Meiner Meinung nach liegt dieser Fall ganz ähnlich.«

»In welcher Hinsicht?« wollte seine Tochter wissen.

»Daß ein augenscheinlich weit überlegener Feind seine Aufmerksamkeit auf etwas richten sollte, das in seiner Reichweite liegt, ohne mitzubekommen, wo die wirkliche Gefahr lauert. In gewisser Weise war Sebastián wie diese Gaukler, die Kaninchen aus dem Hut ziehen, während sie dir die Börse stehlen.«

»Und was für ein Kaninchen können wir in diesem Fall Mulay-Ali servieren?« wollte Pater Barbas wissen.

»Das müssen wir uns überlegen«, orakelte der Alte. »Aber wenn wir eines finden, haben wir die Schlacht schon halb gewonnen.«

Sie diskutierten noch länger über die verschiedenen Möglichkeiten, die sich ihnen anboten, bis sich am Horizont das erste Morgenlicht ankündigte. In diesem Augenblick hörten sie von Norden her, zunächst fast nicht wahrnehmbar, aber bald immer deutlicher, ein unangenehmes Gejaule.

Sie stürzten an Deck, um genau hinzuhören.

»Was ist das?« wollte Sancho Mendaña wissen.

Schließlich nickte der ehemalige Jesuit wiederholt mit den Kopf.

»Dudelsackbläser!« knurrte er. »Das sind schottische Dudelsäcke, die von einem halben Dutzend Hurensöhnen ohne das geringste musikalische Gespür geblasen werden.«

»Keine schlechte Kriegswaffe«, erkannte der Engländer Reuter mit seinem typischen Sinn für Humor. »Einfach nervenzerreißend.«

Kapitän Buenarrivo hörte einige Augenblicke lang zu, dann gab er dem Obermaat einen Wink, auf seine Befehle zu warten, und plötzlich ließ er einen scharfen Pfiff hören.

Drei Glockenschläge antworteten ihm.

»Alle Mann auf ihre Posten!« sagte er, ohne kaum die Stimme zu heben. »Klar zum Gefecht!«

In diesem Augenblick drang der erste Sonnenstrahl durch die schwarzen Nebelschwaden über der weiten Ebene im Osten, und alle bis zum letzten Mann wußten, was man von ihnen erwartete und was sie im Verlauf der Schlacht genau zu tun hatten.

Fünfzehn Minuten später ließen sich Dutzende, ja Hunderte von Booten von der Strömung auf die wartenden Schiffe zutreiben.

Im Auslug des Großmasts preßte Hauptmann Sancho Mendaña ein Auge an das alte Fernglas, das ihm sein Vater an dem Tag geschenkt hatte, als er Kanonier wurde, und kalkulierte die Entfernung, die sie von den Booten trennte, wobei er sorgfältig die verwitterten Kerben an dem Rohr studierte, die er mit unendlicher Geduld vor Jahren eingeritzt hatte.

»Hohle Munition!« brüllte er schließlich zu den Kanonieren hinunter. »Laden und äußerste Reichweite!«

Er wartete ab, bis er sicher war, daß sie noch anderthalb Meilen von der Flottille der Boote trennten. Erst dann befahl er barsch:

»Deckbatterie Feuer!«

Im Herzen Schwarzafrikas erdröhnte der Donner des Todes.

Der Margariteño prüfte die Wirkung der ersten Salve, und fast sofort brüllte er wieder los:

»Mittlere Batterie Feuer!«

»Untere Batterie Feuer!«

»Sechsunddreißigpfünder laden!«

Aber auf den Donner des Todes folgte wie durch Zauberhand der Donner des Lebens. Als ob die schweren Kanonenschläge die schlafenden Wolken aufgeweckt hätten, die sachte über den Himmel zogen, begannen diese ihre schwere Fracht auf die Erde abzuladen. Binnen weniger Sekunden ergoß sich einer jener fürchterlichen tropischen Wolkenbrüche, die geradezu magisch das Antlitz der Welt verändern, auf den Niger.

Der Feind verschwand hinter einem dichten Wasservorhang. Die Entfernung war nicht mehr zu kalkulieren, und die Deckbatterien verstummten sofort, als das Pulver, während man die Kanonen nachlud, naß wurde.

Es goß wie aus Kübeln.

»Gütiger Himmel!«

»Damit hatten wir nicht gerechnet!«

Verwirrung breitete sich aus, die Männer blickten zum Achterkastell, als wollten sie ihre Befehlshaber um Hilfe bitten, und ihre Beklemmung wuchs, als sie sehen mußten, daß sich die gleiche Angst auch ihrer Anführer bemächtigt hatte.

»Was sollen wir tun?«

Keiner hatte darauf eine Antwort parat, und die Anspannung wurde noch größer, als man entdeckte, daß am rechten Flußufer an die tausend halbnackter Krieger auftauchten, leichte Kanus ins Wasser stießen und wie wild auf die Schiffe zuruderten.

»Schrot laden!« rief Sancho Mendaña dem Ersten Offizier zu, der die *Sebastián* befehligte. »Ohne Befehl feuern!«

Man gehorchte sofort, aber fast die Hälfte der Kanonen feuerten nicht, und als zu sehen war, wie viele Musketen ebenfalls stumm blieben, sosehr sich die Schützen auch mühten, wurde Celeste Heredia klar, daß eine unweigerliche Katastrophe über sie hereinbrach.

Vom mangelnden Widerstand beflügelt, ruderten die Krieger im Takt weiter. Der schlaue Ian MacLean schien zu begreifen, daß er sich erst einmal auf die Fregatte konzentrieren mußte. Deren Reling lag viel tiefer als die der Galeone und war daher einfacher zu entern.

Daher befahl er den Ruderern, erst einmal auf die Fregatte loszusteuern. Von ihrem Deck aus konnte man dann die *Dama de Plata* entern. Als Celeste seine Absicht erkannte und sah, daß die Verteidiger nur schwachen Widerstand entgegensetzen konnten, beugte sie sich zu Kapitän Buenarrivo und meinte mit sichtlicher Sorge:

»Ich fürchte, unsere einzige Hoffnung, uns zu retten, besteht darin, so bald wie möglich die *Sebastián* aufzugeben und uns von der Strömung forttragen zu lassen in der Hoffnung, daß es aufhört zu regnen.«

»Aber als Falle taugt sie jetzt nichts mehr!« wandte der Venezianer ein. »Bei so viel Wasser sind die Lunten bestimmt feucht.«

»Das kann ich mir vorstellen, aber ich sehe keine andere Lösung.«

Der kleine Mann nickte und wandte sich an den Obermaat, der auf Befehle wartete. Sichtlich bemüht, nicht zu zeigen, wie fassungslos er war, befahl er:

»Sie sollen Boote zu Wasser lassen und die Fregatte aufgeben!«

Ein weiteres Mal ertönte der Pfiff, und jetzt läutete die Glocke geradezu hysterisch.

Mit bewundernswerter Gelassenheit organisierte der Erste Offizier den Rückzug von der *Sebastián.* Er sorgte dafür, daß seine Männer in Reih und Glied auf die Galeone gingen, nachdem sie auch noch die letzte Kanone in den Fluß geworfen hatten.

Die Kanus streiften bereits die Bordwände der Fregatte, als der Erste Offizier über den Klüverbaum des Bugs der Galeone kletterte. Nachdem sie sich mit wiederholten Pfiffen versichert hatten, daß keiner zurückgeblieben war, gab er ein Zeichen, die Taue zu kappen, die beide Schiffe miteinander verbanden.

Fast gleichzeitig befahl der Obermaat den Männern, die mit erhobenen Äxten bereitstanden, die dicken Taue der Anker und der schweren Gewichte der *Dama de Plata* zu kappen. Plötzlich wurde sie, von ihren Fesseln befreit, die sie verankert hielten, von der Strömung mitgerissen und machte einen abrupten Schwenk um 90 Grad. Dabei knallte ihre Backbordseite heftig gegen die Steuerbordseite der Fregatte, riß Splitter fort und zerstörte Masten und Taue. Dann driftete sie führerlos flußabwärts und schlingerte dabei hin und her, denn sie trieb mit dem Heck voraus. Das schwere Steuerruder war plötzlich nur noch ein absurdes überflüssiges Stück Holz.

Seeleute, die gelassen Wirbelstürmen und turmhohen Wellen getrotzt hatten, fühlten sich jetzt wie wehrlose Kinder. Ein sanfter Fluß spielte mit ihnen, drohte sie ans nahe Ufer zu werfen, um sie dort gefangenzuhalten und der Gnade ihrer Feinde auszuliefen. Einige lange Minuten, die ihnen vorkamen wie Stunden, liefen daher zweihundert Männer kopflos hin und her.

»Focksegel hissen und Ruder steuerbord!« brüllte

schließlich der Venezianer. Der war bleich geworden, als er den Verlust jeglicher Manövrierfähigkeit entdeckt hatte. »Entweder bringen wir den Bug nach Süden, oder wir laufen auf Grund. Ihr da ...! Bindet dieses Tau an die Kanone und werft sie über Bord.«

»Über Bord?« fragte der Verantwortliche für besagte Kanone erschreckt. Der seltsame Befehl schien ihm unverständlich. »Warum?«

»Diskutiere nicht, sondern mach, was ich dir sage, Idiot!« Kapitän Buenarrivo lehnte sich über die Reling des Achterkastells und rief den drei Männern zu, die vergeblich versuchten, ihre Musketen nachzuladen: »Laßt das und bindet das andere Tauende an das Heck! Schnell!«

Der Befehl wurde sofort ausgeführt: Die riesige Kanone stürzte ins Wasser und versank wie Blei. Einige Meter schleifte sie noch über den Grund, bis sie im dichten Schlamm steckenblieb.

Das Tau spannte sich, ächzte jämmerlich, als wollte es in tausend Stücke zerspringen, aber es hielt dem Zug stand, mit dem Erfolg, daß sich die schwere, jetzt am Heck verankerte Galeone langsam um ihre eigene Achse drehte und dabei gefährliche Schlagseite bekam.

Jeder Mann klammerte sich an das, was ihm am nächsten war, während die *Dama de Plata* vom Kiel bis zum Mastkorb knirschte, allmählich mit dem Bug nach Süden drehte und damit wieder der Strömung folgte.

Noch immer regnete es.

Sintflutartig.

Jetzt aber schüttete es auf ein schweres Schiff, das man schon fast wieder unter Kontrolle hatte wie ein bockiges Pferd, das man mit dem Zaumzeug bändigte, auch wenn dieses »Zaumzeug« jeden Augenblick reißen konnte.

Nun erst konnte der größte Teil der Besatzung hinter sich sehen. Erleichtert stellten sie fest, daß die Krieger sich dazu entschlossen hatten, ihre wilde Attacke für einen Augenblick zu unterbrechen.

Wie eine Heuschreckenplage hatten sie sich auf die wehrlose Fregatte gestürzt, die bereits über eine halbe Meile entfernt war, und inzwischen glich das Schiff einer treibenden menschlichen Masse.

Die Männer Mulay-Alis drängten sich an Deck, kletterten auf die Masten, balancierten auf den Mastbäumen und Strickleitern, stießen enthusiastisches Siegesgeheul aus und reckten ihre Waffen in die Luft. Inzwischen näherten sich weitere Boote von flußaufwärts der Fregatte, gingen längsseits und ließen ebenso begeistert die jubelnde Riesengestalt von Ian MacLean hochleben, der sich selbstzufrieden und stolz am Steuerruder zeigte und glücklich über den überwältigenden Sieg lächelte.

»Dein Vater hatte recht ...«, flüsterte Gaspar Reuter Celeste Heredia ins Ohr, die mit tränenfeuchten Augen die entmutigende Szene verfolgte. »Es wäre ein prächtiger Köder gewesen!«

»Bist du sicher, daß die Lunten wirklich feucht geworden sind?« wollte das verbitterte Mädchen wissen, das binnen Minuten um zehn Jahre gealtert schien. »Gibt es keine Hoffnung mehr, daß sie Feuer fangen?«

»Keine, meine Kleine. Ich habe sie selbst ausgelegt und leider nicht im Traum daran gedacht, daß es derart schütten könnte.«

»Wie schade! Es wäre ein großartiges Schauspiel gewesen, zu sehen, wie sie in die Luft fliegt.« Plötzlich verzerrte sich das schöne Antlitz Celestes, während sie sich nach allen Richtungen umsah. »Wo ist mein Vater?« wollte sie wissen. »Wo ist er?«

Der Engländer wurde ebenso unruhig, ließ seinen Blick über Deck schweifen, und kurz darauf stürzte er in die Offiziersmesse. Als er wieder auftauchte, schüttelte er den Kopf.

Celeste Heredia beugte sich sofort über die Reling und rief hinunter:

»Mein Vater! Hat jemand meinen Vater gesehen?«

Die demoralisierten Männer schauten sich an, als wollte jeder in seinem Nachbarn die Züge von Miguel Heredia sehen. Schließlich zeigte der Portugiese Silvino Peixe zur schon fernen *Sebastián* hinüber und rief:

»Das letzte Mal habe ich ihn gesehen, wie er in die Pulverkammer hinunterstieg!«

»Gütiger Himmel!« schluchzte das Mädchen, jetzt das Schlimmste befürchtend. »Wer hat ihn da wieder herauskommen sehen?«

Wieder sahen sich alle an, und schließlich schüttelten alle den Kopf.

Celeste Heredia spürte, wie ihr die Beine versagten. Sie ließ sich auf den nassen Boden sinken, wobei sie versuchte, sich an der Reling festzuhalten. Schließlich stieß sie einen Schmerzensschrei aus, während sie flehte:

»O nein, lieber Gott! Laß nicht zu, daß er sich diese Idee in den Kopf gesetzt hat. Bitte, lieber Gott ...! Bitte!«

Ein feuriger Hauch fuhr ihr durch das Haar, und fast gleichzeitig brüllte ein Donner los, der mächtiger war als der Donner der schlimmsten Gewitter über dem Niger. Das ehedem so stolze holländische Schiff zerstob in eine riesige Feuerkugel.

Über tausend Krieger, die gerade noch Triumphgesänge angestimmt hatten, flogen in die Luft und stürzten ins Wasser, durch das sofort zahlreiche riesige Krokodile glitten. Kurz darauf färbte sich die aufgewühlte

Strömung des großen Flusses rot mit Blut, während entstellte und zerfetzte Leichen und Leichenteile sachte an der *Dama de Plata* vorbeitrieben.

Erst jetzt verstand der Schamane Sakhau Ndú, warum die Feuer der Fregatte ihm in der Nacht zuvor von Schmerz, Niederlage und Tod gesprochen hatten, die Feuer der Galeone dagegen von Leben, Sieg und Freude.

Jean-Claude Barrière stand auf dem höchsten Turm seiner majestätischen Festung und ließ sich vom Regen durchnässen, während er den Blick starr in die Ferne richtete und sich vergeblich auszumalen versuchte, was flußabwärts gerade passierte. Gleichzeitig spitzte er die Ohren, um zu hören, was die Trommeln von der wilden Schlacht berichteten, die mit dem ersten Licht des Morgenrots begonnen haben mußte.

Aber es donnerte heftig, und das Wasser klatschte wie wild auf die Blätter der Bäume. Das erstickte jedes andere Geräusch, als ob sich die Götter darin gefielen, ihm ein weiteres Mal zu zeigen, daß sie die einzigen Herren über das Schicksal von Männern waren, die sie mit einem einfachen Gewitter blind und taub machen konnten.

Dort, sehr nah, kaum einen halben Tagesmarsch vom Tor seiner geliebten Zitadelle entfernt, entschied sich das Schicksal seiner Herrschaft und seines eigenen Lebens, und dennoch hatte die absurde Laune eines idiotischen Gewitters, das zur unpassendsten Zeit kam, sein wohlorganisiertes Kommunikationssystem zum Erliegen gebracht, die Trommeln verstummen lassen und ihn daran gehindert, Befehle zu geben oder Nachrichten zu empfangen.

Er blickte auf die angespannte Miene der Kanoniere, die an den Lafetten standen und naß bis auf die Knochen waren. Die Mündungen der Geschütze hatte man mit dicken Stoffetzen verhüllt, damit kein Wasser hineinlief. Dann richtete er seinen Blick auf die fünfzig Reiter, die mit stolzer Gelassenheit unter der dunklen Markise des großen Innenhofs warteten.

Ihre Anwesenheit beruhigte ihn: Diese fanatischen Fulbe, tapfere Kämpfer und überzeugte Moslems, hatten sich sein Vertrauen über viele Jahre hinweg verdient. Daher waren sie zu seiner treuen Leibgarde geworden, von der er sich niemals trennte.

Er wußte, solange sie in seiner Nähe waren, hatte er nichts zu fürchten, denn wenn ein Fulbe einer »Geißel der Ungläubigen« den Treueschwur geleistet hatte, dann gab er für diesen Mann sein Leben hin, egal, wie die Umstände waren.

Eine Stunde verging.

Es regnete.

Eine weitere.

Es regnete noch immer.

Und die dritte.

Das Gewitter zog allmählich nach Westen.

Aber es regnete noch immer.

Schließlich tauchte ein schneeweißes Pferd mit einem pechschwarzen Reiter auf.

Es war ein Fulbe, kein Zweifel, denn nur ein Fulbe, der daran gewohnt war, in der Wüste zu reiten, konnte so galoppieren.

Mulay-Ali, allmächtiger König vom Niger, Herr über das Leben und den Besitz von vielen tausend Menschen, bemühte sich, seine Eleganz zu wahren, als er die steilen Stufen hinunterstieg, um etwas vor dem atemlosen Reiter den Innenhof zu erreichen.

»Was ist geschehen?« wollte er wissen, als der Reiter knapp zwei Meter vor ihm zum Stehen kam.

Der Mann, dessen schweißüberströmtes Antlitz und aus den Höhlen tretende Augen die Größe seines Entsetzens und seiner Erschöpfung zeigten, warf ihm einen langen verächtlichen Blick zu, spuckte aus und knurrte:

»Allah möge dich verfluchen! Sie sind tot!«

»Tot?« wiederholte der Mulatte ungläubig. »Wie viele?«

»Alle!«

»Alle?« fragte er entsetzt. »Wie ist das möglich?«

»Frag das den Weisen des Feuers!« lautete die barsche Antwort. »Vielleicht wissen es sein Götzen.«

Ohne einen Fuß auf die Erde zu setzen, sprang er auf ein frisches Pferd, dem er wie wild die Sporen gab, während er ausrief:

»Wir brechen auf!«

Die fünfzig Reiter folgten ihm, und einige Minuten später waren sie nur noch ein bunter Fleck, der sich in der Ferne, Richtung Norden, verlor.

Als hätte dieser Befehl nicht nur den Fulbe gegolten, sondern allen, den Wachen, Dienern und Kanonieren, beeilten sie sich, ihre Posten zu verlassen, überstürzt flußaufwärts zu fliehen und sich so weit wie möglich von den weißen Dämonen zu entfernen, die in der Lage gewesen waren, auf einen Schlag über tausend gut bewaffneter Krieger auszulöschen.

Jean-Claude Barrière machte keinerlei Anstalten, sie zurückzuhalten.

Er wußte sehr gut, daß alles vorbei war.

Und das hatte er schon gewußt, bevor der Reiter am Horizont aufgetaucht war, sogar lange bevor seine Truppen aufgebrochen waren, um dem Feind entgegenzutreten; denn von dem Augenblick an, als er den Palast von Sakhau Ndú verlassen hatte, war ihm völlig klar gewesen, daß seine Zeit vorbei war und seine Augen das Lächeln des neuen Monds nicht mehr sehen würden.

Er verließ den Innenhof, um auf seinem großen Thron aus Gold und Elfenbein Platz zu nehmen. Dort oben hatte er früher gern die Huldigungen der Kleinkönige entgegengenommen.

Er war allein.

So allein, wie es sein Vater in der dunklen Zisterne gewesen sein mußte, während er den Tod erwartete, wie ihn alle erwarteten, die in diesem Leben nur Geld und Macht gescheffelt hatten.

Sein Königreich, das er auf dem Fundament von vielen tausend Toten errichtet hatte, war in einem einzigen Augenblick zusammengebrochen, die Menschen haßten ihn, die Götter verachteten ihn, und er besaß nicht einmal so viel Mut, um sich eine Waffe zu holen und sich eine Kugel in den Kopf zu schießen.

Er schloß die Augen und versuchte, sich mit der Erinnerung an die magischen Augenblicke seiner ruhmvollen Jahre zu trösten.

Viele waren es nicht gewesen, dafür aber sehr intensive.

Man hatte ihm Reichtümer, Frauen und Macht im Übermaß zugestanden, und das war etwas, wovon ein elender Mulatte nicht einmal zu träumen gewagt hätte, der Sohn einer Sklavin, der anfänglich dazu verdammt schien, den größten Teil seines Lebens in Ketten zu verbringen.

Es hatte sich gelohnt.

Lüge, Raub, Mord, Verrat, Sklaverei, Folter und Vergewaltigung: Alles hatte sich gelohnt, wenn man damit das erreichte, was er erreicht hatte. Nur die alten Götter seiner Rasse hätte er nicht verleugnen dürfen. Denn was man den Menschen antut, ist in dem Augenblick vergessen, wenn diese Menschen sterben, aber die Götter sterben niemals, und ihre Rache währt tausend Jahre.

Und jetzt hatten diese Götter sein Heer ausgelöscht.

»Elegbá, Elegbá ...!« rief er innerlich aus. »Warum hast du mich angespuckt?«

Ein Geräusch alarmierte ihn, er schlug die Augen auf und sah in die strengen Augen von dreißig Frauen.

»Was sucht ihr?« fragte er müde.

»Rache.«

Er lächelte verächtlich.

»Ich bin zu wenig, um euch alle zufriedenzustellen«, murmelte er, als wolle er sich über sich selbst lustig machen. »Ich habe nur ein Leben. Wer will es mir nehmen?«

»Wir wollen dein Leben nicht«, erwiderte die stolze Frau, die sie anzuführen schien. »Dein Leben ist nichts wert. Wir wollen deinen Geruch.«

»Meinen Geruch?« fragte er verwundert, obwohl ihn unter diesen Umständen eigentlich nichts mehr überraschen konnte. »Was ist so besonders an meinem Geruch?«

»Daß er der Geruch von verbranntem Fleisch ist«, lautete die seltsame Antwort. »Der Geruch, der mich jedesmal heimsuchte, wenn deine Männer meine Söhne markierten.« Yadiyadiara zeigte ihm das rotglühende Eisen, das sie hinter ihrem Rücken versteckt hatte. »Erkennst du es wieder?« fragte sie. »Erinnerst du dich daran, wie viele tausend Male du es gegen wehrlose verschreckte Kinder eingesetzt hast?«

In diesem Augenblick verstand Jean-Claude Barrière, was ihm der Schamane über seinen schrecklichen Tod hatte sagen wollen, aber selbst jetzt hatte er nicht die Kraft, seinem Schicksal einen Streich zu spielen. Er ließ zu, daß ihm vier Frauen die Arme festhielten, während die rachsüchtige Yadiyadiara ihn mit seinem eigenen Eisen auf der Brust markierte.

Er biß die Zähne zusammen und sog, näher als jemals zuvor, den vertrauten Gestank verbrannten Fleisches ein, den er so oft in den Zeiten seines Ruhms gerochen hatte. Seine Leute mit einer Krone und seinem Initial zu markieren hatte er stets als bestialische, aber wirksame Methode angesehen, um seine Macht zu bekräftigen und dafür zu sorgen, daß sein Name selbst am anderen Ufer des Ozeans anerkannt, gehaßt und gefürchtet wurde. Stets war er zutiefst stolz darauf gewesen, daß Tausende von Menschen sich bis zum Tag ihres Todes an ihn erinnern würden und sein Brandzeichen mit ins Grab nehmen würden.

Und jetzt war er der Gebrandmarkte.

Über dem Herzen wie der niedrigste seiner Sklaven.

Aber jetzt näherte sich eine andere Frau und markierte ihn auf dem Unterarm.

Wie den tapfersten seiner Krieger.

Und bald kam eine weitere mit einem neuen rotglühenden Eisen und drückte es ihm auf die Wange, wobei sie ihm die Lippen verbrannte.

Und eine weitere suchte seine Stirn.

Schließlich riß ihm eine junge Frau, die laut den Namen ihres getöteten Mannes ausrief, die Kleider vom Leib und verkohlte ihm die Genitalien.

Jetzt endlich stieß er einen verzweifelten Schrei aus.

Sie brachten ein neues Eisen, öffneten ihm den Mund und rissen ihm die Zunge heraus. So erfüllte sich die Weissagung, daß er lebend in die Hölle fahren, aber nicht einmal eine Stimme haben würde, um darüber zu klagen.

An den Händen, Fußsohlen und sogar auf der Kopfhaut leuchtete bald das Siegel mit der Krone und dem »N« des Königs vom Niger, und als sie ihn zu Boden stießen und ihm den Rücken mit Brandzeichen überzogen, krümmte und wälzte sich Jean-Claude Barrière vor Schmerzen, denn jeder Zentimeter seiner Haut hatte sich in eine blutende Wunde verwandelt, die das Gewicht seines Körpers nicht ertragen konnte.

Schließlich machte Yadiyadiara eine herrische Geste, damit sie von ihm abließen, und nahm auf den Stufen des Throns Platz.

Ihre Gefährtinnen taten es ihr gleich, verharrten still und betrachteten den schrecklichen Todeskampf des ehedem allmächtigen Königs vom Niger, der immer noch stöhnte und sich in der Mitte seines riesigen mit Seidenvorhängen geschmückten Saals krümmte.

Kurz darauf kamen die Fliegen.

Hunderte, Tausende, vielleicht gar Millionen von Fliegen, die sich von den offenen Wunden Mulay-Alis nährten. Reglos war er liegengeblieben und starrte an die Decke im Bewußtsein, bei lebendigem Leib von den Fliegen verschlungen zu werden.

Als es Abend wurde, tauchten die Weißen auf, mit Celeste Heredia an ihrer Spitze. Nachdem sie unbewegt das grausame Schauspiel verfolgt hatte, nahm sie eine der Pistolen, die Gaspar Reuter am Gürtel trug, richtete wortlos den Lauf auf den Kopf des Sterbenden und drückte ab.

Danach wies sie mit der Waffe auf den blutigen Leichnam und wandte sich den Eingeborenen zu, die sie immer noch reglos ansahen.

»Die Rache macht unsere Lieben nicht wieder lebendig«, bedeutete sie ihnen mit unendlicher Gelassenheit. »Und die Grausamkeit lindert nicht den wahren

Schmerz, der sich tief in unserem Herzen befindet.« Sie stieß einen langen Seufzer aus. »Die Qual, die ihr diesem Elenden zugefügt habt, bringt mir meinen Vater nicht wieder und euch nicht die Ehemänner oder Söhne. Nur die Vergebung hilft uns zu vergessen, und nur die Liebe hilft uns dabei, eine gerechtere Welt aufzubauen.« Sie näherte sich dem Thron aus Gold und Elfenbein, ging um ihn herum, sah ihn lange an, und schließlich stellte sie sich hinter ihn und stürzte ihn die Stufen hinunter. »Keine Tyrannen mehr!« fügte sie hinzu. »Keine Sklavenhändler und keine Sklaven mehr. Ich schwöre euch im Angedenken an meinen Bruder, daß von jetzt an an den Ufern des großen Niger nur noch freie Menschen leben werden, egal von welchem Stamm, welcher Rasse oder Hautfarbe.«

»Wirst du unsere Königin sein?« wollte Yadiyadiara mit einem sehnsuchtsvollen Ton in der Stimme wissen.

Das Mädchen schenkte ihr das süßeste und heiterste Lächeln, während sie bestimmt den Kopf schüttelte.

»Ich bin nicht gekommen, um zu herrschen«, sagte sie. »Ich bin gekommen, um euch zu lehren, daß jeder Mensch das Recht hat, sein eigener und einziger König zu sein.«

»Es muß aber immer einen geben, der befiehlt, und andere, die gehorchen!« wandte die Yoruba-Frau mit felsenfester Überzeugung ein.

Celeste Heredia ließ sich mit der Antwort Zeit, sah alle Anwesenden sehr lange an, und schließlich fragte sie sehr sanft:

»Warum?«